アンソロジーノベル

愛しの彼に搦め捕られて
ハッピーエンド不可避です！

この作品はフィクションです。
実際の人物・団体・事件などに一切関係ありません。

アンソロジーノベル

愛しの彼に搦め捕られてハッピーエンド不可避です！

fairy kiss

Contents

Tsumugi Konbara
紺原つむぎ
illustration
時瀬こん
恋は冷たいシーツの下に
わがまま女王は氷の宰相を溶かしたい

「今夜はあなたが、わたくしの相手をなさい、フリード」

「は。……は？」

「聞こえた？　夜伽（よとぎ）を命じたのよ」

同意しかけて表情を強（こわ）ばらせた、年上の宰相。

「女王勅令よ」と念を押し、レーヴェは彼を部屋から追い出した。

――ついに、言ってやったわ！

自らの手で執務室のドアを閉めると、若き女王はずるずるとその場にへたり込んだ。


「遅い」

レーヴェは読んでいた本から顔を上げた。もうあと数分で、今日が終わろうとしている。

フリードは後ろ手に寝室の扉を閉めた。

「申し訳ありません、女王陛下」

胸に手を当て頭（こうべ）を垂れる仕草は優雅だが、どこかよそよそしくも感じる。

静かな夜だった。

どこかで戦が起きるでもなく、高齢の大臣の誰かが発作で倒れるでもなく。おかげで長らく積んでいた本をやっと棚に戻すことができた。中身は、残念ながらあまり頭に入らなかったけれど。

「まさかあなた、わたくしが先に寝てたらいいなーなんて思ってわざと遅くにやってきたんじゃないでしょうね」

「いえ。陛下の残した執務のせいで手が離せず」

「あらそう。優秀な宰相殿は、さすが冗談もお上手だわ」

「陛下、なにがご不満なのでしょうか」

「不満？」

「ええ。そうでなくては、納得できません」

女王の忠臣は寝台のそばに跪(ひざまず)くと、視線を絨毯(じゅうたん)に落とした。声は固く、主(あるじ)の突拍子もないわがままに気を揉(も)んでいる様子である。

「たしか今夜のお相手は、ベンフッド公爵家の長男のご予定でしたね。二度目のご指名でしたので、ついに陛下のお心も決まったものだと思っておりましたが」

「彼とは昨夜が最後。二度と候補に入れないでちょうだい」

「なにか問題がございましたか」

顔を上げたフリードの目に、剣呑(けんのん)な光が宿る。

氷の宰相。年上の幼馴染(おさななじみ)はいつしか宮中でそう呼ばれるようになっていた。その冷静で感情の読めない視線は、女王レーヴェルト・アリアンに対しても変わらない。むしろ他の人間と会話するときよりもいっそう、冷たさを増しているかもしれない。レーヴェは深いため息をついた。

「あの方、噛(か)んだのよ。わたくしのこと」

夜着の裾をたくし上げて、彼に白い腿(もも)を見せつける。内腿の柔らかいところに残る紫色に変色した歯型を。フリードは眉間の皺(しわ)をよりいっそう深くして、喉の奥で唸(うな)った。

「殺しましょう」

「言うと思った。いいの、殺さないであげて。なんか盛り上がっちゃったみたいなのよね、一人で」

「陛下の玉体に傷を……やはりすみやかに殺しましょう」

「いいから、いいから。でね、わたくし少しばかり考えたわけ」

寝台の上で脚を組み替える。夜着は薄く肌の色が透けんばかりだったが、いまさら異性の前で恥じらうようなレーヴェではない。けれど男のほうは顔を背けた。

「お話の前に、まずガウンを着てください」

「いやよ、暑いもの」

「いけません。どうかお聞き入れください」

これは良い。なかなか愉快な気分だ。

昨年十八歳で女王に即位してからというもの、初めてこの男に勝った気持ちになる。

手渡されたガウンを膝に置き、レーヴェは悩み深き淑女らしく首を傾(かし)げてフリードを見上げた。

「ねえ宰相殿？　子種をもらい受ける相手は、女王自らが選んでも良いのよね」

「左様でございます。先代はそのようにして陛下を身籠もったと聞き及んでおります」

「そう、前例もあるなら話が早いわ。あなたが選んでくる相手ね、どうも問題児ばかりなのよ」

「なぜ？　身分、容姿、仕事の手腕、どれをとっても一級品の男ばかりをお選びしておりますが」

「カラダの相性が、悪いの」

あけすけな物言いに、フリードは言葉をなくした。

「それは――……、なるほど。誠に、申し訳なく」

「いいえ、これはかりはあなたに責はないわ。感じにくいわたくしの身体のせいでもあるのでしょうし。けれど、肌に傷をつけるような人はやっぱり嫌だわ」

「もちろんです。まったく、陛下が悲鳴の一つでも上げてくだされば、その場で私が処刑致しましたのに。惜しいことを」

「お願いだから寝台を断頭台にするのはよして。とはいえ、せっかく子宝を授かりやすい今夜、相手がいないのでは意味がないでしょう？　次に呼ぶべき候補者はグリーベル第一師団のグレンドリム騎士団長だけど、たしか彼らは国境に遠征中でしたね？」

「その通りです」

「第三候補は宮内卿のご兄弟ね。でもリューエン家は身内にご不幸が続いている。喪が明けるまで、伽を申しつけるのは控えるべきでしょう。そして第四位以下は……、さすがにこの夜を任せるには審議が不十分だと思うの」

「私の考えと相違ございません。陛下のご慧眼にこのフリード、感服致しました」

「そうでしょう？　だからね、今夜はあなたが相手をなさいな、アーベンハット卿」

氷の宰相殿は眉間に皺を寄せた。議会のさなかにレーヴェを叱るときとまったく同じ顔で、夜着姿の女王を睨む。

「理由をお尋ねしても？」

女王自らが伽を命じているというのにこの態度ときた。

（ほんと冷たいの。やんなっちゃう、この男）

「同じよ。フリード・アーベンハットは、身分、容姿、仕事の手腕のどれもが申し分ないからよ」

「自薦はしない主義ですので」

「だからわたくしが指名するんじゃない」

さぁ、と腕を広げると、フリードはため息とともにこめかみを揉んだ。

「本気で、私をご所望で？」

「ええ、そうよ」

だから無駄な問答をやめて、今すぐ抱きしめてほしい。

このどうしようもない心臓の音が、震える身体が、この人にばれてしまう前に。

「ね。わたくしを抱きなさい、フリード」

わがままな女王は、微笑(ほほえ)みで男を誘う。

無言の時間が、一分、二分。睨み合っているうちに日付が変わり、今日が昨日になる。フリードは動かない。彼がこちらに踏み出すのを、レーヴェはじっと待っている。

実際、賭けには半分ほど勝ったつもりでいる。だって今日はフリードの――アーベンハット夫妻の結婚記念日なのだ。けれど今、フリードの視線を独占しているのは彼の妻ではなく、レーヴェだ。

（なんて非情な女だと、今そう思っているんでしょう？）

表情の読めない男からレーヴェは視線をそらした。

「……少し、お待ちください」

フリードはそう言って踵を返し、女王の寝室を出て行こうとする。

「ちょっと！　逃げるの？」

「違います。……人払いが、済んでおりません」

「いいのに、そんなの」

「いけません」

苛立っているような声。それもそうだろう。まさかこんなふうに、女王勅令で記念日を邪魔されるなんて思ってもなかっただろうから。今から急いで、奥方に詫びの連絡でもするのだろうか。周到な彼のことだから、すでに贈り物でも手配したあとかもしれない。

レーヴェは素足のまま駆け寄って、背後から彼の腰にしがみついた。

「駄目よ。行かないで、フリード。わたくしに恥をかかせるつもり？」

彼は振り向かない。再度呼びかけると、彼は顔を背けたままレーヴェの腕から抜け出した。

「……準備をさせてください。これがおふざけでないと言うのなら」

「戻ってくる？」

「十五分後に、必ず」

「……いいわ。行って。十五分よ。それ以上待たせたら、城中を大声で叫んで回ってやるから」

「およしなさい。女王が、そのようなみっともないこと」

ほんの少しだけ、彼の口調がやわらいだ。レーヴェがそう思いたいだけかもしれないけれど。

それからきっかり十五分。燭台の火が消され、寝室の暗闇がいっそう深いものになる。

「……フリード？　来たの？」

「ここに」

レーヴェが身を起こすと、彼は寝台のすぐそばに来て膝をついた。

馴染みのない石鹸の香りがする。フリードの香りだ。

「湯浴みをしてきたの？」

暗闇に手を伸ばす。指先で触れた彼の髪が、しっとりと湿っているのがわかった。

「尊き御身に触れるのであれば、我が身を清めるのは当然のことかと」

「わたくしは気にしないけど……。ご苦労様。冷えないうちに、どうぞ？」

掛け布をめくり同衾を促す。横目で見たフリードの拳に、ぐっと力が入るのがわかる。

「……失礼致します」

彼が寝台に乗り上げると、二人分の重みでそこが沈んだ。

夜の始まりを、いつもならなんの感慨もなく天井を見つめてやり過ごすのだけれど、今夜ばかりはそうもいかない。

レーヴェは広い寝台の端に寄って、彼に背を向ける。自分の呼吸の音すら気になって、暗い虚空を真っ白な頭のまま睨みつけていた。

どれくらいそうしていただろう。傍らにいるはずのフリードは身動ぎ一つしない。

（まさか、寝て……いないわよね……？）

宰相職というのは激務だ。年末の祭儀の近いこの季節、そういえば一週間以上自宅に帰っていないというような話も聞いている。

そっと背後を窺うと、思ったより近くに彼の顔があって、レーヴェはおののいて背を反らした。

「っ、びっくり、した」

フリードの表情は硬く、冷たい。それはレーヴェへの拒絶の色にも見える。

けれどここまで来た以上、後戻りはできないのだ。レーヴェは執務室で彼に伽を命じたときに覚悟を決めた。彼だって、そうでなくては困る。

「あなたまさか、わたくしと同衾しておいて、なにもしないつもり？」

「……」

「意気地なし。不能。女々しいやつ」

ぶつぶつと呟いていると、思いのほか強い力で彼に引き寄せられた。

「執務室でなら、貴女のあからさまな挑発に乗ってやるような私ではありませんが。女王陛下」

レーヴェ、と言い直して、彼は耳元に唇を寄せた。

「そんなにも、『俺』が欲しいとおっしゃる？」

耳に注がれる甘くかすれた声。レーヴェはぐっと奥歯を噛みしめた。

翻弄されてはいけない。今夜、主導権を握るのは自分でなくてはならないのだから。

「別に。優れた者であれば、相手は誰でもいいのよ。優秀な子をたくさん産むのが、女王の仕事の一つだもの」

「素直におっしゃれば、私も優しくできますのに」

「宰相殿はわたくしに優しくないでしょう。いつも厳しい。それに、冷たい」

「私の気を引こうとそのようなことを？　健気な方だ。こんな安っぽい計画など立てずとも、私の身も心も、もとより陛下のものなのに」

嘘つき。レーヴェはシーツを握りしめた。嘘つきフリード。

たしかにこの手は、彼の命さえ奪うことができる。けれど心が手に入ったことなんて一度もない。フリードとの付き合いは長いけれど、彼は昔から女王候補レーヴェルト・アリアンを特別扱いしない子どもだった。それどころか、全然優しくなかった。勉強だって盤上遊戯だって、彼がレーヴェに花を持たせようとしたことなんてない。

そこが良かった。一人の人間として対等でいてくれる幼馴染のことが、レーヴェは好きだった。

けれど、特別に思っていたのはきっとレーヴェだけだったのだ。

だって現に彼は、他の女を娶った。レーヴェの即位を待たず、なんの相談もなく、勝手に。

ショックだった。悲しかった。彼はもう、他の人のものになってしまった――。

「レーヴェ」

ずるいと思う。たとえ演技だろうとお情けであろうと、彼に優しくされたらレーヴェは嬉しくなってしまう。身体を向き合わせれば指が勝手に、彼の頬に触れたがる。脚を絡めて、身体を密着させて。

見つめ合う二人はもう、執務室での女王と宰相ではない。けれど、恋人にもなり得ない。だとすれば、ここにいる二人はいったいなんなのだろう。

（私が、女王の血を引いてさえいなければ）

変えられない運命を何度嘆いたことか。

マールシャール国は建国以来、女王制を貫いている。そして女王は夫を持たない。女王の身は国のため、その心は民のためにある。生涯を独身で過ごし、子をなすのにふさわしい男性とだけ事務的に寝る。生まれた子を育てるのは信頼の置ける家に一任し、子に心を配ることすら許されない。

恋など、なにより禁忌だ。それは執着になり、女王の心を奪い、国を傾けるから。

レーヴェはじゅうぶん承知している。今夜のこれが、限りなく罪に近いわがままだと。

けれど、たった一夜でいい。彼が欲しい。

生涯繰り返される愛のない情事と、アーベンハット夫人への嫉妬で心は限界だった。このままではレーヴェは凍えてしまう。だからこの歪（ゆが）んだ心が、傾国の兆しにならぬうちにと自ら手を打ったのだ。心が手に入らないのならせめて、夫人より先に彼の子を身籠もりたい。

そんなふうに考えた自分が恐ろしい。醜い魔物を、身の内に飼っている。

「あなたが欲しいわ」

甘えた女の声で、レーヴェは囁（ささや）いた。

「フリードが欲しい。……これ以上は、言わせないで」

男の瞳が閉じられる。

（この夜を越えた私たちは……）

きっともう、心から笑い合うことはないのだろう。

「御意のままに。我が君」

フリードは、静かにそう答えた。

彼が燭台の火を吹き消したせいで明かりは窓から漏れる月の光しかなくて、お互いの表情はほとんど見えない。

見えなくて良かった。今自分がどんな顔でいるのか、レーヴェ自身にもわからない。彼との距離が縮まるほど心臓が激しく脈打つ。この音が、どうか彼に聞こえていないといい。

夜着の合わせ目にフリードの手がかかる。けれどそれ以上服を剝ぐこともせず、彼は露出したレーヴェの脚に手のひらを置いた。

触れるか触れないかのところで腿を愛撫(あいぶ)されて、レーヴェの吐息ばかりが熱を帯びてくる。

「フリード……?」

返事はない。彼はまるで忠誠を誓う騎士のように女王の足元にうずくまり、つま先に唇を寄せた。

(今、どんな気持ちでいるの?)

尋ねたら答えてくれただろうか。そんな考えも、彼の吐息一つで簡単に霧散してしまう。

足の指先からふくらはぎ、膝、そして腿へと。フリードの唇はレーヴェの肌を丹念になぞった。

彼の舌が柔らかな内腿をかすめたとき、レーヴェは耐えきれず声を漏らした。

「あっ」

「ここが、弱いのですね」

歯型をつけられたあたりをことさら丹念に舐(な)められて、レーヴェはぎゅっと身を縮めた。

「や、めて、そこ、……くすぐったいからっ……」

「なるほど、噛みたくなる気持ちもわかりますな」

　フリードの吐息を肌に感じる。

「存外、良い声で啼(な)きなさる。……我らの女王陛下は、男を煽(あお)る術(すべ)をお持ちだ」

　カッとなったレーヴェは、覆い被(かぶ)さる男の腹を足で蹴った。

「今、他の男のことを、口にしないで」

「申し訳ありません」

　詫びのつもりなのか、彼は再び脚の間に顔を埋(うず)め、舌での愛撫を再開した。

「っ、だから、そこ、やだってばぁ……！」

　自分でも、嫌がっているようには聞こえない声だ。彼もきっとわかっている。

　フリードの手は夜着を剝ぎ取って、大胆に胸を揉む。胸の頂をつまんでは弾(はじ)いて、大きく乳房を揺らす。強く握りつぶされるととても痛い。ちっとも気持ちよくないのに、彼の指が触れていると思うだけで身体は反応する。心が喜ぶと、あそこが濡(ぬ)れるのだということをレーヴェは初めて知った。

　脚の付け根を舌で執拗(しつよう)にねぶられ、レーヴェは背をしならせた。

「も、……っ、しつこい……っ」

「お嫌ですか？」

「嫌よ、思い通りにならない男は、嫌」

「これは手厳しい」

「……ね、触って。ここも」

耐えきれなくなって、男の手を自分からそこへと誘った。どろりと熱く濡れた股の溝をフリードの指が上下になぞる。入り口を探る指は、レーヴェの敏感なところをじゅくじゅくとかき回す。

「あっ、あっ」

乱暴にも思える強い愛撫が、かえってレーヴェの情欲を煽った。

「あっ、ちがう、そこじゃ……っ、ぁあんっ」

「……よく、濡れるのですね。いつも、このように？」

「……っ、聞かないで」

「そうですね。私も別に貴女と他の男との情事に興味はありませんが」

「やっ」

ずるりと長い指が滑る。レーヴェの中から溢れて止まらない蜜を、絡めてすくい取るように。

「感じにくい身体だと、おっしゃっていたのは嘘だったのですか」

「嘘じゃ、ないっ」

「ではこれは？　ほら、シーツまでどろどろに濡れてしまった。尻にまで垂らして、みっともない」

「あっ、……いやっ、お尻には入れないでっ……だ、だって……フリードが……！」

「お黙りなさい」

組み敷かれて耳穴を舌で犯され、レーヴェは甲高い嬌声を上げた。湿った水音が恐ろしく官能を刺激する。思考もどろどろに溶かされてしまう。だらしなく脚を開いて、獣のように息を乱して。

気持ちいい。もっと、もっと、めちゃくちゃにしてほしい。

男の指を迎えようと腰を動かした。彼の長い指は、ぬるぬる滑るレーヴェの媚肉をこじ開け、ゆっくりと出入りを始める。深く挿入したときは、中を探るように、腹側の壁をこすってくる。

「ん、んあっ、……ふ、ぅんっ……！」

「お好きなところを、おっしゃってください」

「……わ、わかんな……い、よ……」

「他の男たちも、ここに触れたでしょう。いつもはどうするのですか？　中が良いのか、外が良いのか。それとも、お相手を務めた男たちは前戯もなしに突っ込むような無礼者ばかりでしたか？」

レーヴェは唇を噛んだ。この男は、本当にひどい。

「あなたの、好きにしてよ……！」

他の男なんて知らない。レーヴェはずっとずっと、フリードに抱かれたかったのに。

初めて身体を暴かれた日も、また違う男に触れられる夜も。いつも記憶を、フリードで塗り替えていた。彼に抱かれているという想像だけが、レーヴェの心を守ってくれた。でなくては毎夜毎夜、こんなこと。

「いいから、入れて……早く……はやく来て、フリード」

(あなたも同じようによがって、乱れて、私のことを、欲しがってよ)

熱に浮かされ衝動のまま彼の頭に手を伸ばす。抱きしめてほしかった。愛の言葉がなくても、優しい口づけがなくても。彼の体温で、この渇きが少しは満たされる……？

「フリード……？」

そして気づいてしまった。レーヴェを見下ろす、冷静なままの瞳に。

心臓がすっと冷えていくよう。男の身体を押しやり乱れた服を整え、レーヴェは枕を抱き寄せ顔を埋めた。

「もう、いい。フリード、ごめんなさい、もういいわ」

あんまりだ。こんな終わり方、想像もしてなかった。

「ごめんなさい。私が、馬鹿だった」

(馬鹿よ、馬鹿っ、ほんと大馬鹿！)

一人で盛り上がった分だけの羞恥と後悔がどっと押し寄せて、頭がどうにかなってしまいそうだ。

あっけない。あんなにも欲しかったものが、簡単に壊れてしまった。

彼の眼差し一つで。レーヴェはこんなにもうろたえて、乱されてしまう。

この恋は……そう、冷たいシーツの中にでも隠しておかないといけなかったのだ――違う、気づいてはいけなかった。触れてはいけなかったのに。

もう手遅れだ。レーヴェは欲しがってしまった。

「謝るわ。性奴のようなことを、あなたにさせてしまった。わたくしがあれほど嫌だと思ったことを、あなたにも……」

レーヴェはきっと苦しみ続ける。好きな人に受け入れられなかったという痛みに。死ぬまで癒えぬ傷だ。満たされず疼く身体を冷たいシーツの下に隠す。これ以上、彼に見られたくない。

馬鹿で浅慮で、美しくない姿を。

「もういいから……、なにもしなくていいから……ただ、ここにいて」

フリードがなにか言う前に、レーヴェは繰り返した。

「ここにいて。朝まで、まだ時間があるでしょう。そして今夜のことは忘れて。……なにもなかった。わたくしたちの間には、なにもなかった。あなたはわたくしに触れてもいないし、わたくしはあなたを求めていない」

「……他の男との事後にも、そのようなことを、おっしゃるのですか」

レーヴェはカッとなって、フリードの腕を思いっきり引っ叩いた。

「ひどい……フリードはひどい！　わたくしは一生、どんなに好きな人にも、あなただけよと言えないのに！」

わっと泣き出したレーヴェを、フリードの腕は抱きしめない。

（こんな男！）

好きにならなければ良かった。どれだけ愛しても、決して手に入らないのに。

「もういいわ、夫人のもとへ帰って！　結婚記念日でしょう。嫌がらせのように引き止めたこと、申し訳なく思ってる。あとで夫人には、わたくしの宝石箱から望むだけ詫びの品を贈るわ。宝物庫だって開けてもいい。……受け取ってもらえるなら、だけど」

ここにいろと言ったり、帰れと言ったり。きっと彼は主人のヒステリーに呆れているだろう。

けれど涙は堰を切ったように流れ続けて、呼吸まで無様に乱れていた。嗚咽が止まらない。

みじめで、悲しくて、つらくて。なにより自分が、かわいそうで。

フリードはレーヴェが泣き止むまで、そばで静かに待っていた。

「早く出て行きなさいよ……泣き顔を眺めるなんて、悪趣味だわ……」

「貴女の涙を見たのは、いつぶりだろうかと、考えておりました」

そう呟いて、彼はレーヴェの濡れた頬に初めて指で触れた。

「氷の宰相殿も、女の涙には弱いの？　それなら最初から、泣き落としていたら良かったかしらね」

「私に涙など通用しませんよ。泣いて許しを請われても相手の首を切ることなど容易い。陛下のためなら」

「物騒な男ね」

きっと彼なら本当にやるだろう。少しも表情を変えず、女王にあだなす人間を苦しめて苦しめて殺すだろう。なんでこんな男のことを好きになってしまったのか。考えてもわからなくて、レーヴェはほんの少し、笑えた。

「ダイヤのネックレスをあげるわ。そこの引き出しにあるの。持っていって」

「妻に詫びの品など必要ありません。そもそも今日が結婚記念日だなんて、私も彼女も知らなかったのですから。貴女のほうこそよく覚えていましたね。その記憶力、今後はもう少し他のところで発揮なさるのがよろしいかと」

「うるさい。……わかってるわよ」

「……そういえば貴女は昔からどこか抜けていて、それなのに全力で突っ走る傾向がありました」

「生まれつきの無鉄砲だと？」

「かわいらしかったと、申し上げているのです」

「か、かわっ……？」

フリードの指はまだレーヴェの頬にある。少しでも動けば離れていってしまいそうで動けなかった。彼の表情は見えなくても、触れている指は優しかったから。

「小さくも力強いその背を追いかける時間が、私には……、……眩（まぶ）しく、愛（いと）おしかった」

「い、いとおし……」

「できの悪い、手のかかる妹ができた気分で」

唖然（あぜん）としているレーヴェに苦笑して、フリードは息を吐いた。

「それから、必要もないだろうとお伝えしておりませんでしたが、我々夫婦に男女間の気持ちはまったくありません。結婚してから一度も、褥（しとね）をともにしたこともありません」

「えっ？」

彼の指が離れる。レーヴェはとっさに握り返して身を起こした。

喜んではいけない。でもどうして今、そんなことを言うのか。

（私が泣いたから？　慰めのつもりで？　でも、なんで……）

「……ふ、不誠実だわ。帰る家でも表情筋を凍らせてるなんて。夫人がどう思っているか」

「政略結婚ですから。私も彼女も、目的のために契約しただけです」

「それは……あなたが宰相になるため？」

「ええ。アーベンハット家は、金と領地はあっても歴史浅い家柄です。伝統と由緒を重視する宮廷で役職を賜るのは難しいですからね。だから有力な後援が欲しかった」

出世のための結婚。そんなものにレーヴェの心はこんなにも掻き乱された。

フリードの指をぎゅっと摑む。彼の手はレーヴェを見る瞳のように冷たくない。ただ少しカサついていて、ペンだこができている。

「……優秀なあなたなら、家柄など関係なく、わたくしが直々に取り立てたでしょう」

「それでは遅い」

「どういう意味？」

「貴女が女王になられてからでは、遅かった。私が先でなくては……女王の寵愛ではなく、宮内卿、枢機院、議会と王侯貴族、すべてを納得させて、今の地位に辿り着く必要があった。私は急いでいたのです。急いで、貴女のもとに馳せ参じた」

納得できなくて、レーヴェは唇を噛んだ。

それならなぜ、自分たちはこんなにも離れてしまったのか。

兄のように慕った彼への想いが恋だと気づいたときにはもう、彼は他の女のものだった。

なぜ一言も相談してくれなかったのか。されたって、どうしようもなかっただろうけれど。

女王レーヴェルト・アリアンはあまりにも未熟だ。戦乱からの復興のさなかに先代が亡くなり、何人かいるはずの女王候補の中から、レーヴェが取り急ぎ即位することになった。

この国はずっと弱りきっていた。食事も、文化も、なにもかもがずっと粗末だった。

国の安定が欲しい。発展が欲しい。そのためには隣国への侵略だって、ギルドへの介入だってする。年嵩(としかさ)の大臣たちにわがまま女王と呼ばれても、なんだってやってみせる。

国民のために命を捧(ささ)げることに疑問はない。けれど、女王でないレーヴェを愛してくれる者はいない。共寝を命じた男たちは、事が終わればすぐに退出するのが決まりだ。

毎夜の悪夢の中で、涙を流した少女が叫ぶのだ。

――私がどんなに頑張っても、本当に欲しいものは手に入らない！

レーヴェは家族を持てない。暗闇の中、いつも一人で朝日を待っている。

「……あなたが宰相になってくれて、感謝してるわ」

それは女王レーヴェルト・アリアンの本音だ。けれど、レーヴェにとっては……。

握っていたフリードの指が離れていく。レーヴェは顔を上げた。

「陛下。私には、貴女にも言えぬ秘密があるのです」

フリードは寝台のそばの燭台に手を伸ばした。一つ、二つ。橙(だいだい)色の光が灯(とも)される。

「秘密って……？」

蠟燭(ろうそく)の柔らかい光を浴びて、半分だけ濃い影を作る彼の横顔。目を伏せて、静かになにかを思案しているように見える。そうしていると、彼は昔と変わらないようだった。

険しい顔で女王を睨みつける氷の宰相殿ではなく、懐かしくて愛しい、初恋のお兄さんだったころの面影があって。

（触りたい、な）

胸がきゅっとなってしまって、心のままに手を伸ばしてみる。

腕に触れたとき、少しだけ彼は震えた。けれど振り払われることはない。涙をぬぐわれたときみたいに、彼の手のひらを自分の頬に当ててみる。あたたかい。レーヴェは目を閉じた。

好きだな、と思う。このカサついていて、ペンだこだらけで、指輪の一つもしていない働き者の手が好き。たとえ執務室で一日中会話がなくたって、女王の自覚が足りないと皆の前で叱られたって、レーヴェはこれからも彼のことが好きなのだろう。そう思って、また泣けた。

「……陛下」

フリードは咎めるような声を上げた。たぶんレーヴェが、彼の膝の上に乗りかかったから。

「だって、寒くて」

本当のことだ。さっきまでの汗が引いて、寒くてたまらない。彼の身体はあたたかかった。抱きしめてもらえないなら、ちょっと寄りかかるくらいは許してほしい。

ちょうどいいところを探してもぞもぞと尻を動かすと、フリードが強い力で両肩を掴んできた。

「陛下。あまり……刺激をされませんよう」

「刺激？　どういうこと？」

「……ああ、たしか私が性奴になれば貴女を好きにしていい、という話でしたか。であれば、私はすでに貴女の奴隷だ。貴女が死ねと言えば喜んで死ぬし、抱けと言うなら私の心臓が破裂するまで抱いて差し上げる」

先ほどもそのつもりでした、と。フリードは再びレーヴェの腿に触れた。

「えっ⁉　や、やめて、フリード……！　もう、もうそれはいいから」

「なぜです。私のことが、欲しいと言ったでしょう」

「それは……そう言ったけど……っ、でもわたくしは、あなたに嫌われたくない……！」

「嫌った覚えはありません」

「軽蔑されたくない！　違う、そうじゃない……っ、──愛されたかったの！」

愛されたかった。ただ一人の女として。

世界で一番、優しくされたかった。貴女だけだと、そう言ってほしかった。それが偽りでも──

残りの人生を、その言葉に縋って生きてゆけると思うほどに。

フリードは表情を凍らせた。見ていられなくて、レーヴェは手で顔を覆った。

「わかってる。全部わたくしの独りよがりだって。だから、もう、そんな目で、見ないで……」

「どんな、目だと」

「氷よ。冷たくて……愛情のかけらもないような……」

長い沈黙が耳に痛いほどだった。やがて彼は、重いため息とともに呟いた。

「……それは、誤解です」

いつもみたいにこめかみを揉んで、執務室で女王の言葉に反論するときと同じ癖で、彼は──、

「誤解だ、レーヴェ」

昔のように、名前を呼んで、そして、

「わからないか？　俺の、言いたいことが」

目を細めて言う。氷のように冷えた瞳でレーヴェを見据えて。

（……――違、う……？　違うの？　冷たいんじゃなくて……）

怒っているのとも、呆れているのとも違う。もっと複雑に絡まったなにかを秘めている。

レーヴェに隠したがっている、なにかを。

「…………わからないわ……全然、わかんない」

「墓まで持っていく秘密。貴女のことだ、レーヴェ」

昔のように愛称を口にする彼は、なぜか苦しそうに下を向いた。

「俺が、宰相なんて大層な地位を目指したのも、それから貴女を突き放したのも、憎まれ口しか叩かないこの口も、素直に笑えないのも……、もとを正せば全部、貴女のせいだ」

「私が、あなたに、なにかした……？」

こんなつらそうな表情をさせてしまうなにかを。

フリードは彼らしくなく口ごもる。それから顔を背けて語り始めた。

「十年も前の話だ。俺が成人する前から、すでに先代女王陛下が長くないことはわかっていた。順当にいけばレーヴェルト・アリアンが即位する――そんなことが貴族連中で噂になるぐらいに。貴女もわかっていたのだろう？　周囲の期待は過剰で……でも頑張っていた。小さい身体に大きな責任を背負って、それでも貴女は明るかった。細い手足も、年相応の言動も、女王候補と呼ぶには頼りなくて……目が離せなかった」

髪を掻き上げ額に手を置き、フリードはちらりとこちらを見やる。

「……俺が、宰相になれば」

レーヴェは、彼の瞳を覗き込んだ。蠟燭の光に揺れた瞳が、一瞬、泣いているように見えて。

「一番、近くに、いられる」

たしかに彼は昔と変わらずそばにいる。それが偶然ではなく、彼の努力の結果だとしたら……。

「足枷は家名ぐらいだ。だから結婚が一番の近道だった」

「そのための結婚だった、ということ……？」

「そうだ。貴女が、決して自分のものにはならないと知っていても。そばにいさえすれば、こうやって話すことも、時には……触れることも、できるだろう？」

──まだ、まだだ。まだ、喜んではいけない。浮かれてはいけない。

だってレーヴェは、もう何度も彼の言葉に翻弄されている。

「……忠誠の誓いなら、玉座で聞くわ、アーベンハット卿」

「はぁ……まったく、馬鹿ですね。これのどこが女王への忠誠に聞こえるんですか」

「ば、馬鹿って……！　ええ、馬鹿で結構よ！　小娘が小賢しく計算した、お粗末な茶番劇だったわよね！」

「貴女が愛しい、レーヴェ」

息が止まった。たぶん、心臓も。

「貴女のために、俺はここにいる。わかるな？」

なんで、とか、どうして今まで、とか。言いたいことはたくさんあったけれど。

――ああ、今、死んじゃいたいな。

彼に抱きしめられて、レーヴェはそう思った。夢を夢と気づかないまま、死んでしまいたい。

「わたくし、……今、死にたい……」

「真面目に話を聞きなさい。こんな情けなく罪深い話をするのは、今夜が最初で、最後だ」

フリードの手が頭を撫でる。子どもをあやすみたいなそれは、ちっとも色っぽいものではなかったけれど、レーヴェにとっては懐かしくて心地いい時間だった。

でも、あのころと違って、レーヴェももう大人だし。

(い、愛しいって、言ってくれた、し……)

望んでも良いのだろうか。期待してしまっても?

「フリード、あの、私……」

今、キス、したい。そんな想いを込めて、目の前の男をじっと見つめる。

神の御前で愛を誓い合うことはできないけれど。レーヴェの心はこの先もずっと、彼とともにありたい。首に腕を回すと、フリードはぴたりと動きを止めた。

「ふ、フリード?」

彼の眉間に皺が寄る。

「あ、あの……だ、だめだった?」

なにを言われるのかびくびくしていると、フリードは珍しく視線をさまよわせて、小声で呟いた。

「貴女はこんなふうに、今までの相手にも甘えてきたのですか」

えっ、とレーヴェは目を瞬いた。なんで今、そういうことを言うのか。

「していないわ！　本当よ！　ベッドでだって、自分からなにかするなんてことなかった！　……っていうかフリード、もしかして」

いちいち夜伽の相手を引き合いに出してくるのは嫌がらせか、記念日を邪魔したことへの仕返しかと思っていたけれど。

「あなた、嫉妬、してたりする？　その、わたくしの相手を務めた男たちに対して」

「…………、…………嫉妬、ですか」

「そ、そう。もやもやって。ムカムカって。そんな感じのまま、わたくしのこと睨んでない？」

彼の底冷えする冷ややかな瞳はレーヴェへの不快感ではなく、彼自身も気づいていない嫉妬ゆえだったのではないか。そんな期待を込めて聞いてみたけれど、彼は小さく首を振った。

「睨んだつもりは……人相の悪さは元からで」

「そんなことないわ。昔はもうちょっと優しげだったわよ」

「そもそも私は陛下に対して、なにかを嫉妬するような立場にありません」

「素直じゃないのね、アーベンハット卿」

「…………素直。……俺に、素直になれ、と？」

「きゃっ⁉」

急にフリードにのしかかられて、レーヴェは寝台に倒れ込んだ。強い力で腕を摑まれ手首をシーツに縫いつけられる。顔が近い。けれど、キスをするような甘さはどこにもなかった。

レーヴェが「痛い」と呟くと、彼はハッとしたように手を離した。そしてその手を呆然と見つめ、きつく握りしめた。

「貴女はこのベッドの上で行われることに対して、悲鳴一つ上げなかったでしょう。一度も」

「それは……そうね。受け入れていたわ。役目だもの。なに、何が言いたいの？」

「素直な気持ちを。貴女は嫌だと、叫べばよろしかったのだ。そうすれば、私が……どの男たちも、即座に殺して差し上げたのに」

「フリード」

「殺してやりたい。一人残らず」

彼の腕はレーヴェを囲む。檻のように。

彼の言葉はレーヴェを縛る。鎖のように。

「貴女には、私がいつもどんな気持ちでこの部屋の前に立っていたか、わからないでしょうね」

感情をあらわにして、彼は喘ぐ。初めて見る表情で。

「フリード……教えて」

レーヴェは彼の頬に手を添えて、いまだ凍ったままの彼の瞳の中に、自分を映し込んで言った。

「あなたの抱えてたもの……わたくしにすべて打ち明けて。かわいそうに、わたくしのために、たくさん傷ついたのね？」

レーヴェはうっとりと男を眺めた。彼にも自分と同じ傷があるかもしれないことが、こんなにも嬉しい。

　フリードはしばらく唇を引き結んでいたが、やがてぼそぼそと語り始めた。

「毎晩、私は、この部屋のそばに控えておりました。他の者には任せられない、私の役目です。貴女を抱いたあと満足げに去っていく男たちに対して私の中に芽生えたのは……嫉妬なんてなまやさしいものではなかった。――憎悪、です」

　フリードは喉元を押さえて呻いた。

「貴女を初めて抱いた男への。二人目、三人目……全部で十八人ですか。それに昨夜の傷。――殺してやりたい。貴女がどんな顔で彼らに抱かれていたのか、想像するだけで……、貴女を見た目を潰して、貴女の声を聞いた耳を削いで、貴女に触れた肌という肌を切り刻んでやりたい。気が狂いそうです」

　――ああ。ようやくわかった。

　レーヴェは声なく頷いた。その感情なら理解できる。レーヴェがアーベンハット夫人に感じていたものと同じだからだ。彼がその瞳に隠していたものは、レーヴェを凍えさせるための氷ではなかった。彼自身を焼く、冷たい炎だったんだ、と。

「女王の責務については、現状、致し方ないと思っております。だから私自らが取り仕切ることにした。せめて……知らぬ男よりは、私の采配で貴女が女になっていくほうが――私の心もまだ、傷つかぬだろうと。そう思っていたのに」

　フリードは疲れた様子でレーヴェを抱きしめ、肩に頭を埋めた。

「私は、うまくやっていたでしょう……？　貴女への想いなど、微塵も感じさせないように。優秀な家臣の一人として」

レーヴェは、愛しい男の頭を抱いた。

「あなたこそ、大馬鹿なんじゃない」

「…………そう、かもしれませんね」

「似ていたのね、私たち」

とても大きな回り道をしてきたのかもしれない。二人の間にある壁は高くて分厚くて、お互いを呼ぶ声は向こう側に聞こえなかった。

でも今夜、レーヴェが体当たりで壊した壁の向こうでフリードは待っていてくれた。なんとか壁を登ろうとして傷ついた手を背中に隠し、たくさんの言葉で誤魔化して。

その不器用さを、なによりも愛しく思う。

「……好きよ、フリード。……愛してるわ」

レーヴェはフリードの目を見て言った。そしてその瞳の中に、美しい雪解けを見た。

彼は答えず、代わりにレーヴェの頬に手を添えて顔を近づけてきた。目を閉じてその時を待つ。

じれったくなったレーヴェが目を開ける前に、今度こそ二人の唇は重なった。

フリードの口づけは優しく、ぎこちない。レーヴェはもっと力強く、たしかなものが欲しいのに。

——ほんと、この人って。

離れていく唇を追いかけて、今度はレーヴェのほうからキスを贈る。押しつけて、軽く吸う。首に腕を巻きつけ、そのまま少しも離れずにキスを繰り返した。

「レーヴェ」

吐息と一緒に、彼は名前を呼んでくれる。声の響きが今までより甘くて、愛しさがこみ上げる。溶けてしまいそう。こんなにも心が焦がれる夜は、初めて。

「どうしよう、うれしい」

うれしい。何度でも呟いてしまう。涙が流れても、もう苦しくない。寒くない。

「泣くな」

「うん……でもむり。好き、フリード」

「ああ。……きっと、同じ気持ちだ」

見つめ合う彼の瞳の中にレーヴェはようやく自分の居場所を見つけた気がした。

キスの合間に、彼の手がレーヴェの腰を撫でる。

「……いい、か?」

レーヴェは頷いた。この夜はそもそもレーヴェが彼を誘ったことから始まったのだ。報われない恋を終わらせるつもりが、まさかこれが二人の始まりになるなんて思ってもみなかった。

フリードの手は優しく丁寧な手つきで腿を撫で、尻の丸みを堪能したかと思うと、徐に脚の付け根あたりを探り始める。

「ん……」

敏感なところを指がかすめるのを、レーヴェは唇を噛んでやり過ごした。何度も繰り返したキスだけで身体はすっかり期待して、そこがじゅうぶんに濡れてしまっているのがわかる。これから彼に抱かれるのだ。そう考えるだけで嬉しい。

でも、フリードはやっぱりフリードだった。

来る、と思った指は肝心なところには触れない。

拍子抜けしていると、「レーヴェ」と彼は身体を離して言った。その表情は落ち着いていて、普段の彼が戻ってきたようにも見える。

「少し、試したいことがありまして」

「試す？」

「ええ。貴女、脚が弱いみたいでしたが、こっちはあまり好きじゃないでしょう？」

話しながらやんわりと乳房を揉まれて、レーヴェはどぎまぎとしながら頷いた。

「その……先ほどのことですが。嫉妬で、少し乱暴したい気分だったとき……ここに触れても貴女はあまり気持ちよさそうではなかったので」

「そ、そう？　たしかにあんまり……うん。胸は、好きじゃない、かも」

「だから、試してみましょう」

なにを、と言う前に、フリードはレーヴェの胸元の夜着のリボンを嚙んで引っ張り緩めた。

「貴女の知らない貴女を、私が……見つけられたらいいな、と」

彼はあらわになった乳房に顔を埋めると、ぺろり、と舌先で胸の頂を舐め上げた。声を呑み込んだレーヴェの様子を窺い、上目遣いに見上げてくる。

「お嫌ですか?」

「う、ううん、……いやじゃ……ない」

「では、続きを」

寝台のそばにある燭台のせいで、フリードがどんなふうにレーヴェの胸をいじっているのかが丸わかりだ。彼はレーヴェの胸に吸いついたり唇で引っ張ったりしている。

いやらしい姿から目が離せない。唾液で光る肌、つんと尖(とが)った自分の乳首……。

「あっ」

フリードの口内で乳首がくるくるとこね回される。

レーヴェが吐息を乱し始めたのに気づいてか、乳房を持ち上げながらさらに深くかぶりつく。舌の動きが激しくなって、たまに強く押しつぶされる。

「ふぅ……、んっ……」

確認するようにこちらを見るフリードと目が合う。それがどうしようもなく恥ずかしくて、ますますレーヴェは追い詰められていく。

「あっ、……はぁっ……あっ、や……っ」

気持ちいいともどかしいの狭間(はざま)で、レーヴェは悶(もだ)えた。乳首だけではなくて、身体の奥がじんじんと切ない。もうちょっとでなんとかなりそうなのに、なんだかまだ足りない。そのせいで、身体の隅々まで感覚が研ぎ澄まされているよう。フリードの着ている服の裾が肌を撫でるのすら、くすぐったさでどうしようもなくなってきている。

レーヴェはいやいやと頭を振った。なにかが、すぐそこまで来ている。

宙を見上げて朦朧としていると、フリードの指が、吸っていないほうの乳首をつまみ上げた。

「はぁんっ」

一気に駆け上がった快感に、レーヴェは背をしならせた。

「あっ、あ、んんっ、やんん～っ」

もどかしく放置されていた反対側の乳房に吸いつかれて、レーヴェは彼の頭を抱えた。

――なにか、きちゃう。わからない、けど、くる。

「あっ、フリード、やめて、やだぁ！」

言ってもやめてくれない彼は、ついにレーヴェの股の間に指を這わせた。とろとろに濡れたそこは簡単に男の指を受け入れてしまう。

「はぁっ、んんっっ」

胸と、あそこと。同時にぐちゅぐちゅと刺激されて、レーヴェはフリードにしがみついた。

「んん～～～っっ」

「イけそうなら、イきなさい」

どこへ、と頭では思うのに、身体は初めて辿るそこへの道筋を知っているようだった。

フリードは強ばるレーヴェの身体にキスをして、先ほどよりゆるやかに、けれど的確にレーヴェの快感を刺激し続ける。

「フリード、やだ、やめて、なんか、なんかきちゃう……っ、やあ、ああっ」

「……ほら、イける。いい子、ですね」

「ん〰〰っ、ふぁ、ああっ、ああ――っ」

レーヴェは彼の指を感じながら意識を飛ばした。

「……陛下。……レーヴェ」

そう耳元で囁かれるまで、少し気を失ってしまっていたらしい。

いつの間にか服を脱いでいたフリードが、レーヴェの脚を開いて下半身を押しつけてくる。

その気持ちよさに意識が戻ってくる。

「あ……あん……フリード……わたし、は……」

「ああ、ここに、私のものが入るんですね……とろけている……ほら、貴女から溢れたこれのせいで滑りすぎて、入りません、陛下。どうしてくれるんです」

「あぁっ、や、こすっちゃ、やぁ……っ」

「ぬるぬると……それになんと甘い匂い……蜜のような」

「やっ、だめ、だめぇ……!!」

フリードは股の間に顔を埋めて、そこを舐め始めた。わざとらしく音を立てて。

いや、いやと言いながらも、腰が動いてしまうのを止められない。

気持ちよくておかしくなってしまう。ついには舌を捻じ込まれて、レーヴェは甘く啼きながら背をしならせた。

「ああ、また溢れてくる……蓋を、してあげないといけませんね」

「フリード、もう、……もぅ……ゆるしてぇ……」

レーヴェは顔を覆った。もう耐えられない。自分一人だけがよくなって、喘いで、叫んで。

これでは、さっきとなにも変わらない。

「フリード、きて……一緒に、きもちよく、なって……」

フリードは動きを止めた。ぎゅっと眉間に皺を寄せてレーヴェを見ている。

レーヴェは流れる涙もそのままに、フリードに向かって囁き続ける。

「あなたも、もっと、おかしくなって……私みたいに、きもちよくて、ぐちゃぐちゃになって……」

レーヴェは彼の前に脚を開いた。見て、と。

「ここ、入れて、はやく……、ほしいの……おねがい……」

「っ、……貴女は……っ」

ぐい、と脚を押さえて、フリードが覆い被さってくる。

レーヴェはその背に手を回して、ぴたりと身体をくっつけた。

二人の汗ばんだ身体は同じ体温で触れ合う。溶けて、一つになる。

「っ、あっ、あっ、あああッ」

一息で押し込まれる、彼の大きな熱。

そのまま激しく突き上げられ、レーヴェは必死に彼の背にしがみついた。

「あっ、ん、フリード、いい、すき、そこ」

ぶつかるお互いの肌がばちんばちんと音を立てるほど、激しく。激情のまま、求め合う。

「ああんっ、いっぱい、してっ……はぁっ、いいよぅ、いいっ」

奥まで突き上げて、フリードは呻いた。その悩ましげな吐息がますますレーヴェをとろけさせる。

――きもちいい。あなたも、きもちいい？

「フリード、すき、すきっ……きもちいい、しんじゃう、しんじゃうよぉ」

「っ、……黙って、抱かれてくれ……これ以上、俺を煽るな、たのむから」

「だって、きもちいい……っ、は、はぁっ、はぁっ、いい、イイっ」

フリードは激しい動きもそのままに、レーヴェの額に口づけた。

ああ、また、くる。あの大きな波が。

「あっ、フリード、い、いく、……イく、イく、わたしっ」

「ああ、何度でも……イかせてやる、から」

「はぁっ……あ、あ、あーっ」

白く染まる意識の中、彼の腕が強く、強くレーヴェを抱いてくれていたことを覚えている。


「見て、フリード」

レーヴェはシーツにくるまったまま窓辺に立った。

「夜が明けるわ」

窓辺に立つ彼女を、フリードが後ろから抱きしめた。

「お身体を冷やします」

「いいじゃない、少しくらい」

東の空を淡い紫色の静寂が包んで、地平線からゆっくりと太陽がのぼり始める。金色に染まる城下。レーヴェの治める、貧しくも愛しい大地の目覚め。

「……綺麗ね」

いつまでも返事のないことを訝しんで振り返ると、彼はじっとレーヴェのことを見つめていた。

「なぁに？」

「いいえ。美しいなと。見とれていただけです」

「夜明けが？　それとも、私が？」

どぎまぎとレーヴェが尋ねても、意地悪く微笑んだ彼はそれ以上なにも言ってくれない。

衣服を整え、フリードはさっと頭を下げた。

「陛下、そろそろ身支度をお願い致します。使用人たちも起き出す時間です」

「はぁ……そうね……わたくし、徹夜なんて初めてよ……今日の議題ってなんだったかしら。絶対寝るわ……むり……」

「夜には」

フリードの手が、レーヴェの頬に伸びる。

「また、お部屋に参じます」

「来てくれるの？」

結ばれたつもりでも、自分たちの関係はあまりに制約が多い。決して公にはできないし、そもそもフリードには家庭がある。昨日となにも変わっていないように思えるけれど、フリードはたしかに頷いて、レーヴェの唇にキスをした。

「少なくとも、三人……いや、四人」

唇が離れると、彼はそう言って微笑んだ。

「それだけ産んでくだされば、元老院や重臣は私が黙らせましょう」

「えっ？」

「生まれた子どもの何人かは、アーベンハット家で引き取りましょう。もともといずれは養子を取るつもりでした。陛下の子と知れば、妻も喜んで養育すると思います」

「えっ？　ええっ？」

「なので今晩も、お励みください」

するりと頬を撫でられて、上を向かされる。朝日に照らされ明るく輝く彼の瞳が柔らかく細められ、再びキスが降ってきた。

「ふ、フリード」

日の当たるところでするには甘すぎるキスに、さすがのレーヴェも抗議の声を上げる。

名残惜しいけれど、このままでは本当に人が来てしまう。

「も、もう行って！　わたくしは使用人が来るまで、一眠りするから！」

「はい。では陛下。後ほど、執務室で」

颯爽(さっそう)と去っていく後ろ姿を見送ってから、レーヴェはのそのそと寝台に潜り込んだ。

夜明け。部屋はだんだんと明るみを増してくる。いつもはこの時間を冷たいシーツの下で一人悶々と待ちわびているのに、今はただ、とてつもなく眠い。

——ああ、私、もう一人ではないんだわ。

微笑みを浮かべて、レーヴェは再び眠りについた。

若き女王レーヴェルト・アリアンの睡眠時間は短い。

公務が予定通りに終わるとは限らないし、深夜の社交に顔を出すこともある。自室に戻ったとしても、勉学や趣味の読書は欠かさない。そしてようやく寝台に入ったころに、彼が来るのだ。

「フリード、……きょうはねむい……」

「そうでしょうね」

宰相フリード・アーベンハット卿はまだきっちりと正装している。

「あなた……まだ仕事を？」

「いいえ、とうに。この部屋に、夜着で来るわけにはいかないでしょう。たとえ人払いが済んでいたとしても」

「ああ……そういうこと」

眠い目をこすって、レーヴェは身を起こそうとする。

「どうぞそのままで、陛下」

「でも……」

「寝ていてください。……今夜は私の好きにさせていただきます」

そう言ってフリードは固い飾り襟の留め具をはずした。

――この人のことを冷たい男だと言ったのは、誰だったろう。

「んっ、あっ、やだ、もう……」

寝られるはずがない。だって彼は、寝かす気がないんだから。

「あっ……ふ、フリード、そんなに奥、くるしい……っ」

「ですが、奥に注がねば」

脚を高く持ち上げられて、いっそう深く突き上げられる。フリードに愛されるときのレーヴェの身体は、彼の思いのままに潤んで、そしてそれ以上に貪欲に彼を求めてしまう。

「ああっ、やめて、抜かないで……もっと、奥まで、していいから……」

繋(つな)がったままさらに奥へ誘うようぐいぐい腰を押しつける。フリードの眉根が寄った。

「あまりそうねだられると」

「だって、きもちいいの……おなか、くるしい、のに……んっ、ああっ」

「っ、……、は、レーヴェ、いいか」

ほとんど服も乱れていないくせに、男の瞳は熱く潤んでいる。

久しぶりに抱き合う夜の彼はレーヴェに触れる手も唇も、なにもかもが熱い。乱れた呼吸が耳元に吹き込まれる。指を絡めて、額にキスして、貴女が欲しいと全身で訴えてくる。

「きて……ああ、フリード、もっと……」

ぎゅっと男の頭を胸に抱える。

がつがつと奥を穿(うが)たれて、息もできない。好きとか愛しているとか、そんな甘ったるさはない。

ただ女王レーヴェルト・アリアンのすべてを塗り替えるみたいに、フリードは激しくレーヴェを抱く。短い夜の交わりだけが、自分たちをただの男と女にしてくれる。


飲み物を口にしたのは、そういえば寝起きからこれが初めてだったかもしれない。

「次、定例議会のスピーチ原稿を」

レーヴェルト・アリアン女王にとって、歩きながらの昼食は日常になりつつあった。

多忙な女王が小走りに部屋から部屋へと移動するたび、お付きの者たちがぞろぞろと従う様子は、さながら水鳥の親子の大移動のようである。

特に、長身の宰相と並び歩きながら激しく議論する姿は、新参の使用人や登城したばかりの若い貴族の男たちを驚かせる城の名物なのだった。

今日の二人も、多忙を極めていた。

有能であるけれどおよそ人間としての感情を削ぎ落としたかのような若き宰相、フリード・アーベンハット卿は、女王に手渡す書類を片手に、もう一方で彼女の昼食を持ち、そのどちらを先に手渡すべきか逡巡(しゅんじゅん)し——結局そのどちらも女王に奪われた。

「陛下。食べ歩きはさすがに品がありません」

「わかっております。けれどわたくしは時間が惜しいの」

「議長との面会まで十分ほど、ご休憩のための余裕がございますが」

「このままで結構」

「では、そちらの原稿のご説明を。五分程度のスピーチです。要点は二つ、奴隷制度反対の姿勢と、隣国の戦争への非介入を強調すべきかと考えます」

「三日前のものとほぼ変わってないということね。三分で覚えるわ」

レーヴェは原稿に目を通しながら、片手間にパンを頬張った。宮廷料理人たちが女王のためだけに作った特別な携帯食だ。無駄にはできない。

とはいえ多忙の合間に、食事についてなにか感想を持てるほどの余裕が新米女王のレーヴェにはなかった。

「次」

「新規竣工した港と、貧民街の視察を同日に行います。護衛と同行者の規模は私と第一騎士団長の考えです。順路ですが東西南北どの街も通れるように城下の民らにも通達を出します」

「任せるわ。港の作業員たちを鼓舞するためのものを、と提案がありましたね。その件も恙なく？」

「は。手配致しました」

「では次」

「午後八時からのアウグスト公の正餐会ですが、その招待客リストでございます。気になる点がいくつか。続きは衣装室で」

文官たちを先に会議場に行かせて、ごく少数の側近とともに身支度をするために衣装室に入り

——そのとき、レーヴェに異変が起きた。

「陛下っ⁉」

とっさにフリードが支えて、転倒を免れる。「うっ」と口元を押さえたレーヴェは、フリードの腕に縋るようにうずくまった。

「陛下、お気をたしかに。吐けそうでしたらここに」

手を差し出すフリードを見上げて、レーヴェは涙目のまま小さく首を振った。

「だい、じょうぶ。ごめんなさい、少しだけ休むわ……座ってもいいかしら」

「もちろんです、こちらへ」

フリードは側近たちに医師の手配をさせ、侍女を呼び、レーヴェのもとに膝をついた。

「念のため昼食を調べさせます。本当に大丈夫ですか？」

「ええ……毒などではないと思うわ。とても美味しかった。どうか料理人たちを責めないように」

レーヴェは長椅子にもたれかかって目を閉じた。

「陛下、次の議会はお休みください」

「……それは嫌よ。原稿は頭に入っているわ。少しだけ遅れても、大臣たちは怒らないでしょう」

「しかし、そのお顔色では」

「嫌と言っているの。半年も説得に費やした案件なのよ？　せっかく軌道に乗ってきたところを、他人の手柄にするなんてとんでもない！」

レーヴェは立ち上がろうとして、また口元を押さえた。甘い唾液がせり上がってくる。

無理やり呑み込んで、背もたれに頭を預けた。

「ほら、そんな調子で。それでも行こうと言うのなら、力ずくで寝台に縛りつけましょう。縄を持ってこさせます。今日は安静になさいませ」

フリードはレーヴェの髪をそっと撫でた。言葉とは裏腹に、手つきは驚くほど優しい。

「はぁ、もう、あなたなら、やりかねないわね……」

「ドレスを緩めましょう。お召し替えをお手伝い致します」

彼に抱きしめられるようにして、背中のリボンがほどかれる。

女王のドレスは重い鎧のようなものだ。締めつけがなくなるだけでずいぶんと呼吸が楽になる。

「ありがとう、あとは侍女に」

薄い下着姿になったレーヴェは長椅子に身を横たえた。

「……大丈夫か」

ふっとフリードの口調が緩む。レーヴェは口元だけで微笑んだ。

「氷の宰相殿は、とても心配性ね」

「陛下、もしやとは思いますが」

なにかの違和を感じ取ったかのように、フリードがひっそりと尋ねる。

「ご懐妊の可能性はございませんか」

いつもとなに一つ変わらない無表情で、なにを言われたのかレーヴェは少しの間わからなかった。

「というのも、心当たりがあり……ご報告が遅れましたが実は、妻が身籠もりました。私の子ではありませんよ、彼女の大切な人との子です。それを聞かされたとき、彼女はとても体調が悪そうで……ちょうど今の陛下のように、嘔吐（おうと）感を我慢しているようでした。それでふと気づいたのです。最後に身体を重ねましたのは、たしかこの日ですね」

壁掛けの暦表（カレンダー）を指でなぞって、フリードが思案している。

「たしかに、月のものが遅れているなとは……思っていたけど……」

レーヴェがそう言うと、彼は生真面目に頷いて立ち上がった。

「やはり、可能性としては低くないかと。内密に医師に相談しておきます。陛下はそのままお休みください」

「ええっ？　ちょっと、待ってよ、フリード……！」

取り残されたレーヴェは静けさの中で呆然とした。

（アーベンハット夫人が懐妊……？　それに、私も……ですって……？）

思わず腹に手をやって、レーヴェは小さく息を呑んだ。ここに彼の子がいるかもしれないって？

（いずれ、いずれそうなればいいと思っていたけど……本当に？）

薄い腹に、まだ実感はない。

（じゃあ……じゃあ、この気分の悪さは悪阻（つわり）で、眠気は疲労ではなくて妊娠のせいで……本当に？
私……母に、なるの？）

ぐらりと視界が揺れた気がして、長椅子に身を伏せた。

（座ってすらいられないなんて……こんな調子じゃ政務どころじゃない……どうしたらいいのかし

ら。今後、誰にどの仕事を振れば政務が滞らずに……）

胃の重さと目眩に耐えているうちに、いつしかレーヴェは深い眠りについていた。


「おかあさま」

夢の中で、小さなレーヴェは光に呼びかけた。

「いいえ、私はあなたの母ではないのよ」

光は、育ての親であるアリアン夫人の形に収束した。彼女は聡明で、美人で優しくて、レーヴェの大好きな人だ。記憶の中の彼女はレーヴェを抱きしめて言った。

「レーヴェルト様、あなたの産みのお母様は、別のところにいらっしゃるのです」

幼心に、なんとなくそんな気はしていた。レーヴェは優しい母が大好きだったが、もう一人の母についても知りたいと思った。小さな手で夫人のドレスを掴んで、優しい笑顔を見上げる。

「会えないのかしら」

「いいえいいえ。今からでもお会いできますわ」

そう言ったアリアン夫人は、屋敷で一番大きい階段の踊り場に飾ってある巨大な肖像画の前へとレーヴェを連れ出した。

「女王陛下？」

それは子どもでも知っている、この国の統治者だった。

「はい。女王陛下はいつでもあなたを想っておられるでしょうし、あなたもこうして毎日お会いできます。あなたがよくよく元気でいることが、お母様のなによりの幸せでしょう」

「……わかった」

レーヴェの小さな胸に、なにか決意のような熱を感じたのはそのときが初めてだった。


「お目覚めになりましたか」

ぼんやりとした意識を、何度か瞬きをして覚醒させる。いつものにおい。見慣れた寝室の天井。

「ご気分はいかがですか」

「……そうね、すっきりしているわ。よく眠れたみたい」

とはいえ、窓の外はまだ夕暮れ前だ。眠っていたのは二時間くらいだろうか。

「で……議会は……いいえ、わたくしの体調は、どうだったの？」

傍らに控えている男に尋ねる。着替えさせられているし、おそらく診察は終わったのだろう。夢うつつに彼らの声が聞こえたのを覚えている。

「それが」

フリードが言いづらそうに眉を寄せた。彼が言葉を濁すなんて珍しいことだ。

レーヴェはシーツを蹴飛ばして、勢いよく身を起こした。

「なに、どうしたの。まさかおなかの子に、なにか異常が……!?」

「陛下、申し訳ありません。私の、早とちりだったようです」

「へ？」

ぱちくり。レーヴェは大きな目を瞬いた。

「早とちり……えっ。つまり？」

「今日、お倒れになったのは寝不足による過労だそうです。それから月経の兆候もございまして、貧血感があったのだろうと。まだ出血はありませんが、今日明日のうちに正常に来るだろうと」

「そ、そうなのぉ……？」

「誠に、申し訳なく」

胸に手を当て深く頭を垂れるフリードを見て、レーヴェは肩の力を抜いた。

なんだ。——なぁんだ。

フリードは居心地悪そうに顔をしかめている。それが珍しくておかしくて、レーヴェは笑った。

「あなたは悪くありません……自分の身体のことなのに、把握できていないわたくしがよろしくなかった。お気遣いをありがとうございます、宰相」

「いえ……」

「あのねフリード。私ね、少しほっとしてしまった。良かったたって、思ってしまったわ」

そっと彼の手を取る。白い手袋に包まれた男の手は、控えめにレーヴェの手を握り返してくる。

「女王としてはまだまだ未熟だけど、それでもようやく国をこうしていきたいっていう目標が見えてきたところなの。味方も増えてきて、仕事もしやすくなってきたし、もっと国民のことを知りたいと思っているし」

ちらりと上目遣いで見上げた彼は相変わらずのしかめっ面だ。想いが通じ合う前までは、この視線を冷たく感じて、本当に嫌だった。

今は少しも怖くない。むしろこれは彼なりの照れ隠しだとわかって、かわいらしくすら思える。

「それにもう少しだけ、あなたとは恋人でいたいわ」

「陛下」

「なんて。だめね。ここにいると、甘えてしまうみたい」

寝室はレーヴェにとって特別な場所だ。城は働くところだけれど、この部屋だけは唯一、レーヴェを一人の女にしてくれる。

「期待してくれたのに。……残念ね」

「それは……ええ」

フリードは嘆息した。

「どうか今日は、このままお休みください。陛下がお倒れになったと大騒ぎをしてしまった私の顔を立てると思って」

「ふふ、大騒ぎだったの？」

「恥ずかしながら」

「それでもあなたは休まないのでしょう？」

「陛下の補佐が私の職務ですので」

「いつか、二人でのんびりできる日は来るのかしら」

呟くと、指を絡めたままのフリードが屈(かが)んで、レーヴェの額に口づけを落とした。

「いつでも、おそばに」

レーヴェが目を瞬く間にも、彼はマントを翻して部屋を出て行ってしまう。

（あなた、とても変わったわね、フリード）

ふふ、と微笑みながら、レーヴェは睡魔に身を委ねた。

今度もきっと、優しい夢が見られそうだ。

後日談　女王の最愛、宰相の唯一

フリードが初めてレーヴェルト・アリアンを認識したのは、自身が十四歳になる誕生日パーティでのことだった。

「お前の将来を決めるかもしれない、重要なゲストをお招きした。あちらにおられるお方だ」

レーヴェルト様、と。父の呼びかけにホールの一角にできていた人垣が割れ、輪の中心にいた一人の少女の姿があらわになる。

裾が大きく広がる真紅のドレスを着た、姿勢のいい小柄な娘。

大きな青色の瞳が凛とこちらを観察している。真珠の髪飾りの輝きにも負けない見事な金髪のせいか、まるで彼女自身が発光しているかのように見えた。

他人の美醜に疎いフリードですら理解できる、強烈な存在感を放つ美少女だ。

父が耳打ちすることによれば、デビュタントもまだ先の、たった九つの少女であるらしい。

そのまま遠目に見つめているうちに、フリードは不思議な既視感を覚えた。彼女は、どの貴族の屋敷にも飾られている女王陛下の肖像を彷彿とさせるのだ。

少女は取り巻きを引き連れ、しずしずとフリードの前にやってきた。

そしてたじろぐフリードにおかまいなしに、背伸びをしてずいっと顔を近づけてきた。

「私、素敵なお兄様が欲しかったんです。だからお会いできてとても嬉しいです、フリード様」

「は……？　俺が、兄？　いや……それは」

どちらかと言えば口が回るフリードだが、突然の嵐に巻き込まれてしまったかのような気持ちでうまく言葉が出てこない。

（この少女が、俺の将来を決める存在？　なぜだ？）

目を白黒させるフリードの手をぎゅっと握り、レーヴェルトはにっこり満足げだ。

「フリード様って、背がお高いのですね。いいなぁ。きっと私の見ている世界と違うものが見えるんでしょうね」

「……そのようなことは」

「ねぇ、踊りませんか。私、ダンスは初めてなんです。どうか手ほどきしてくださいませ」

フリードは少女との出会いに胸を騒がせつつも、まさか本当に彼女こそが自分の運命なのだとは、まったく実感できてはいなかった。

そんな出会いから一年。フリードが十五歳、レーヴェルトが十歳になった夏のこと。

体調を崩したアリアン夫人を見舞ったフリードの母が、レーヴェルトを伴って帰ってきた。

なんでもアリアン夫人たっての願いで、ひと夏の間彼女をアーベンハット家で預かることにしたのだという。

レーヴェルトは親元を離れたことを不安がる様子もなく、すぐにアーベンハット家の日常に溶け込んだ。朝はフリードとともに勉学に励み、昼は乗馬や楽器の練習を精力的にこなし、お茶の時間になればフリードの両親と大人顔負けの政治談議をする。愛想まで良いから、一人息子のフリードよりよほど両親の寵愛を受けていた。

(……かわいくないな)

自身の優秀さにひそかな自信を持っていたフリードは、五つも年下の少女への注目が面白くなかった。

そんな彼女に異変を感じたのは、とある晩。フリードが夕食後のひとときを屋敷の図書室で過ごした後、自室へ戻ろうとしていたときのことだ。

(これは、すすり泣きの声?)

静かな夜でなければかき消されてしまっただろう、か細い嗚咽。

しばらく聞き耳を立てて確信する。どうやらレーヴェルトの滞在する客間から聞こえるようだ。

フリードは本を抱えたまま暗い廊下で思案した。こんな夜に少女の寝室を訪ねるのは気が引ける。けれどこうして立ち尽くしている間にも、すすり泣きが止む様子はない。

(なぜ泣く……?)

彼女を脅かすものなどない平和な屋敷だ。それとも日中に、己が気づかぬうちに彼女の機嫌を損ねてしまったのだろうか。だがチェスの相手もしてやったし、明日は天気が良ければ一緒に乗馬をする約束もした。

たぶん、原因は自分ではない。では、別の誰かが彼女の心を乱しているのか。

最初はただの興味だったものが、しだいに焦燥へと変わっていく。

気がつけば、拳は勝手に客間の扉を叩いていた。

「レーヴェルト様。フリードです」

返事はないが嗚咽は止まった。おそらくフリードの訪問に慌てて気配を殺したのだろう。

「すみませんが、入ります」

それほど広くない部屋だ。扉を開ければ、奥に明かりがぼんやり灯っているのがわかる。

そこには窓辺に寄せた椅子の上に膝を立ててうずくまるレーヴェルトがいた。彼女は突然の訪問客に驚いて飛び上がった。

「フリード!? わ、私、その、えっと、鼻が……止まらなくて、その……」

フリードはずんずんと客間を横切り、慌てて目をぬぐう彼女の腕をしっかりと掴んだ。

「おっしゃってください。誰が、貴女をこのように泣かせたのか」

「だ、大丈夫よ。気にしないで」

「けれど、貴女は悲しくて泣いたんだ。そうなのでしょう？」

フリードは無自覚に、胸の内を怒りに燃え上がらせた。

「その者を罰します。どうか俺に教えてください。お望みであれば、屋敷から追放するよう父に進言致します」

「ち、違うの！　怒らないで、フリード」

レーヴェルトが瞬きをすると、大粒の涙がこぼれて白い頬を滑り落ちた。

「私、ただ……お、お母様に……会いたくなって」

母親とはいったいどちらの、と言いそうになって、フリードは口をつぐんだ。

レーヴェルトが次期女王候補であることは――つまり現女王陛下の御子の一人であることは、今のところ世間一般には公表されていないのだった。

椅子のそばに膝をついて、うつむく彼女よりも下から顔を覗き込む。

「アリアン夫人でしたら、二日と空けずに手紙が届いているではありませんか」

「でも、昼間読んだ本には……高熱は侮れないと……死に至ることもあるって書いてあって……」

大きな瞳はたっぷりの涙できらきらと濡れている。

(なるほど。ホームシックにくわえて、母親のことが心配で心細くなっていたのか)

そうとわかると一気に頭が冷えた。なんとか彼女を励まさねばと、思考を忙しく巡らせる。

「アリアン夫人を診る医者は、王都から派遣された優秀な者たちです。病人に対してこれ以上の待遇はありません。治らないとなればよっぽどの病気です」

レーヴェルトは「そんな」と悲壮な顔をした。励ますつもりがニュアンスを間違えたらしい。

「いや、夫人は……、俺の見立てですが、非常に心の強い女性だ。病に負けるようなお方ではない」

彼女はじっとフリードを見ている。その視線に心の奥まで見透かされそうだと、ふと思った。

「あと二、三日もすれば、病のほうが後悔してさっさと逃げ出していくでしょう」

「逃げ出して……。……ふ、ふふ」

レーヴェルトは口を押さえても堪えられなかった吐息で笑った。

「そういえばお母様も私によく言うわ。『あたたかくしてよく寝れば、風邪は治ります』って。そのためには苦い薬も頑張って飲まないといけないけどって」

「きっと今頃夫人も、苦いお薬をお飲みですよ」

「大変。お口直しに、なにかお菓子をお送りしたほうがいいわ。……食べられるかしら」

「レーヴェルト様がお選びになったものなら、きっと夫人もお喜びでしょう。明日、身体に良さそうな甘味をたくさん用意させましょう。この屋敷からなら、翌日にでも届くでしょうから」

「いいの？」

青白い部屋で小さくなっていた彼女の瞳に輝きが戻る。それを満足に思って、フリードは頷いた。

「ええ。そうですね、まずはご自分で味見をなさって、感想をお手紙にしたためて一緒にお送りしてはいかがですか？」

「お菓子の味見を、私が……？　なんだかそれでは、明日が楽しみになっちゃうわ」

レーヴェルトは泣き腫らした目を手の甲で丁寧にぬぐった。

「ありがと、フリード」

そうして彼女はフリードの頬に手を添えた。

フリードが身を引く前に、反対の頬に柔らかな唇が押しつけられる。触れていたのは一瞬で、二人は至近距離でお互いの瞳に見入った。

「これはお礼よ。私はまだ、あなたに差し上げられるものを持っていないから。もっと大きくなったら、きっといろいろ用意できると思うんだけど……」

「礼など不要です」

言いつつ、フリードは眉間に力を込めてレーヴェルトを睨めつけた。

「それに、仮にも淑女がこのようなことを……。……まぁ、許可なく寝室に入った俺に言えたことでもありませんが」

「ううん。ごめんなさい。私、フリードの言いつけを守ります。あなたのことを、信じているから」

「光栄です、レーヴェルト様」

「あのね、フリード」

彼女はまるで重大な秘密を打ち明けるかのように囁いた。

「その……私への呼び方、ちょっと他人行儀だと思わない？」

は、とフリードは中途半端に返事をした。

「だからね、レーヴェと呼んでくださる？　お母様とお父様は私をそう呼ぶの」

「それはできかねます。貴女様は皆にとって、特別な方ですので」

「では秘密にして。今夜のように、二人のときにだけ……そう呼んでほしい」

だめ？　と首を傾げるさまはまるで迷子の小鳥のようだ。手でそっと包んでやらないと壊れてしまいそうな儚さがある。

窓の外の月はさえざえと美しく、彼女の金色の髪をほのかに白く照らしている。神話画の天使よりも儚く、純粋で、美しい娘。高貴な女性としての品格はまだまだ未熟で、色香よりも愛らしさが勝る。けれど日に日に成長する彼女から目が離せない。

（離せないと思うのならば……俺が、彼女の視界にいればいいんだ）

そうすれば彼女をそばで守れる。悲しみも苦しさも、まっさきに気づいてやれる。

――世の兄という存在は、妹に対してこんな気持ちを抱くものなのだろうか。

ため息を一つ。彼女と近しくなってから、それが癖になりつつあった。

「……では。レーヴェ」

名を呼ばれた彼女は、花がほころぶがごとく笑った。

あの夜からフリードは、高貴なる少女を特別扱いする自分を許したのだ。


(――懐かしい記憶だな)

寝起きのフリードは女王の寝台の天蓋をぼんやりと眺めた。

「ん……」

夢の中で可憐な少女だったレーヴェは傍らで寝返りを打ち、もぞもぞとこちらにすり寄ってくる。

フリードは身を起こし、眠る恋人を見つめた。

来月、マールシャール国の夏の盛りに、レーヴェは二十歳の誕生日を迎える。

こうして夢に見て懐かしく思うほど、出会いは昔のことだ。あのころはまさか、このような未来が待っているとは二人とも考えていなかったはずだ。

想いが通じ合ったとはいえ、恋愛にうつつを抜かしている暇はあまりない。ともに過ごす時間は少なく、こうして肌を合わせたのも二週間ぶりになる。

(いやに感傷的だな……らしくない)

天蓋のカーテンを開け寝台を下り、用意してあった着替えにさっと腕を通す。

七月ともなれば、夏の短いマールシャール国でも日の出が早くなる。女王の寝室の厚いガラス窓から見える空は、すでに朝と夜の混じり合った刹那の東雲色に染まっている。

「――陛下。そろそろ戻ります」

薄暗い天蓋の中に声をかけるものの、彼女はまだ夢の中だ。

再び天蓋のカーテンをかきわけ眠るレーヴェを覗き込むと、眉間に皺を寄せて苦しげな寝顔をしている。フリードは喉の奥で笑い、そのまま彼女の頬を包んで額に唇を寄せた。

「悪い夢を？　さぁ起きてください。今朝はお見送りをしてくださるのではなかったのですか？」

するとレーヴェは小さく唸って、豊かな睫に彩られた瞳をうっすらと開けた。

「……もう、あさ……？」

「いいえ、夜明け前です」

「はやいのね……もうすこし、ゆっくりしていったら……？」

「私が長居すると、侍女たちを困らせることになりますので」

侍女と言っても、女王の世話役はいずれも身分の高い女性たちだ。筆頭侍女をはじめ使用人に至るまで、この数ヶ月でフリードが選定し直し、一新したばかりであった。

「……そうね。でも、だいじょうぶじゃないかしら。彼女たち、口がかたいもの」

「彼女らを信用されているのですね。うまくやれているようで、なによりです」

「ええ。良い人選をありがとうございます、宰相殿」

「礼など。陛下のご安全のためです」

「それだけ？」

レーヴェは枕に頬をつけたまま、なにか秘密を抱えた子どものように微笑んだ。

「私たちのことを知っても黙っていられる賢い人たちを選んだのねと、思っていたんだけど」

裸の肩を金の髪がさらさらと滑り落ちていく。それを掻き上げて肌に噛みつきたくなる衝動を自制できるのは、夜明けの光が寝台を照らし始めたからだ。

「それが真実だとしても、私は頷きませんよ。公私混同はしない主義だと公言しておりますので」

レーヴェはますます愉快そうに笑う。身を起こして「おはよう」とフリードの頬にキスを送った。

「起こしてくれてありがとう。最近、朝の挨拶ができなくて寂しかったんだから」

生まれたままの姿の彼女はどんな豪奢なドレスで着飾ったときより美しい。

乳白色の肌が快楽で淡く染まるのを明るい時間にまじまじと見られたらどんなにいいかと、想像することはある。けれど秘密の関係である二人には叶わぬことだ。

レーヴェの肌を隠すようにシーツを引き上げてやり、再び彼女を寝台に寝かしつけた。

「貴女はもう少し眠っていてもいい時間です」

「ええ、そうする。……またあとでね」

フリードはひっそりと女王の寝室を辞した。

夏は早朝から陽の光が力強い。自分の居室へと戻ったフリードは簡単に身支度を整え、朝食前には仕事を始めた。じきに彼女も女王の執務室へやってくるだろう。早く会いたい。

使用人に朝の飲み物を所望し、それが届く前に今日手をつける書類の整理を終わらせた。

卓上の暦表(カレンダー)は、今日で七月を一週ほど過ぎたと示している。

(……そろそろ子を授かってもいいころだが)

フリードが焦(じ)れ始めるくらいの期間、二人はすでに何度か身体を重ねている。

けれど女性の身体は繊細なもので、たとえ健康そうに見えても、緊張や疲労で月のものが遅れたり早まったりするらしい。そうなると最適な性交のタイミングも予想しづらくなるのだとか。

(若い娘にはよくあることだと聞くが……。妊娠を優先させるのであれば、なるべくレーヴェに負担のない政務の割り振りを考えなくてはいけないだろう)

それから子作りの頻度も見直さなくてはいけない。

夜伽の選定のときから考えていたことではあったが、本格的に子をなすつもりであるならば、毎日、毎晩。あるいは日中にも行為があってもいいかもしれない。

とはいえ現状、それは難しいことだ。そもそも誰も自分たちの関係を知らないのだ。重臣たちは、春先に過労で体調を崩した女王の夜伽は中断していると思っている。

(彼らを黙らせるために、我々の関係を周知させるのも一つの手か……。そのために俺がすべきこと、その順序は……)

ふうと息を吐いて、フリードは一人、思考を巡らせた。

＊＊＊

――最近、宰相フリード・アーベンハット卿の様子がおかしい。

夕刻。レーヴェは執務室に戻ってくるなり眉間に深い皺を刻んだ。以前のフリードなら、議会が終わればすぐに「先ほどの大臣の発言について復習を」としつこくやってきたのに、最近はそうではない。彼はなんらかの対応に追われて忙しくしている。

たとえば寝室を訪ねてくる時間が以前より遅くなったりだとか、話しかけても上の空だったりだとか。恋人となる前だったら気にも留めなかったことが気になって仕方ない。

これは女の勘だ。彼は、隠しごとをしている。

（フリードが私に秘密にしたいことって、なに……？）

レーヴェが女王として即位したころにはすでに若き宰相として手腕を振るっていた彼は、今やレーヴェの公私すべてを支えていると言っても過言ではない。

彼がレーヴェを裏切ることなどありえないと、レーヴェ自身が一番よくわかっている。けれど、人の心は移り変わるものだ。特に恋心というものは――といくら思い悩んでも、女王の恋が禁忌とされるこの国では、気軽に恋愛相談ができる相手などいない。

（……だめ。うじうじして時間を浪費するなんて、愚か者の極みだわ）

レーヴェはすっくと立ち上がった。女王たるもの、決断と行動をためらってはいけない。

女王の執務室から宰相の執務室までは廊下を歩けばすぐ。簡単に答えは得られるはずだ。

「失礼。アーベンハット卿はご在室かしら？」

ノックに返事はない。薄く開けた扉から中を窺うと、彼は書き物に集中しているようだった。

どうやら手紙らしい。蠟で封をする彼は珍しく微笑んでいる。

レーヴェが後ろ手に扉を閉めると、フリードはふと顔を上げ意外そうにこちらを見た。

「陛下？　どうしてこのようなところに」

レーヴェは部屋を横切り執務机の前に立つと、フリードの胸元のタイを力強く引っ張った。

「答えて、フリード。誰宛てに手紙を書いていたの？」

「陛下……？」

どのような事態にあっても表情を変えない彼のことを、皆は冷静沈着な宰相だと褒めそやす。

けれどレーヴェにはわかる。今、彼は動揺している。

「あなたが私を裏切ることなんてないって、ちゃんと理解している。あなたは私の幼馴染で、この国の宰相で、それから……、けど」

タイを手放す。フリードは青い瞳を瞬かせてまじまじとこちらを見つめている。

「私だって……不安になることが、あるんだから……」

たったそれだけを言いにこんなところまで来てしまった。これでは癇癪を起こした子どものよう。

「レーヴェ」

手首を掴まれる。我に返って振り払おうにも、力では敵わない。

「不安、とおっしゃいましたね？　俺の心をお疑いなら、貴女こそひどい」

フリードは薄く笑って、握っていた手首を優しく掴み直し、レーヴェの手の甲に口づけた。

手の甲へのキスは忠誠の証（あかし）。けれど今、彼からもらいたいものはそれではない。

拗（す）ねるレーヴェを応接椅子に座るよう促し、フリードは心得ているとばかりに頷いた。

「この手紙は、妻、クロエへのものです」

レーヴェはぐっと唇を引き結んだ。

クロエ・アーベンハット夫人の妊娠は極秘事項として伏せられている。そういえば彼の口から名を聞くのも久しぶりだ。

「身重の夫人のことを、ちゃんと気にかけているのね……。良い心がけです。子はマールシャール国の宝でもありますから、支援が必要ならばいくらでも」

醜い嫉妬が再び頭をもたげる。こんなことではいけない。彼のことを信じているのに、まだくすぶっているなんて。意識して身体から力を抜く。

恋心に振り回され自滅する、愚かな女王になんて絶対になりたくない。

口を引き結んだレーヴェを見て、なぜかフリードのほうが驚いた表情をしている。そしてふと優しげに目元を細めた。

「陛下。どうか近々内密に、我が家へお越しいただけませんでしょうか」

「我が家って、フリードのお屋敷に？　どうして……急になんなの？」

「クロエが、陛下にお話ししたいことがあると申しております」

とんだ爆弾発言だ。どの面を下げて会えば、と言いかけてレーヴェは黙った。

今、フリードはしっかりとレーヴェと向き合っている。少なくとも、レーヴェが想像するような彼を巡る争いの場に招かれるわけではなさそうだ。

それに、遅かれ早かれ覚悟は決めないといけないと思っていたのだ。周囲にどのような影響があるかわからないまま彼を求めたわけではない。

「……わかりました、お会いします。そのようにご調整ください、アーベンハット卿」


それから一週間と空けぬうちに、二人は数少ない護衛をつけ、黄昏時の王城をひそかに出発した。目的地は王都の郊外、セーレン川沿いのアーベンハット家の屋敷だ。

「いつぶりなの？　お屋敷に帰るのは」

「さて……今年の新年祭のあと、一日だけ戻った記憶があります」

「それならほぼ半年ぶりってことね。いまさらだけど、それで本当に奥様はお許しなの？」

宰相職は激務だ。けれどそうさせてしまっているのは女王として未熟なレーヴェに責任がある
……と言う間もなく、フリードはレーヴェの手を取った。

「ちょっと、フリード」

馬車の中は二人きり。だとしても外だ。寝室で睦み合っているのとはわけが違う。

「誰も見てはいない」

そう言って彼の膝へと誘われる。髪を結い上げているせいであらわな耳元に、彼の吐息が触れる。

「家には、帰る必要があまりないのです。領主としての仕事も社交もほとんど城内で済ませられるし、彼女の意見を聞くべきことは手紙で確認できます」

彼がそう言うなら信じたい。レーヴェはぎこちなくフリードの手を握り返した。

馬車に揺られること四半刻、アーベンハット家の瀟洒な玄関に到着するなり屋敷中の人間たちによる盛大な出迎えを受けた。

案内された中庭は夏の花が咲き乱れるガーデンパーティ仕様で、夕暮れの風が心地よく頬を撫でた。フリードすら目を見張っていたので、このもてなしはクロエによる心遣いなのだろう。

「ようこそおいでくださいました、女王陛下」

そこに新緑色のドレスを纏った女性が騎士を伴ってあらわれ、レーヴェの前で深く頭を垂れた。

「本日は御足労いただきましてありがとうございます。クロエ・アーベンハットでございます」

レーヴェは女王の挨拶として右手を差し出し、クロエは膝を折って手の甲に軽く口づけた。

「ご招待をありがとうございます。初めまして、夫人。どうぞお立ちになって」

クロエ・アーベンハットはフリードと同い年、つまりレーヴェより五つ年上の二十五歳だ。

微笑みに包容力を感じさせる彼女は、一挙一動がたおやかな大人の女性に見える。ゆったりとしたドレスが似合っているが、一瞥しただけでは妊婦とはわからない。

彼女はレーヴェの隣に立つフリードに向かって「おかえりなさいませ」と笑顔で一礼した。

レーヴェがフリードに目くばせするより早く、クロエの背後に立っていた騎士が彼女の手を取り優しくエスコートした。

「ありがとう、リヒャルト」

笑顔の夫人を見て、はっと気づく。

（もしかして、彼が……？）

レーヴェの視線に気づいたクロエが、にこやかに微笑んだ。

その後、クロエは女同士で話したいことがあると言って、男性二人を屋敷の中へと促した。

夕暮れの夏の庭で、彼女と二人きりになる。椅子に座って適当な世間話をしたのちに、クロエはこう切り出した。

「陛下。大変僭越ではございますが、今宵は私の話を聞いていただけませんでしょうか」

クロエの視線はさきほどまで彼女の騎士が立っていたところに向けられている。

「――ほとんど、彼と私の話になるでしょうが」

「彼、とはもしかして……、先ほどの騎士のことでしょうか？」

「ええ、名をリヒャルトと言います。彼は私の幼馴染で……そして長らく、秘密の恋人でした」

やっぱり。そう思ったけれど言葉は呑み込んだ。

「リヒャルトは、代々我が家に仕える騎士の家系の出身なのです。私たちは身分違いを理由に、恋愛関係になることを認められませんでした。けれど私は彼を手放すことも、ましてや駆け落ちする覚悟もなかった。ずるくてひどい女なのですよ。このような私に、フリード様との結婚など身に余るご縁であったと思っております」

レーヴェはハッとして口を引き結んだ。きっと、これが今夜の本題だろう。

「それでもフリード様と結婚したのは、婚約のお話をいただいたときに彼が、私の家の後援を期待しているのだと、初めにきっぱりと伝えてくださったからなのです。それからもう一つ。『俺にはすでに、一生を捧げたいと思う女性がいるのです』と、おっしゃったから」

クロエから向けられる視線を、レーヴェはそっと顔を背けてやり過ごした。

「ですので私も、正直にリヒャルトの存在を打ち明けることができました。お互いに都合が良い、そういう結婚でございました。だから今日までの私たちは、互いを見守る戦友のような関係だったのではないかと思っております」

「戦友……」

「だって、とびきりのロマンスじゃありません？」

そう言ってクロエはくすくすと笑う。

「あの堅物のお手本のような男性がまさか、たった一人の女性だけを想って生きているなんて、意外で。誰だって応援したくなってしまいますよね」

笑顔は優しく、彼女が純粋に面白がっているのだとわかる。

「つまり、夫人は……」

レーヴェはふと自分の指を見つめた。そこには彼女が身につけているような誓いの指輪はない。

「フリードの想い人について……初めからずっとご存じ、だったのですね」

クロエは小さく頷いた。レーヴェはがたんと椅子を鳴らして立ち上がった。

「わたくし、今夜は一言、夫人に謝罪をと」

「およしになって、レーヴェルト様」

身を乗り出したクロエが、レーヴェの手にそっと触れる。

「愛する人とともに生きたいと願うのは、当然のことです。それに私がこうしてリヒャルトの子を授かったのは、たしかにレーヴェルト様のおかげなのですよ」

「わたくしの……？」

「あなたがフリード様に、愛をお伝えになったから」

レーヴェは面食らって立ち尽くした。

「どうしてそれを……、まさか彼がなにか？」

「ふふ、言われなくてもわかりました。だって、最近の彼の手紙ときたらますますあなた様のことばかりで。大丈夫、ご安心なさって。誰にも口外しておりません」

レーヴェを座り直させて、クロエは穏やかに微笑んだ。

「私、嬉しかったんです。ようやく成就した彼の恋に、私のほうが励まされた気持ちで……。それに、民のために人生を捧げられる陛下にも一人の女性として愛される幸福があればいいのにと……僭越ながら私は、そう願っておりましたから」

（一人の女として愛される幸福……？　女王の、私が？）

許されない。最初に浮かんだのはそんな言葉だった。

「ね、私たち少し似ていると思われませんか？」

「どんなところが……？」

「ただあの人を愛したいと……そう願い、足掻（あが）いたところです」

レーヴェに臆せず向き合うクロエは、愛情と自信に満ちているように見える。

そんな彼女と自分は、本当に似ているだろうか。彼女はどれほど厳しい茨(いばら)の道でも、愛する人の子を身に宿すことを選んだのに。

(私は、彼のことを秘めることしか考えていなかったのに……？)

城への帰路で、まるで小さく刺さった棘(とげ)のように、クロエとの会話がずっと頭に残った。

馬車に同乗するフリードが物言いたげにこちらを見ていることには気づいていたけれど、レーヴェは結局、窓の外にさえざえと輝く月をぼんやり眺めてばかりいた。

そして明確な考えを見いだせないまま、秘密の訪問を終えたのだった。

＊＊＊

マールシャール国の八月は、貴族も平民も女王生誕祭を祝い城下街は盛大に賑(にぎ)わう。

特に王城の大きなホールを使っての晩餐会と舞踏会は、生誕祭にふさわしい華やかさである。

良い機会だからと臣下たちと積極的に話していると「隣国の王太子殿下よりダンスの申し出がございます」「何人か、お応えになりませんか」と、外交官たちを通じた誘いがひっきりなしにやってくる。

「陛下は例年、どなたとも踊らず、公平にお断りになる。そうですね？　陛下」

外務大臣はそう言って取りなそうとしてくれる。

たしかに即位してから今までのレーヴェは、女王として特定の誰かへの寵愛をあらわすことはなかった。けれど古い家臣らが言うには、先代女王は請われれば誰であってもできるかぎりお相手をしていたらしい。

（私も、踊っていいのかしら。誕生日ぐらいなら、特別に……愛する人の手を取っても許されるかしら……。もし相手を選ばなくてはいけないのなら、彼がいい）

しばらく考え込んでいたレーヴェは、意を決して玉座から立ち上がった。

「今年は、一人だけお相手をしてもいいんじゃないかと思っております」

視線を感じてふと壁際に目をやると、そこにはフリードがいた。

彼は舞踏会にふさわしい黒衣に銀糸の緻密な刺繍入りの礼服を着ている。背の高い彼の左肩を覆うマントは銀色だ。

（素敵ね……。フリードは昔から、格式高い黒色がよく似合うわ）

フリードは顔色を変えずに胸に手を当て、他の者たちと同様に頭を垂れる。そんな彼に、レーヴェはつんと澄まして右手を差し出した。

「アーベンハット卿」

呼ばれたフリードは顔を上げてじっとレーヴェを見返した。

「あなたにダンスのお相手を務めてもらおうと思うのですが、どうかしら？」

「ほほぉ。ご指名だぞ、アーベンハット卿」

「そういえばお二人は、幼馴染でありましたな」

早くも酔いが回っているらしい大臣らにぐいぐい押され、フリードはようやくレーヴェの前に片膝をついた。

「陛下直々のご指名とは、身に余る光栄にございますれば」

フリードは立ち上がると胸に手を当て一礼した。

レーヴェの手を取ったフリードにエスコートされ、真紅の絨毯の敷かれた階段を下りる。

磨き上げられた床にシャンデリアの光が反射して眩しい。ダンスホールで向き合えば、フリードの腕がレーヴェの腰に回され、ぐいと引き寄せられる。

誰かがきゃあと上げた声も、ぴゅうと吹かれたひやかしの口笛も、今夜は無礼講だ。

「注目がすごいわね。視線で串(くし)刺しにされてる気分」

「貴女が今夜の主役なのだから、仕方ない」

これだけの喧噪(けんそう)だ、二人の会話は周囲には聞こえないだろう。

「初めてかしら、フリードとこうして踊るのは」

彼のリードはもちろん完璧なので、こうして話す余裕もある。楽団の奏でるワルツは耳に心地よく、賓客たちのざわめきすら二人を包むさざ波のようだ。

「……いや、十一年ぶりだろう。俺の、十四の誕生日にも踊ったことがあった」

「私が九つのとき？　あなたの誕生日……記憶があいまいだわ。もったいない」

「俺はよく覚えている。貴女は俺が初めて舞踏会で踊った相手だったのだから」

「でも、夫人とも踊ったことはあるでしょう？」

わざとステップのタイミングをずらしても、フリードは難なく歩幅を合わせてくる。

「いや……クロエを、彼女の想い人のもとに届けたことなら、何度か」

「まぁ。あなたがそんな素敵なお手伝いができる人だったなんて、知らなかったわ」

心底驚いたけれど、たしかに彼はそういう男なのかもしれない。レーヴェのことを一途に想った結果、この場にいるのだから。

思わず笑ってしまうと、フリードが露骨に嫌そうな顔をした。

「あのときも、今も。貴女といると人の目を引くな」

こんなしかめっ面ではきっと、周囲は女王の気まぐれに付き合わされる宰相殿を不憫と思っているだろう。踊りながら言い争っていることを面白おかしく眺めているのかもしれない。

「今夜の貴女は、ひときわ美しいから」

この人がこんなにも、レーヴェを想っているとは知らずに。

レーヴェの長い金の髪は、幾重にも花弁の重なった薔薇のように結われ、その上には女王の象徴であるティアラがまばゆく輝いている。新しいドレスは夏らしさを感じるグリーンで、首元を彩るペリドットの澄んだ輝きとの統一感も良い。

「どうかこれ以上、客人らを誘惑してくださいますな。生誕祭後に届く求婚を、毎年どのようにお断りするか、俺や下の者たちはひどく頭を悩ませるのですから」

それならば、女王にはすでに寵愛する者がいると、言ってやればいいのだ。

「……そうね、気をつけます」

一方で、そうはできないのだとわかっている。

不文律で禁じられている、女王の婚姻。派閥による分裂を防ぐこと、政敵を作らないこと、それからなにより女王自身が恋愛にかまけて政務をおろそかにしないこと。

老臣たちから口酸っぱく言われ続けていることだ。

(恋は、人を愚かにするから)

それはレーヴェにもわかる。彼を想うあまり、夜伽に誘ったのはレーヴェ自身だったのだから。

あのときフリードは、レーヴェが子どもを四人ももうければ女王の夜伽についてはなんとかしようと言ってくれた。けれど自分の体調をないがしろにしがちなレーヴェにはいまだ妊娠の兆候がない。女王の夜伽が中断しているかのように見える家臣らの不満も、うすうす耳に届いている。

(そろそろ、フリードの子が欲しいわ……)

閨での彼を知る前には戻れない。レーヴェの身と心は、彼との時間を欲している。

「――そのような顔をなさってはいけません」

楽団の奏でるワルツにまぎらわせ、フリードが囁く。

「もうしばし……我慢なさいませ、我が君」

繋いだ手に力が入る。彼も同じ気持ちだと伝わってくるようでレーヴェはうっとりと目を閉じた。

レーヴェがようやく王城の寝室に戻ってきたときには、時刻はとうに深夜を回っていた。

家臣たちと食事をともにして祝福された素晴らしい宴だったけれど、ここは魔法がとけたように静かだ。

誕生日の夜とはいえ、彼は今晩来られないかもしれない。女王のいない場で彼が取り仕切らなくてはならないことはたくさんある。

（たくさんの人に祝ってもらったのだから……感謝しなくては。私はなんて幸せな女王なのだろう）

けれど眠る前の暗闇では、たった一人のぬくもりを求めてしまう。

（……やっぱり、私はわがままな女王ね）

会いたい。抱きしめてほしい。今日も疲れたと言い合って、執務室でするような話の続きを少しして、言葉がとぎれたら、キスをしたい。

（あなたの口づけ、とても気持ちいいのよ）

いつでも優しく笑ってくれるような男ではないけれど、閨での彼は大きな手や熱い舌で丁寧にレーヴェを愛撫してくれる。身体が溶かされてしまったと錯覚するぐらい情熱的に抱いてくれる。

生誕祭の準備でしばらくお預けだったせいで、最後に抱かれた日がずいぶん昔に思える。身体はフリードのぬくもりを求めて疼いて切ない。

（フリードは、キスをしながら私の首筋を手でなぞって……。そのまま私の胸を触って、いじめるのよ……）

自分で慰めようとするなんて、初めてだ。けれど胸に触れても、彼にされたときのような強い快感は訪れない。

陛下とも、レーヴェとも呼び分ける低い声を思い起こしながら、レーヴェは自分の指を下着に這わせた。柔らかい割れ目を撫でてみてもやはりなにか違う。

（フリードにされたら……もっと気持ちいいのに……）

触覚的な快感はもちろんのこと、彼の熱っぽい視線や、耳に注がれる吐息に興奮させられるのだ。乱雑に服を脱ぎ、性急に覆い被さってくる彼を思い出すだけで腹の奥がきゅうっと甘く疼く。

「っ……ん……」

彼を想えばようやく感度が良くなった気がする。いつも彼の指がするように、胸の頂をつまんで弾いて、もう片方の手は下着の上から敏感な花芽をまさぐった。

「あっ、ぅっ……」

寝室にはレーヴェ一人。だんだん行為自体にも抵抗がなくなってきて、貪欲に快感を追っていった。下着の中に指を入れて、直接そこを触ってみる。

『ここが、よろしいのでしょう？』

頭の中に響く、低く優しい声がレーヴェを乱す。

（いい、けど……もっと奥に欲しい……）

濡れ始めた入り口におそるおそる指を這わせる。ここに自分で入れるのは、初めてだ。

ぬかるんだ隘路（あいろ）の中に、感度のイイところがあるらしい。入り口の、腹側あたり。いつも彼にされると、我を忘れて腰を振ってしまうところ。

「……、……んっ、はぁっ……」

自分の指では彼が入ってくる気持ちよさには及ばないけれど、代わりにはなる。抜き差ししても違和感ばかりだったところが、しだいにほぐれていくのがわかる。

「……っ、フリード……フリードぉ……」

闇の中で名前を呼べば、彼はいつも、快楽を駆け上るレーヴェを抱きしめキスをしてくれる。

そして貴女の中で達したいと、視線で甘えてくるのだ。

（して、来て……っ、もっと……！）

ぐちゃぐちゃと響く水音。もうすぐ、もうすこし。イきそう。イけるかも。

「はあっ、あ、……んん……っ」

「――我慢なさいませと、お伝えしたはずですが？」

「ひっ⁉」

突然響いた男の声に飛び上がって驚いて、慌てて指を引き抜いた。

（う、……うそ、フリード⁉）

すっかり行為に耽っていたレーヴェは、寝室のドアの開閉音にすら気づいていなかったらしい。

濡れた指をぬぐうこともできずに、シーツに丸まって慌てて身を隠した。

寝室は暗い。おまけに彼はまだ天蓋の外だ。向こう側からはきっとなにも見えていないはず。

「お一人でお楽しみでしたか？」

けれど、天蓋のカーテンを手で払って入ってきた彼の声はおかしそうに笑っている。

そして手に持っていた燭台で、寝台の近くに明かりを灯した。

「頬をそんなに紅潮させて、シーツの下でいったいなにを？」

「陛下？」と低く呼びかけながら顔を覗き込まれる。

「なにも！　ねえ、い、いつから見て……？」

「さて、いつでしたかな」

シーツを引っ張り上げて顔を隠しても、心臓はまだどくどくとうるさい。半端に高まってしまった身体は熱く疼いている。彼は寝台の端に腰かけ、レーヴェの額をなぞるように前髪を撫でつけた。

「陛下。どうかお顔をお見せください」

吐息がレーヴェの額をくすぐる。それだけで背中にぞくぞくと震えが走る。

「寂しいことです。私はいつでも貴女の、忠実なる下僕ですのに」

ちらりとシーツから顔を覗かせれば、額と額が合わさった。キスをねだりたいのに、なけなしの理性が歯止めをかける。彼がきっちりと着込んでいるせいだ。まだ今は、女王と宰相なのだと見せつけられているようで。

「ごめんなさい……、あなたが遅くまで仕事をしなければいけないのは、わかっていたんだけど」

フリードの大きな両手に頬を包まれ、レーヴェは恥じらって目を伏せた。

「来てくれたらいいのにって、待っていたの。そしたら………したくなっちゃって」

「かわいいお人だ」

顎に手が添えられ視線を上げさせられる。明かりが灯された今なら、彼の表情がわかる。笑いを収めたフリードは、熱っぽく濡れた青い瞳でじっとレーヴェを見下ろしている。

なんて色っぽいんだろう。視線だけで欲情させられてしまう。早く口づけてほしくて、レーヴェが先に目を閉じた。すぐに唇は重なる。それだけで震えるほどの幸福感が全身を包む。

もっと欲しくて、レーヴェから彼の口内に舌を差し入れた。熱い舌がレーヴェの舌を絡め取ろうと器用に動く。ちゅっと吸いつけば、ワインの味がした。

「ん……お酒を、飲んできたの……？　珍しい」

「ああ。女王への求婚者を、順に潰してきた」

「な……!?」

唇を離したフリードは絶句するレーヴェを尻目に、くっくっと喉で笑った。

「そんな表情をせずとも大丈夫だ。俺は酒で気をおかしくしたことはない」

「そういう問題じゃなく、んっ」

「俺をおかしくさせるのは……寝台の上の、貴女だけだ」

夜着の合わせから侵入してきた手に胸を摑まれる。大きな手のひらはしっとりと熱く、レーヴェの乳房の形を記憶したがっているみたいに輪郭をやんわりとなぞった。

「フリード、待って……だめ……、う……あぅ……」

すでに敏感になっていた全身は、フリードの愛撫に簡単に溺れた。

もどかしさに頭を振ると、自分の長い髪が頰をくすぐった。覆い被さるフリードがそれを丁寧に撫でつけ、耳に直接吐息を吹き込む。

「遅参をどうかお許しください、陛下」

耳穴を舌で犯され、レーヴェは高く悲鳴を上げた。脳髄に直接響くかのような水音がする。

「や、フリード、それやだぁっ……！」

逃げようとするレーヴェを半身で押さえつけつつ、彼はきっちり着込んだ正装にようやく指をかけた。片掛けのマントを床に放り、礼服の固い詰め襟を緩める。皺一つない白いシャツのボタンを雑にはずして前をくつろげると、広い胸板があらわになる。

(……きれいな男ね……)

根っからの文官であるはずなのに無駄な贅肉はなく、胸も腹も引き締まっている。肌の手入れなどいっさい興味がなさそうなのに、どこに触れてもするりと撫で心地がいいから不思議だ。

上半身をはだけたシャツ一枚にしたフリードは、彼の胸板に触れていたレーヴェの手を摑んで、彼女の濡れた下着に導き触れさせた。

「先ほどのように、このままご自分で慰めますか?」

「そ、そんなのっ……どうしてそんな意地悪を言うの……?」

「では俺が、ここに触れても?」

レーヴェの夜着をまくり上げ膝から脚の付け根までを撫でたフリードは、意地悪く囁くように言った。いつもより性急な愛撫だ。それを嬉しく思ってしまう。

小さく頷いて許すと、彼の指はレーヴェの下着を丁寧に脱がせた。

「ああ……、こんなに濡らして」

長い指が蜜を塗りつけるかのように花芽を上下する。

太さも、長さも、自分でするのと全然違った。これだけで達してしまいそうになる。

「あん……、あぁ……やっ!?　ゆび、もう入れっ……?　ん、んんーっ!」

唇を噛んで声を殺す。

彼はレーヴェのすべてを知っているらしい。感じるところも、してほしいことも、全部。

「や、はやいのだめぇ……もういく、いっちゃうから……っ、ひっ、あ……あぁっ……！」

腰が浮くとますます彼の指を奥に迎え入れてしまう。出入りが激しくなればなるほど声も我慢できなくて、レーヴェはがくがくと腰を振って達した。

「私の指でも、ご満足いただけましたか？」

指を引き抜いたフリードは意地悪そうに笑った。

レーヴェは涙ににじむ視界で彼を睨めつけ、必死に呼吸を整えようと身体を縮めた。

「……っだめ、……こんなんじゃ……ゆるさない……」

「それは、もっと……、とおっしゃる？」

鋭い眼光にたしかに見え隠れする、情欲の炎。フリードはレーヴェの両膝を割り、腿へと舌を這わせた。両膝を押さえたまま、彼は濡れそぼった秘部に顔を埋める。

「ああっ」

レーヴェは身を震わせて、もどかしい愛撫を受け入れた。

「だめ、フリード……汚してしまう……！」

「貴女に汚いところなど一つもありません。俺にとっては、貴女の存在すべてが美しい」

舌は濡れた秘部を優しくなだめるように動くけれど、欲しいところには届かない。どこまでももどかしい快感から逃げたいのか、もっと欲しいのか。レーヴェは彼の頭を両手で押さえつけ夢中で腰を振った。

「あ、あ、ぅっ、や、たりないぃ……やだぁ……」

舌で散々焦らされたレーヴェが泣きながら訴えると、ようやくフリードが顔を上げた。

「も、早く欲しい……！　フリード、なかに入れて、はやく……」

夜着を胸の上までたくし上げる。

「こっちも、さわって……！」

胸の頂がつんと立ち上がって主張している。さっきから夜着にこすれてつらかったところだ。

「これは失敬」

フリードは目の前にさらされたそれを、きゅっと指でつまんだ。

「あぁんっ」

痛みと快感の違いは紙一重だ。そしてどちらも与えられすぎると違いがわからなくなってくる。

「もう……ちがうってばぁ……！」

「では、どのようなものをご所望でしたか？」

さっきから伝えているのに、彼は一向に従ってくれない。焦らされてばかりでつらいのだと目で訴えると、フリードは目元をやわらげてレーヴェを見た。そんな表情を見せられたら、きゅっと胸が甘苦しくなってしまう。

ちょうどよく隆起した彼の股間に、腰を浮かせて自分の恥部を押しつける。濡れているから服ごと汚してしまうかもしれない。それを彼は使用人にどう言い訳するのだろう。知ったことか。

昂(たか)ぶりの熱がますます増していくのを小気味よく思いながら、レーヴェは陰部同士での愛撫に夢中になった。

「っ……、陛下、これ以上は」

「いいえ、許さないと言ったわ。今夜はわたくしが……！」

レーヴェが身を起こす前にフリードが自分でベルトを緩めて、そして昂ぶりを手で引き出した。

濡れた入り口に迎え入れようとするけれど、ぬるぬると滑って、うまく入ってこない。

「くっ……」

フリードの眉間に皺が寄る。苦しいのだろうか。

(待っててね……今、気持ちよくさせて、あげるから……)

腰を揺らせば、彼の熱がレーヴェのとろとろしたところを分け入ってくるのがわかる。

「んぅっ……」

「ご無理は……」

「いやっ、このままする……！」

息を乱しながら、自分の中にゆっくりと埋めていく。

(まだ、入りきらないの……？　このまま奥まで……)

入った、とわかったけれど、そこから動けない。最奥の、突かれたら痺(しび)れるほどの快感が与えられる場所まで、彼のものが埋まっている。

「……陛下」

「まって……むりなの……まだ、こうしていて……」

「陛下、どうかお許しを」

「えっ？　あっ、あぁんっ」

フリードの頭を掻き抱くようにしがみついて、レーヴェは激しい突き上げに耐えた。

「やっ、そんなにうごいちゃだめぇ」

「無理です、このように求められては……ああ、目の前で貴女の乳房がたわわに揺れて……」

つんと主張していた乳首が、彼の口内に迎えられる。けれどこんなにも高まってしまったときに刺激されれば、快感が過ぎる。

「あっ、あっ、フリードぉ……！」

「今日は特別な日だから……いつもよりも……貴女を愛したい、もっと深くまで」

深く貫かれては抜かれる。こんなに声を上げて、もしかしたら寝ずの番の侍女にも聞かれてしまっているかもしれない。それでもかまわない。だって彼とは、心から愛し合っているのだから。


裸の肩が寒い。シーツを引き上げようとすると、耳元でフリードの穏やかな笑い声が聞こえて、レーヴェははっと目を覚ました。

「……いつから起きていたの？」

「少し前だ。起こそうかどうしようかと迷って、結局寝顔を眺めていた」

「やだ、変な顔をしていなかった？」

「愛らしかった。もう一度目を閉じてくれないか」

「なぁに？　いいけど」

キスでもしてくれるのかと素直に言うことを聞くと、不意に耳朶を引っ張られる。

「誕生日おめでとう、レーヴェ」

目を開けると、フリードが片肘をついて満足そうにこちらを眺めていた。

耳朶の違和感をたしかめようと指で触れると、そこになにか硬いものがあるのがわかる。

「えっと……これは……？」

「イヤリングだ。よく似合っている」

「ええっ⁉　フリードからの贈り物ってこと⁉　ちょっ……見てくるわ！」

レーヴェは寝台から下りると裸のままいそいそと鏡台に走り寄った。

金の髪を掻き上げれば、耳元で青い石が光っている。暗がりでも輝く、空のように優しい青色だ。

「素敵……見たことのない色だわ。これはなんという宝石なの？」

「マールシャールの北方山脈で産出する希少石だが、まだ名前はない」

レーヴェの誕生日に合わせて、宮廷宝飾師に無理を言って特別に仕立てさせたのだという。

「そうなんだ……。イヤリングなら政務の間もずっとつけられるわね。それにこの石、フリードの瞳の色にちょっと似てる。すごく綺麗な青ね……ありがとう、嬉しい」

「……俺は、貴女の瞳の色だと思ったんだ」

「そうだったの？」

二人はお互いに顔を見合わせ、それからぷっと吹き出した。

ひとしきり笑い合い、レーヴェはいい案を思いついたと寝台まで戻った。

「ねえ、新しい宝石の名前って、私たちでつけてもいいのかしら？」

「いいんじゃないか。石の発見者も、女王の名前がついたら喜ぶだろう」

「私の名前でもいいけど……、それより新しい名を二人でつけるのもいいんじゃないかしらって」

フリードは瞠目したかと思えば、レーヴェの腰に腕を回して寝台に引きずり込んだ。

「子を作ろう、レーヴェ」

「い、いきなりなにを言うの？　今までだって、そうしてたじゃない……」

「今夜からは毎晩訪れるようにする。侍女たちにもそのように話を通そう。それから重臣たちにも。俺たちは本気なのだと、そろそろ知らせてもいいだろう。女王の夜伽の相手は生涯、フリード・アーベンハットであると」

「……いいの？」

「遅いくらいだ」

フリードはレーヴェを両腕で抱いたまま、ぽつぽつと話す。

「クロエとの離婚の話が進んでいる」

え、とレーヴェは顔を上げた。

「貴女を我が家に招いたあと、クロエは両親を説得しに実家へ戻ったんだ。俺も、おなかの子はリヒャルトの子として産ませてやりたいと思っている。だからそれまでに話をまとめるつもりだ。無論、生まれる子や彼女らへの支援を欠かすつもりはないが」

「それって……つまり……？」

「だから……俺と結婚してくれ、レーヴェ」

突然の言葉に思考が止まる。

「俺は偽りの結婚生活をやめる。自分の心に従い……俺の手で貴女を生涯、幸せにしたい」

結婚。生涯、幸せ――彼と？

「そのために根回しを続けてきたんだが、なかなか手こずってしまった。それで貴女を不安にさせるなんてな」

「それは……。最近のあなたは、私になにか隠したいことがあるんだと思って……」

「すまなかった。離婚の見込みがつくまで求婚はしまいと自制していたから……少し、焦ったのかもしれない。もっとうまくやるべきだった」

「ううん……、いいの。あなたがこんなことを考えていたなんて気づかなかった」

目頭が熱くなるのを堪えて、レーヴェはそっと目を閉じた。

「それにこの国で女王に求婚する男なんて、あなたくらいよ……きっと誰も予想してないんじゃないかしら」

「だが舞踏会での皆の反応を見ただろう？　貴女は――俺たちは、祝福されていた」

女王の誕生日を祝ってくれた人たちの顔が思い浮かぶ。彼らはこの恋を許してくれるのか。

「国民の幸せを女王の幸せと呼ぶのなら、逆もそうだ。貴女は幸せにならなければ」

力強い言葉とともにフリードはレーヴェの左手を取って、薬指に唇を寄せた。

「次は指輪を贈りたい。永遠の愛の誓いに。……それから」

目を開けば、宝石より深い輝きをたたえた青い瞳がレーヴェをじっと見つめている。

「二人で最初に考えるのは、子どもの名前がいい」

彼は仏頂面でそう言うと、喋(しゃべ)りすぎたとばかりに頬をこすった。照れ隠しだ。

「……皆を説得するのは、きっと大変だけど……」

「それが俺の仕事だ」

「いいえ、『私たち』の仕事よ」

レーヴェはフリードの頬に手を添えた。

「私と結婚して、フリード。私、愛する人をシーツの下に隠さなくちゃいけない人生はいやよ。それに国民の幸せも、私自身の幸せも……諦めない。あなたとならきっと叶えられる」

「どこまでもお供(とも)致します、我が君」

誓いの口づけを手の甲に落としてフリードは言った。

それから口づけは手首、二の腕の柔らかいところ、肩、鎖骨に首筋へと移り、唇同士で触れたとき、レーヴェの胸は言葉にできない幸せに満ちる。

誕生日の夜は更け、レーヴェにとって新しい日々が始まる。

この夜を生涯忘れないだろうと、レーヴェは恋人の腕の中で目を閉じた。

Mososo Kumoso
雲走もそそ
illustration
深山キリ
獣人王は補佐官の
初心な想いに気づかない
～防臭機能のすごい服と
異国の香のせい～

第1章　情交

ハイダルの酒精に侵された意識は、その匂いを嗅ぎ取った瞬間に急浮上した。

「この、匂いは……」

肺へ満たし、脳に刻みつけたくなる、重厚で甘美な香り。

気がつけば、寝台で横になっているハイダルの腕の中には、若い女がいた。侍従が寄越した女だろうか。彼女から、酒以上に酔わせる甘い匂いが漂っている。

崩れた長い銀色の纏(まと)め髪と、同じ色のたっぷりとした睫毛(まつげ)に縁取られた丸く大きい吊(つ)り気味の目。

その中の紅玉の瞳は瑞々(みずみず)しく輝き、甘味がありそうに思えて舐(な)めたくなった。顔立ちに少しあどけなさは残るが、間違いなく男を受け入れられる年齢に達している。

「ハイダル様……」

戸惑うように名前を呼ぶ唇に魅せられ、吸い寄せられるかのごとく口づけていた。

ふっくらとした柔らかい唇を舐め、自分の唇で感触を確かめるように食(は)む。

「んーっ！」

続いて後頭部を支え、舌を口内へ滑り込ませると、肩をびくりと跳ねさせてハイダルを押しのけようとしてきた。

だがハイダルの体格に比べれば彼女は子供も同然のため、抵抗は何の障害にも感じない。押し返そうとする手は好きにさせ、抱き込んだ肩や首筋を撫(な)で、彼女の舌の熱や唾液を堪能する。

「ん、ぐ、ふぁ……」

興奮で耳が獣のそれに変わっていくむず痒(がゆ)さを感じながら、同じように尖(とが)ってきた牙で彼女を傷つけないよう、丁寧に舌を伸ばす。

徐々に抵抗が弱まり、それがハイダルとの行為の同意に思え、雄の本能がぞわぞわと一層昂(たかぶ)った。

唇を離して眺めると、彼女は焦点の合わない目で、苦しげに息を整えている。


もっと触れたい。


しっかり着込んだ丈の長い上下一体の服へ荒く手をかけると、彼女は慌ててハイダルの腕を摑(つか)んだ。

「破らないで……！」

彼女を食らいつくしたいという苛烈な欲望に支配されつつも、一方で、ひれ伏し足を舐めてでもその愛が欲しいという卑屈な渇望も存在する。

ハイダルは言われた通りに服の前の結び目を解(ほど)こうとするが、既に伸びて尖ってしまった爪が邪魔で中々解けない。

「くそ……」

四苦八苦してようやく服を剝ぎ取ると、褐色の肌のハイダルとは違う、月光のように透き通る白い裸体が晒された。

そして、彼女の甘い香りがより強く立ち上る。

（この匂いだ）

仰向けに押し倒した彼女の首筋を覗き込むように顔を寄せ、首の後ろの匂いを深く吸い込む。探し求めてきた、ハイダルを一匹の雄に成り下がらせてくれる、雌の香り。体も本能も彼女が欲しいと訴えている。

「甘い」

「あっ……」

横を向かせてうなじへ舌を這わすと、汗の塩味だけでなく、やはり甘い味がした。彼女の香りの元が肌に乗っているのかもしれない。

自分だけのものにしたい。その欲求は、ハイダルを自然と印付けの行動へ移らせた。

彼女の白い首筋に、いくつもの痕を付けていく。

うなじだけでは足りないと、胸元や腕の内側、腹部など、皮膚の柔らかい場所を唇で辿っていく。

途中で裏返して背中にも散らし、また仰向けへ戻してから、最後に片足の膝裏を掬い、上げさせた内腿にも丹念に吸いついた。白い肌に鬱血の痕はよく映える。

これで彼女は誰かのものだと分かるだろうが、まだ完全ではない。ハイダルのにおいを奥深くまで染みつけてやらなくては。

印付けが終わる頃には、彼女の甘い匂いはうなじとは別の場所から、より強く香っていた。

よく見れば彼女も牙が少し出てきて、耳がネコ科系のそれに変わっている。獣の特徴は気が昂れば現れる。つまり彼女も発情してくれているのだ。

ハイダルは嬉しくなり、最も強い匂いの元である足の付け根へ鼻先を突っ込んだ。

「ふあぁっ!?」

彼女はハイダルの頭を引き剝がそうと爪を立てた。若干血が流れるがこの程度可愛いものだ。

意に介さず、ハイダルは頬に彼女の柔らかな腿の圧を感じながら、深く息を吸い込む。彼女の体臭である甘く重厚な香りに、発情した雌の分泌物の匂いが混じり、ハイダルの鼻腔を通って肺を満たす。その匂いは、脳髄を痺れさせるように染み渡った。

たった一呼吸嗅いだだけで、ハイダルの陰茎は完全に勃ち上がった。


食らいたい。


頭の中がその欲望に支配され、過熱はそのままに、どこか冷静な部分が彼女と交わるため、着実に体へ指示を出していく。

膝を摑んで割り開けば、ぬらぬらと濡れて光る秘裂が眼前へ曝け出される。

「いやっ」

体毛が薄いため、邪魔されずに粘膜をよく観察できる。

熱く蒸れ、濃く馨（かぐわ）しい匂いには温度が乗っているようだ。充血した陰唇は膨らんで開き、膣口（ちつこう）からは愛液が溢（あふ）れて下へ零（こぼ）れ落ちている。

「ひあぁっ！」

もったいないと膣口の下側を舐め取れば、彼女はまだ性器を触られてもいないのに、ぶるりと体を震わせた。そして膣口から新たな分泌液が滲（にじ）んでくる。ほぐしてやらなくても、とっくに準備ができていた。

視線を上げれば、彼女は胸の前で手を握り合わせて、ハイダルが次に何をするのかと不安げに見つめていた。だが一方で発情と期待を隠しきれておらず、興奮で速まった浅い呼吸と潤んだ瞳が恐怖によるものでないのは明白だ。

普通なら印付けなどしなかったし、他の場所へ落ち着いて愛撫（あいぶ）をしてやれるが、彼女に対してはそれができそうにない。

着崩れていた自分の衣服を脱いで捨てる。

ハイダルの肉体を惚（ほう）けたように見上げていた彼女は、股間へ目を留めてぎょっとした。

見えないようにしてやった方が良かっただろうかと後悔しつつ、誤魔化すために口づける。噛（か）みつくように荒々しく嬲（なぶ）れば、また熱に浮かされたような表情で大人しくなった。

彼女の膣口へ、先走りを滲ませた陰茎を僅（わず）かに含ませる。

「……いいか？」

止める気も待つ気も欠片もないが、一応お伺いを立てると、彼女はためらいがちに小さく頷いた。

それを見届けたハイダルは、間髪を容れず、一気に剛直を奥まで捻じ込んだ。

「ああぁっ！」

やはり処女だったようで、痛みと初めての衝撃に、目を見開きがくがくと震えている。

逃げようとするので腰をしっかり掴み、抜けかけたそれをぐっと奥まで嵌め直すと、また悲鳴が上がる。結合部からは破瓜の血が滲んできた。

「ひぃ、いぃ……」

彼女は枕に爪を立てて憐れな声を上げている。体格差が随分あるので仕方ない。何事も初めてはある。

体を前へ倒して抱き締めてやろうにも、彼女が小柄なので位置が合わず、押しつぶしてしまう。

そこでハイダルは繋がったまま、彼女を抱き起こして座位になった。彼女を向かい合わせで膝に乗せるような格好だ。この姿勢へ移る間にも繋がった場所に負担がかかり、彼女からは苦痛の声が漏れていた。

「大丈夫だ。すぐに良くなる」

抱き締め、顔を上げさせて口づけながら言い聞かせる。

これは事実で、ハイダルたちネコ科系の獣人は種として効率的に繁殖できるよう、妊娠率が高く、かつ性交で快感を得やすいようになっている。彼女とは種族は異なるが同じ系統のため、多少妊娠の確率が落ちる以外は変わらないはずだ。

彼女が落ち着くまで、ハイダルは口づけとうなじの匂いを嗅ぐのと、乳房や臀部を揉むことで自分をやり過ごした。

我慢しているが、彼女に種づけしたくて陰茎ははちきれそうだ。

やがて、がちがちに強張っていた体から力が抜けてきた。

それどころか流石は獣人の女で、ハイダルを咥え込んだ場所が、射精を促すように早速うごめいている。

「動くぞ」

「は、はい……」

ハイダルは彼女の背中と尻の下へ手を回して支えると、ゆっくり抽送を始めた。

彼女を持ち上げることで露出した陰茎は、破瓜の血だけでなく彼女のそれ以外の体液でぬっとり濡れているのが分かる。

そこへ彼女の自重で深く挿入すれば、粘っこい水音と肌のぶつかる音が下から聞こえてくる。

「ふ……、ん……」

顔を伏せ手で口を塞ぎ押し殺した声に、苦痛は感じられず、高くかすれている。

もう快感を得ているというのに、それを抑えようとしているのが気に食わなかった。

「俺が負担をかけないように我慢しているというのに、お前は感じたくないのか」

「あぁっ！」

手を引き剝がし、苛立ちをぶつけるように、中を強く乱暴にこじ開けた。

いくら拒もうと、彼女が感じているのは事実で、声は甘く裏返っている。

「ちっ、ちがい、ます……」

顎を摑んで上を向かせると、目じりに涙を溜(た)めたその顔は、上気し、体を重ねる相手への好意に溢れていた。

「すごく、気持ちよくて、怖くて……」

ハイダルの怒りは跡形もなく萎(しぼ)んでいった。初めての果てしない快感に戸惑い、恐怖していただけらしい。

「すまない。痛くしたから、俺が嫌になったのかと思った」

今になって、脅かしたことが後ろめたくなり、彼女に嫌われないかと不安になってきた。ハイダルの感情にはもう一貫性がない。彼女を完全に自分のものにしたいという自分勝手さで喜怒に振れ、拒絶される恐怖でそれらがすぐに消え失せる。ハイダルが優位なようで、根底では彼女の奴隷だ。

「大丈夫です。もう痛くないです」

「まだしていいか？」

舌を伸ばして涙を舐めると、彼女はくすぐったそうにした。

「ハイダル様の、なさりたいようにしてください。でも……」

少し不安そうに言葉を続ける。

「気持ちよくて変になりそうなので、あまり見ないでください……」

そのいじらしいお願いは、ハイダルを煽(あお)り立てて獣に戻した。

獲物を捕獲するように、押し倒して寝台へ縫いつける。

そしてそのせいで抜けた陰茎を、許された通りに根元まで押し込んだ。

「ああっ！」

ハイダルが押さえつけていなければ寝台をずり上がっていきそうなほど、強く腰を打ちつけ、絡みつく中の肉を堪能する。

「お前も、我慢、するな……！」

「はぁ、あ、はいっ……！」

抜く時に引っ張られて少し盛り上がる膣口が、出ていくなと追い縋るようでひどく淫靡に見えた。

先ほどより潤沢に溢れる愛液は激しい抽送で泡立ち、白く濁って垂れていく。

「うぅっ、あうっ、き、きもち、気持ちいい……！」

華奢な体が大きく揺れるのは突き上げる衝撃のためだけではない。膣壁を抉られる快感によっても、自らびくびくと震えていた。

先ほどまで男を知らなかった彼女が、ハイダルに与えられた快楽に呑まれ、貪欲なまでに溺れている。

ハイダルはその姿勢で彼女の首へ顔を寄せようとして、彼女の位置が下すぎて届かないことに気づいた。そこでまた体を起こし、座ったハイダルの膝の上へ彼女を導く。

これなら口づけもできるし、うなじにも届く。

「ふあぁ……、これ、好きです……。深い……」

より深く強く突き刺されて、彼女は恍惚とした喘ぎ声を漏らした。

細い腰を摑み、お望み通り彼女の好きな深い場所へ、男根を叩きつける。

すると彼女はハイダルの首へしがみつき、自分の良い場所へ力が加わるように、能動的に腰をぐりぐりと押しつけ始めた。

「もう、そんなことができるのか。優秀だな」

「はぁ、はいっ。頑張り、ます、あぁっ、これ、からもぉ……。だから、ずっと、おそばにっ、ひうっ、おいて、ください……！」

お互いに絶頂が近い。

ハイダルに射精手前の、睾丸がせり上がる感覚が迫った。

「あぁ、ああっ、くるっ、へんな、んあああぁッ！」

彼女の方が先に絶頂を迎え、がくん、と大きく体をのけぞらせた。膣内が強く収縮する。

ハイダルはその体を抱き寄せ、すかさずうなじへ嚙みついた。牙がぶつりと皮膚を突き破る。

同時に、ハイダルも彼女の中で果てた。

「う、っく……」

「あ……、あう……」

絶頂の波の中にいる彼女が、首を嚙まれたことに気づく様子はない。

ネコ科系の種族は、女性のうなじへ嚙みつくことで排卵を誘発し、妊娠させる。本人が知らずとも、今その体の中では子を宿すための準備が着実に行われている。

しばらくの間、彼女の膣へ子種を吐き出し続けていたが、ようやく収まり抜き取った。

栓が無くなった穴から白濁がどろりと溢れ、さらに欲しがるかのように膣口は収縮している。また注ぎ直してやらなくてはと思いつつ、彼女は疲労困憊して目が虚ろになっているし、ハイダルも酒精で弱っていてこれ以上勃ちそうにない。

次回へ持ち越しとすることに決め、彼女を抱き締めて横になった。

「やっと……。俺の女だ……」

最近多忙であったハイダルは、今更疲れを思い出し睡魔に襲われる。それでもようやく手に入れた番をできるだけ長く眺めていたいと、瞼の重さに抗った。

「私がいるから……。寂しくありませんからね……、ハイダル様……」

目を閉じほとんど眠りに落ちながら、彼女はそう呟いた。幼い頃から父母と離れて暮らしていたハイダルは、王族として弱みを見せるまいと生きてきた。だから憐れみや現在独り身であることに対する慰めは、毅然と撥ね退けるか笑ってはぐらかした。

しかし彼女の夢現の単純な言葉には、なぜか反感を覚えなかった。何か、自分の心の奥底の感情を優しく拾い上げ、素直に認めさせてくれる、ごく身近で親しい間柄でかけられたような温もりを感じる。不思議な女性だ。

寝息を立てる愛しい存在。これまで一体どこへ隠れていたというのか。

そもそも、なぜ腕の中へ突然現れたのか。

その答えに辿り着くことなく、ハイダルの意識は沈んでいった。

第2章　布お化け

ハイダルが白い肌の女を抱くおよそ半月前のこと。まだ謝肉祭の準備をしている時期であった。

朝の清々(すがすが)しい空気の中目を覚ましたハイダルは、隣で眠る女を一瞥(いちべつ)して嘆息する。

ハイダルの鍛え抜かれた体軀(たいく)は褐色の肌で、黒みがかった茶色の髪と相まって派手さに欠けていた。だが、その彫りの深い眼窩(がんか)にある金茶色の瞳の輝きが、唯一の鮮烈な色彩として彼の野性味溢れる容貌を引き立たせている。

（また失敗だった）

ハイダルの身じろぎに起こされた女は起き上がり、恥ずかしげもなく褐色の肌の蠱惑(こわく)的な裸体を晒す。昨晩共寝に呼んだ名も知らない女だ。

「おはようございます。陛下」

「ああ」

ハイダルは自分の片腕を枕にしながら寝そべったままで、彼女を抱き寄せることも、熱い夜の感想を述べることもしない。

「ご苦労だった。下がっていい」

「かしこまりました。失礼いたします」

情を交わした相手に何とも冷淡な対応であるが、女の方は特段気にした風もなく、寝台の外に落ちていた衣服を身に着けると、あっさり立ち去った。

ハイダルの女好きは誰もが知るところで、同意さえあれば手あたり次第触手を伸ばすとまで言われている。本人も自覚がある。ただし、ハイダルにとってこの行為は遊びを兼ねてはいるものの、国王としての義務感に駆られてでもあった。二十代後半に差し掛かるハイダルには、まだ子供がいないのだ。

この世界のヒトらしき生き物は全て獣人である。獣人はほぼヒトの外見で、闘争心が高まるなどの興奮状態になると耳、牙、爪等のいくつかの部位に獣の特徴が現れる。獣人の生殖は、近い系統の種族と行う必要がある。例えばハイダルはライオン獣人であり、ネコ科系の女性でなければ子は実らない。

性行為にも獣の特性が影響しており、ハイダルの種族の場合は行為中に女性のうなじへ噛みついて排卵を促さなければ妊娠しない。

逆にいえば、行為が深まった時に、とりあえず相手のうなじへ噛みつけば子供は作れるはずなのだが、ハイダルは非常にえり好みが激しく案外繊細だった。心に決めた女性以外へ噛みつくことができず、無理にしようとすると萎える。かつ未だお気に召す女性が現れていないため、性交はできても子作りには一度も至れていない。

多くの女性と浮き名を流し、楽しんできた。だが誰一人として、番いたいと思えるほど情欲が高まらなかった。そして冷静になった翌朝は、自身を盛り上げて子作りにまで持ち込めなかったことに落胆する。まるで一度寝て興味を失ったかのように見えるその振る舞いは、若き王の悪評となった。ハイダルは積極的に傷つけたい訳ではないが、一方相手を気遣うのも面倒で、そのあたりを割り切ってくれる娼婦ばかり買う。国母の身分は問われない。先ほどの女も馴染みの娼館に派遣を依頼した。

義務を果たせずにいる現状は、一人の男としても、国王としても、由々しき事態であった。

「陛下、失礼いたします」

少年のまだ低くない声が部屋の外からかかり、承諾も待たずに扉が開かれる。勝手も気心も知れたその人物は、三年ほど前に登用したハイダルの補佐官フェイルーズだ。

入り口から現れたものは、およそ生き物には見えなかった。

背丈はハイダルの肩にも届かない小柄な体。実際にはどんな体格か、ハイダルは知らない。それどころか顔も見たことがない。なぜなら、出会った時から現在まで、彼は全身を覆い隠してしまっているからだ。

たっぷりとした厚手の黒い織物で誂えられた、足首まである丈の長い上下一体の服。袖は手が出ないほど過剰な長袖で、念入りに黒い手袋まで嵌めている。さらに、服と同じ材質の頭から肩までをすっぽり覆う被り物。目のあたりは特別な素材で、外から中は見えないが、一応視界は確保できているらしい。しかしそんなものを被っているため、彼の声は常にくぐもっている。

傍(はた)から見れば、大きな布の塊の中に何かがいる、布のお化けだ。暑苦しいことこの上ないがハイダルはもう慣れた。フェイルーズは事情があってこのような格好をしている。

補佐官はハイダルの悩みなど知らぬ素振りで服を持ってきた。早く起きろと言わんばかりだ。彼は動きづらそうな格好だが、まるで軽装のようにてきぱき働く。

「早くご起床ください。謝肉祭が近いのですから、本日も予定は山積みです」

「フェイ……。王族の男としての務めを果たせず傷心の主(あるじ)に、慰めや気遣いはないのか？」

「ございません。ハイダル様は女性たちを、どうせ一夜限りの関係と思って抱かれます。端(はな)からそのようなお気持ちでしたら、真に番える相手に気づけもしないでしょう。陛下の心構えが良くないのです」

一つ抗弁すれば、数倍にして返してくるのがフェイルーズだ。

淡々と責められれば反感も湧いてきそうなものだが、少年はまるでだらしのない兄に呆(あき)れ、窘(たしな)めるような口調なので、不思議と無礼に感じない。ハイダルは彼との関係性が気に入っていた。

「だからにおいが駄目なんだ。それが合わないことには、俺の意気込みだけでは体がどうにもならない」

獣人は生き物であるため当然体臭を持つが、それに加え性交中、情感の高まりにより性的興奮を強めるにおいを出すようになる。

ハイダルの場合、においに生理的な好悪が顕著で、性交中のにおいを含む体臭が、不快なほどではなくてもこれまで誰一人として好みに合わなかった。

「恋は盲目というではありませんか。体の相性抜きに親交を深め愛し合った女性なら、そのにおいも好きになりますよ。たぶん」

「そのような精神的な問題ではない」

恋というものに幻想を抱いている少年の純粋さに苦笑しつつ、ハイダルは寝台から下りて彼から羽織るものを受け取った。

近づいた拍子に、彼が服に焚き染めている香の匂いが鼻孔を通る。柑橘系の爽やかさと熟れた果実の甘い匂いが混じったような独特な香だ。外国のものらしい。

「試されたことはありますか？」

「無いな」

美しい女性は好きだ。ハイダルを心身共に楽しませてくれる女性たちを、好意的に思うし尊敬している。しかし、愛したことはまだ無い。

「では分からないではありませんか」

「お前ももう少し大人になれば、獣の本能が理解できるようになる」

獣人は恋だの愛だの、そういった精神的なもので生殖相手を決められるようになっていない。頭の中に本能的な領域があって、そこが全ての方針を決定し、理性はそれを実現するよう補助しているに過ぎない。

この意味がフェイルーズにも理解できてしまう時がいつか来るのだろう。ハイダルにはそれが寂しく感じられるが、大人になっていく彼を祝福する心の準備はできている。もう十七歳になるのに遅れ気味な気はするが。

「性交はしない前提で、どなたか試しにお付き合いなさってみてはいかがですか？」

「フェイ、俺の話を聞いていたのか？」

「いい女性がおられないか、今度イーハーブ様に相談してみましょう」

イーハーブとはハイダルの外戚の叔父であり、フェイルーズにとっては父親代わりだ。

まるで名案と言わんばかりのフェイルーズに、ハイダルは頭を抱えた。不要と拒んでも、試していなければ証拠は無いと、強引に推し進めるに違いない。

彼の説得は諦め、叔父の方へうまく断ってくれるよう話をつけることにした。

第3章　お土産

遡ること三年前のある日、外交官である外戚の叔父イーハーブが、数か月ぶりに海の向こうから帰ってきた。

四十手前の叔父はハイダルとよく似た容姿をしているので、ハイダルは彼を自分の将来像と考えている。髪色はイーハーブの方が明るい茶色だ。

ハイダルに妻子はいないが、大勢の親戚がいる。だがその中には王位継承権を持ち、虎視眈々（たんたん）と王座を狙う輩（やから）もいるため、親戚といえど全員が気を許せる相手ではない。父母は幸い味方ではあるものの、熾烈な権力争いからハイダルと母の命を守るために幼少期は共に暮らせず、現在でも遠方に住むことから時折会える程度だ。そんな中このイーハーブは、子供の頃は会えない母に代わりハイダルの元へ足しげく通って遊んでくれた。父母とは違うが信頼できる年長者の彼は、最も親しい親族の一人と言えた。

「息災そうで何よりだ、ハイダル！」

「叔父上もお変わりないようで」

ハイダルの執務室を訪ねてきたイーハーブは、その場に口の堅い侍従のハズムしかいないことを確かめた上で、親しげに肩を叩いてきた。快活で、時折頭がおかしいのではないかと疑うほど思い切りの良い性格の叔父は、ハイダルがどのような応対を求めているかを察し、幼少期から変わらず甥（おい）っ子として接してくる。

外交官として優秀で公私共に頼りがいのある叔父を、ハイダルは周囲に文句を言われない範囲で重用していた。

「今回はとっておきの土産があるんだ」

「またですか……」

執務室の一角に置かれたソファへ二人で移動すると、イーハーブはうきうきとそう切り出した。叔父は外遊から戻るたび、他国の変わった土産を持ち帰る。彼が選ぶのは、王への献上品らしくない現地の正体不明の置物など、九分九厘（くりん）が利用価値の無い不用品だ。イーハーブは好きだがその土産は喜べない。彼のこの機嫌の良さにハイダルは身構えてしまった。

叔父が部屋の外へ声をかけると扉が開き、彼の部下が入ってくるが、その手には何も無い。不思議に思った次の瞬間、真っ黒な布の塊のようなものが、部下の後に続き音も無く入室してきた。

「なっ……！」

ハイダルは思わず腰を浮かしたが、イーハーブと部下は平然としている。

まさかあれは幻覚か何かで、自分にしか見えていないのではとハイダルは焦った。しかし部屋の端に控えている侍従のハズムも目を剝（む）いていたので、幻覚ではないと分かり一安心する。

それは叔父の部下に連れられて、ハイダルたちの前に立った。爽やかさと甘さのある、独特な香の匂いを強く発している。

よく見れば、黒い被り物と、だぼだぼの袖に長い裾の服を纏った、一人の獣人だと分かった。

ハイダルを含む鼻の利く獣人は、相手の体臭で個体識別し、少し離れても存在を嗅ぎつけられる。しかしこの人物は、全身を隙間なく覆う服でにおいを遮断し、加えて香も焚いているため、体臭が全く分からない。

「叔父上、こちらは……?」

イーハーブの新しい部下で、この獣人が土産を運んできたのか。袖が長すぎてものを手にしているかも見えない。

戸惑うハイダルに対し、叔父はとんでもないことを口にした。

「この子が、今回の土産だ」

「はぁ!?」

聞きたいことは山ほどあるが、ハイダルは要点を絞って叔父へぶつけた。

まず、身長からしてまだ子供だろうが、親はどうしたのか。次に、この国に奴隷制は無く、その上でこの子を土産と表すのは一体どういうつもりか。最後に、なぜこんな布のお化けのような格好をしているのか。

イーハーブは、ハイダルを土産で驚かせられてご満悦だ。

「そう心配するな。道を踏み外しはしていない。……法には触れたかもしれないが!」

「外遊先でそれはまずいでしょう！」

「まあ落ち着け。順を追って説明するから」

やはり頭のおかしさを疑うほど思い切りの良すぎる叔父は、この土産の入手の経緯を語った。

外交官であるイーハーブは海の向こうの国々を巡り終え、帰国のための航路を進んでいたが、運悪く嵐に遭い、船は近くの陸地へ停泊した。

着いたそこは国交の無い、夜の国という通称の黒い噂の絶えない国だった。その名の通り日照時間が短く一日のうちのほとんどが闇に包まれており、通常の半分ほどしか太陽が昇らないという謎の土地だ。

緊急避難であっても領海侵犯の疑いをかけられないか危惧していると、意外にも領主の館へ招かれ歓待を受けた。

「案外まともな国だったのでしょうか」

「そう思うだろ？」

その夜客室で眠っていると、生き物の気配を感じ、目を覚ます。

イーハーブの目覚めに驚いた様子の人物は、自らを身の回りの世話をするよう言いつけられた奴隷だと主張した。だが就寝中勝手に入ってくるなど怪しい。そいつを捕まえて検めると、手枷を隠し持っていた。問い詰めれば、夕食で出された酒に眠り薬が混ぜられていたという。

実はイーハーブは、歓待した領主の親切すぎる振る舞いと、一方警備のためだけにしては多すぎる衛兵の数等を不審に感じ、酒を飲むふりをして捨てていた。

案の定、眠らせたはずのイーハーブを手枷で拘束するため、領主は奴隷を送り込んできた。

何が目的かは不明だが部下たちが危険だと、剣を片手に部屋を出る。可哀そうな部下たちは牢へ放り込まれていたが全員無事で、単身斬り込み鍵を奪って助け出した。そしてついでに領主の部屋へ殴り込みをかけてどういう魂胆か問いただすと、この国では太陽の下で活動できる獣人が希少なので、捕まえて奴隷にするつもりだったと白状した。

「何て国だ！」

「俺がいなければ今頃全員消息不明だ」

首を刎ねてやろうかと考えるも、万が一、将来的にこの国と国交を結ぶことになれば面倒だ。そのため怒りを抑え込んで、部下たちと共に領主の館を脱出した。幸いその頃には嵐が収まっていたので、追手のかかる前に無事出航できたのであった。


「よくご無事で。しかし当代随一と謳われた戦士の実力は健在ですね」

怪我一つ無く部下たちも救出してみせたイーハーブは誇らしげだ。

ハイダルは冒険譚を聞き終えて感嘆の息を漏らしたが、集中しすぎて当初の目的を失念していることに気づいた。

「……ん？　この子は話のどこに出てくるんです？」

「ああ、忘れてた。眠らせたはずの俺を手枷で拘束しようとした奴隷が、この子だ」

「なぜ連れて帰ってきたのですか！」

詰問ではなく理解できないという叫びだった。

「よく考えろ、ハイダル。この子を捨て置いたらどうなったと思う。俺の拘束に失敗したと領主から罰を受けるかもしれんだろう。俺が眠り薬入りの酒を飲まなくて拘束できなかっただけだというのに」

罰どころか、殺されていたかもしれない。随分お優しいことだが、この叔父は決して無闇に慈悲深い訳ではない。

「理屈は分かりますが、叔父上の寝首を掻(か)いて故郷へ戻ろうとしたかもしれないでしょう」

見たところ、重そうな布塗れではあるが、拘束してある様子はない。主人に精神的に支配されていれば、帰郷を強行するおそれがある。

「それは大丈夫だ。話してみれば中々利口でな。こちらの方が太陽が長く昇るとしても、共に来たいと望んだ」

どうやら慈悲ではなく、単に気に入ったから連れて帰ったようだ。ハイダルは寧(むし)ろその方が叔父の行動としては納得がいった。

奴隷が合法な国である以上、領主の財産を奪ったことになるが、誘拐よりは軽くみられるだろう。また、遠く海を越えて訴えには来るまい。ハイダルは国として大した問題にはならないはずだと、一抹の不安を覚える自分へ言い聞かせた。

「その太陽が長く昇るというのは？」

「夜の国の獣人のほとんどが太陽の光に弱くてな。当たると肌が火傷するそうだ。日中は閉め切った部屋へこもるんだと」

「ああ、だからこの妙な格好を……」

ハイダルはようやく合点がいった。この黒い厚手の布地の服と被り物は、陽光を遮り日中でも活動できるよう、イーハーブが用意してやったのだ。夜の国は日照時間が短いため家にこもればいいのだろうが、この国では一日の半分以上外出できず不便だ。必要な装備である。

「それで、結局この子を助けた話が土産という訳ですか」

「いや。この子はお前にやる」

叔父の曇りの無い真っ直ぐな目は本気だった。ハイダルは閉口した。

「あのですね……」

「雇ってやれ」

イーハーブが奴隷として譲渡を申し出たのかと勘違いしたが、どうやら働き口の世話をしているらしい。叔父が道を踏み外さなかったことに間違いはない。

「叔父上の家で雇えばいいでしょう」

「うちは手が足りている。お前、補佐官とウマが合わずに飛ばしたばかりだろう」

帰国して間もないというのに、一体なぜもう知っているのか。だが、拾った生き物は自分で世話をしてもらいたい。

「あえてそこまでの立場にしてやる意味が分かりません」

「この子を守るためだ。こんな素性の知れない黒い塊、どこも雇わない。下働きにしてやっても、いびられるに決まっている。王の側近の補佐官なら、結果さえ出せば誰も逆らわない」

「同僚たちに事情を説明してやればいいでしょう」

「素性を明かしては、万が一夜の国から追手がかかった時に危険だ。この子には、素性を隠していても文句を言われない、それなりの役職が要る」

「元奴隷に補佐官が務まりますか」

「いや……、案外いけるぞ」

イーハーブの考えは分かった。確かに、夜の国から連れてきた奴隷だと知られるのは、本人の第二の人生において不都合がある。

だが、まだ子供で、まともな教育を受けているはずがない。補佐官は王の意思決定のために必要な情報が集まるよう、関係各所と渡りをつけるのが主な仕事だ。官僚を目指して学んできた大人が任命される職である。こんな子供では小間使いにしかならない。

それが分からない叔父ではないはずだが、妙に自信ありげだ。

「ひと月、試してみろ。どうせ次の補佐官を誰にするか、選定にはまだ時間がかかるだろう。それまでの繋ぎと思って働かせてやれ。使えなければやむを得ない。うちで引き取る」

先ほど手は足りていると言われたばかりだが。

ハイダルは、イーハーブに何か企(たくら)みがあると理解した。彼の言う通り、どうせこの先ひと月ほど補佐官は空席だ。肩書だけと思って、この子供を小間使いにして走らせるのも面白いかもしれない。

ハイダルの脳裏には、この子が入室してきた時に普段の無表情を崩した、侍従のハズムの姿があった。

「いいでしょう。ひと月ですよ」

「ああ。どうなるか楽しみだ」

ハイダルはニヤニヤ笑う叔父を尻目に、立ったままの子供へ近づいてくるよう手振りをする。黒い塊は静かにハイダルの眼前へ寄ってきた。

「名は」

「フェイルーズです」

布の中からくぐもった声が聞こえる。おそらくまだ声変わりが終わっていない、少年の高めの声だ。フェイルーズは水色の不透明な鉱石から取った名前で、比較的珍しい。ハイダルは男の役者が芸名として名乗っているぐらいしか知らない。

想像以上に幼いのかもしれないと、ハイダルは不安になり叔父へ顔を向けた。

「叔父上、この少年、年はいくつになります」

「ん？　いや、その子は――」

「十四です」

少年はイーハーブの言葉を遮った。どうやら声変わりはまだだが、一応働ける年齢らしい。

それより、声の調子が先ほどより強かった。まるで何か不満があったかのようだ。

ハイダルは内心楽しみになっていた。この礼儀知らずな子供に労働の厳しさを教えてやり、叔父の鼻を明かしてやるのだ。

つまり、いじめてやるつもりだった。

フェイルーズは、ハイダルに対して思ったことを何でも口にする生意気な少年だった。得体の知れない布の塊という外見のせいで、陰気な性格を想像していたが真逆だ。

また、学の無い元奴隷と見くびっていたが、思いのほか口達者で頭の回転が速い。無茶を命じ、心身共に辛い目に遭わせてやったというのに、全く音を上げない。それどころか、指示をする前から察して動くだけでなく期待を超える成果を出してきた。

そもそも、彼の言葉に違和感が無くて気づかなかったが、この国と夜の国では公用語が異なる。フェイルーズは祖国にいた時、既にこの国の言葉を話すに困らない程度まで習得していた。

ハイダルの想像するような厳しい肉体労働に従事する奴隷ではなく、それより高位の奴隷だったに違いない。その後短い期間で読み書きも完璧に覚えてしまった。

約束していたひと月が経つ頃には、使い続ければ間もなく完璧な補佐官になると期待できるほどの成長を遂げていた。

顔を見に来たイーハーブは、ハイダルの答えを聞かずとも分かったようで、期限の話には触れずニヤニヤ笑いながら帰っていった。叔父はフェイルーズの素質を見抜いて登用を強く勧めたのだ。

逆に鼻を明かされたのは、フェイルーズを侮っていたハイダルの方だった。

今となってはフェイルーズの生意気さすら気に入っている。

第4章　謝肉祭

謝肉祭は、初夏に執り行われる、建国祭を兼ねた祭りである。都の広場では浴びるほどの酒が提供され、民衆は軽装で踊りあかす、夏の到来を喜ぶ陽気な祭りだ。民間だけでなく国としても重要な祭事であるため、王宮内の酒宴だけでなく、城下の広場での飲食の振る舞いや警備の手配等、準備することは山ほどある。

それでハイダルはしばらく忙しかったが、無事に謝肉祭を迎えられて、ようやく人心地つけたところであった。

王宮の酒宴は、敷地の一角にある四方を建物に囲まれた広場で行われていた。中央に長方形の噴水が陣取り、流れる水が夜風を冷やして心地よい。噴水を挟むようにずらりと並んで座る王族や重臣たちは、酒や料理を楽しみ歓談に勤（いそ）しんでいる。

「陛下、酒量を過ごされていますよ……」

「なに？」

ハイダルの後ろに控えていたフェイルーズが、にじり寄ってそっと耳打ちしてきた。

そのつもりは無かったが、言われてみれば今しがた、盃を傾けすぎて酒が僅かに零れてしまった。順番に挨拶へ来る出席者たちと酌み交わしていれば、飲みすぎるのは当然だ。例年は酒量を抑えるため飲むふりをして調整していたが、腹に一物ある親族たちによる、全部飲んだかという軽口を装った攻撃が今年は多かった。

「もう戻りましょう」

「そうだな」

フェイルーズの声は心配そうに尻すぼみになっている。

ハイダルは酒量が一定を超えると、まだ頭がはっきりしているうちに止めたとしても、その後急に酔いが回ってかなりの酩酊状態になってしまう。そんな醜態を晒す訳にはいかない。

幸い出席者たちの挨拶は終わっている。これ以上いる必要はないとハイダルは立ち上がり、近くにいた侍従のハズムへ後を任せ、宴会場を去った。

「いかん……。歩いて酔いが回ってきた」

「頑張ってください。あと少しです」

フェイルーズに肩を借りながら、居室を目指して歩いていく。彼はハイダルの肩にも届かない小柄な体格のため、高さが合わず支えきれないはずなので、厚意を受け取るつもりでその肩へ手を置いているだけだ。

奇妙な黒い布の塊に摑まり歩いていくハイダルの姿は、滑稽というより異様だろうが、フェイルーズが勤めはじめてもう三年経つため、王宮の者は見慣れた様子だ。

フェイルーズは陽の光を通さないように長袖長裾被り物の完全防備をしている。それがなぜ夜になってもそのままの格好かというと、月の光は太陽の光を反射したものだそうで、夜とはいえ同じ格好をしておかなければ、間接的な太陽の光で肌が負傷するのだという。夜の国は月が無かったらしい。

結局彼が肌を晒せるのは、時間帯に関係なく、閉め切った暗い部屋の中だけと判明し、随分気の毒に思ったものだ。しかし本人は祖国からの追手の方が気になるようで、常に全身を隠せる免罪符を得たと逆に喜んでいた。逞しい少年である。

陽光に弱い体質と明かせば夜の国から来たと推測されるので、事情を知るハイダルたち以外には、そういう主義だということで押し通している。

そんな訳で、ハイダルは彼の顔を見る機会を逸していた。

「お部屋に着きましたよ。ほら、頑張って」

「すまん、もう足が……。寝台へ放り込んだら帰っていい。脱ぐ気力が無い……」

居室へ入るとよろよろと寝台へ歩み寄り、そのまま倒れ込んだ。

世界がぐるぐる縦回転している。

「お水を召されてください」

行儀は悪いが、うつ伏せで顔だけ起こし、差し出された水を嚥下する。

飲み終えて深く息をついている間に、フェイルーズが足元へ回ってハイダルの靴を抜き取った。

次にベッドへ乗り上げ、ハイダルの寝苦しい服も脱がせようと、四苦八苦している。

こういった世話はどちらかといえば侍従の仕事であり、補佐官がすることではない。しかしハイダルは側近のえり好みも激しく侍従の数が少ない。基本的にハズム一人に任せ、彼がいない時は仕方なく他の侍従へ仕事を下ろす。そして今日唯一近くに置いていたハズムは、宴会場の差配を任せて置いてきてしまった。

また、フェイルーズを雇った当初はどうせ補佐官は務まらないだろうと、小間使いとして扱い、侍従に近いことをさせていた。その流れで現在も、先日の朝起こしに来たように日常的な世話も任せている。おかげで彼は多忙だ。

「まったく、お前は働き者だな……」

「え？　わっ」

重苦しい布に包まれながらもてきぱき動く、本当によくできた子供だ。急にネコ可愛がりしたくなって、ハイダルの服の結び目を解いていたフェイルーズを、引き寄せて抱き締めた。

彼の服に焚き染められた、爽やかで甘い独特の匂いが香る。

「もう、やめてください。この酔っ払い」

「たまには褒めてやらんとな」

フェイルーズは暴れて抜け出そうとしているが、圧倒的な体格差のあるハイダルからすれば、じゃれているようにしか感じない。

被り物の上からがしがしと頭を撫でくり回す。

「もう三年か……。今年十七になるというのに、こんなに小さいままで……」

「ちょっと、ほんとに、やめ――」

「まぁ、そう言う、な……」

腕の動きは鈍っていき、ハイダルの意識はそこで途切れた。

翌朝目を覚ますと、寝台には性交の後の濃い汚れと微量の血痕、何者かの甘い体臭が染みついていた。嗅覚を発端に昨晩の記憶が蘇ってくる。

突然腕の中に現れた、銀色の髪と赤い瞳に白い肌の女性。その匂いは、これまで誰とも番えなかったハイダルを虜にした。匂いだけでなく、肌の感触もその声も思い出せる。この場の痕跡も彼女の存在を示している。

だが、本人だけがいない。

「陛下、おはようございます」

扉を叩く音がして、外から声がかかる。今日はフェイルーズではなく、ハズムが起こしに来たようだ。許され入室したハズムは眉一つ動かさなかったが、室内の濃密な情交の臭いを消すために、真っ直ぐ窓へ向かい開け放った。

「ここにいた女はどうした？」

「存じませんが……」

王の寝室が出入り自由な訳はない。側近の誰かが手配しなくては、彼女はここに現れない。

「フェイルーズは？」

泥酔してあまりよく覚えていないが、彼がハイダルを酒宴から連れ出してくれた。彼女をハイダルの元へ送ったのもフェイルーズかもしれない。

「まだ出仕されて――」

「こちらにおります」

そこへ、変わらぬ黒い布の塊が颯爽（さっそう）とやってきた。

「フェイ、昨日の女はお前が手配したのか？」

「はい」

ベッドの前まで近寄ってきたフェイルーズは礼をとる。彼が引き入れたのなら話は早い。

「叔父上への依頼は取り下げろ」

「と、言いますと……」

以前フェイルーズは、子作りに至れる女の見つからないハイダルに対し、まず性交を前提としない交際を試すため、その相手探しをイーハーブへ頼むと話していた。

彼女がいるのだから、もう必要ない。

「見つかった」

「なんと……！」

驚愕（きょうがく）の声を上げたのは常に無表情のハズムだった。冷淡なようだが、意外にも彼は忠誠心と情に篤（あつ）い男で、愛し合える女性を見つけられない主君に心を痛めていた。

「おめでとうございます、陛下」

「お前にも心配をかけたな。……フェイ、彼女の名は何という」

名前も聞かずに抱いたのは礼儀知らずだったと少し反省する。

「……ライラです」

「ライラか。それで彼女はどこへ行ったんだ？」

この国ではよくある女性の名前だ。

所在を尋ねると、フェイルーズは非常に言いづらそうに言葉を絞り出す。

「その……、彼女は侍女だったのですが、実は昨日で退職しました」

フェイルーズによると、ライラはハイダルの目にも触れない階級の低い侍女であったという。身の程知らずに王へ懸想していたが、家庭の事情で退職することになり、昨日が最終日だった。夜になって帰宅しかけると、王の求めで娼婦を手配しようとしていたフェイルーズが通りかかる。彼女は、思い出作りにと名乗りを上げた。

「謝礼を渡して帰しました。ですのでもう王宮にはおりません」

「分かった。ひとまず話がしたい。迎えに行ってくれ」

「かしこまりました。ですが私には他に仕事がありますので……」

「他の仕事はいい。これを最優先にしろ」

「は、はい……」

早速出ていったフェイルーズはいつもより歯切れが悪かったが、ハイダルは気にも留めなかった。

それよりも、早くライラをまた王宮へ連れてきて、妻になってくれるよう頼まなくてはならない。頭の中は婚姻の儀や国民へのお披露目など、彼女を妻に迎える段取りでいっぱいだった。

「そうだ、翡翠宮を開けておけ。すぐにでも使えるようにな」

「かしこまりました」

翡翠宮は、王妃が住まう宮殿である。王妃の座は現在空席であり、傷ませないための管理以外では閉鎖していたが、ようやくあの美しい宮殿を開放できそうだ。

寝台を下りたハイダルは、フェイルーズがライラの呼び出しで不在にする分、自分がよく働かなければと上機嫌で支度を始めた。

「採用時の記録を確認したのですが、その家から転居しているようです。現在の住まいは同僚へ聞き込んで調査中です」

「同僚も現在の住まいは知らないようでした。現在街中で聞き込み中です」

「家を見つけましたがもう引っ越したようです。並行して退職後の身の振り方についても聴取しています」

「どうやら異国の出身だったらしく、退職した翌朝の船で故郷へ帰ったようです」

フェイルーズから日々もたらされる報告に、ハイダルは焦り苛立ち、ついに七日目には声を荒げた。

「衛兵たちに海を渡らせてでも探し出せ！」

牙をあらわにしたハイダルに怒鳴りつけられ、フェイルーズはその気迫にたじろいだが、すぐ落ち着いて冷静に反論してくる。

「異国での足取りを掴むのは非常に困難です。現地で聞き込みできるほどの人員を連れていけば、いくら国交のある国でも諜報（ちょうほう）活動を疑われかねません。国際問題に発展しますよ」

「親書を書く！　ハズム、用意しろ！」

「それで済む問題ではありません」

淡々と芳しくない報告ができるフェイルーズには、ハイダルがどれほど狂おしく彼女を求めているのか、分からないのだろう。いっそのこと自分の足で探しに行きたかった。

「陛下、その女性は偶然一人目だっただけです。唯一ではありません。同じ匂いの二人目を探す方向に気持ちを切り替えてください」

確かに、ハイダルほど好みにうるさくない獣人たちは、たった一人しか生殖相手が存在しない訳ではなく、離婚も再婚もする。だからハイダルも範囲が狭いだけで、彼女と近い匂いならば別の女性も選択肢に入るはずだ。フェイルーズからすれば、国際問題になりかねない彼女の捜索よりも、全国民のにおいを確認する方がまだマシということなのだろう。

ハイダルにもその理屈は理解できた。だが、もう心は彼女にあり、彼女の方も傍に置いて欲しいと口にした。誰に何と言われようと、彼女を探し出すつもりだった。

「立ち去ったが、彼女にも俺の元へ留まる意思があった。俺もそれを受け入れたつもりだ。彼女の口から拒絶を聞くまで、俺の意思は変わらない」

「そんなもの、その場の勢いの睦言に決まっているでしょう。現に、陛下は噛みつき返されていないじゃありませんか！」

その指摘に、ハイダルは色を失う。図星だった。ネコ科系の種族におけるうなじへの噛みつきは、男の側からであれば女の排卵を促す。一方、女の側には生理的な意味合いは無いのだが、噛みつき返すことで愛情を示す。言葉より重い、最大級の愛情表現になる。

彼女からは、直接的な愛の言葉も、噛みつき返すことでの愛情表現も無かった。それは、あの行為に愛情を感じたのはハイダルだけではないか、という疑念をもたらしていた。

だからこそ彼女を探し出し、朝になって出ていったのは事情があっただけだと確認したかった。

「あ……、申し訳ございません。出すぎたことでした」

「いい。もう行け」

黙り込んだハイダルに、フェイルーズは言いすぎたと気づいたようだったが、突き放した。会話を続けるより時間を置いた方が、お互いにとって良い。フェイルーズは頭を下げ、普段より肩を落としながら部屋を出ていった。

フェイルーズの核心的な指摘で、ハイダルは少し冷静さを取り戻した。彼女への想いは薄れていないし、捜索を続けるつもりだ。しかし、自分がなぜこれほどまでに彼女を求めるのか、それを見つめ直し自覚できた気がする。

――私がいるから……。寂しくありませんからね……、ハイダル様……。

彼女が眠りに落ちる直前の呟きが蘇る。単純で、父母と離れていた幼い頃には、下心のある者たちのせいで聞き飽きた類いの内容だ。それなのに、なぜか彼女に対しては温もりを感じた。

これほどまでに心惹(ひ)かれるのは、彼女の何気ない言葉が、ハイダルを王ではない一個人にいとも容易く戻してくれるからだ。匂いの相性の良さだけではないから、かけがえがないのだ。

とはいえ、一晩体を重ねただけの相手の内面にそこまで見出(みいだ)すなど、やはり匂いに惑わされているのかもしれない。目を閉じ嘆息すると、成り行きを静観していた侍従のハズムが口を開いた。

「何か妙ですね」

「フェイのことか？　仕方がないだろう。まだ相性の良い女を前にしたことが無いんだ。それで容易く次を見つけろと――」

「いえ、そういうことではありません」

ハズムはフェイルーズの出ていった扉を見遣(や)った。

「補佐官の本業は人探しではありませんが、既にあれから七日経っています。二年前の横領事件を覚えておられますか？」

「ああ」

二年前、長期にわたって少額の横領を繰り返していた王宮の官吏一名を逮捕した。一件ずつは大した額ではなかったが、定期的に帳簿の不整合が起きており、フェイルーズはどれもその官僚の担当職域と気づいた。そして着々と証拠を積み上げ、蓄え多額になった財の在り処(か)まで突き止め、それは鮮やかな手際で追い詰めた。

フェイルーズが得体の知れない小間使いではなく、有能な補佐官であると周囲へ知らしめた事件である。

「あの時、金の置かれていた隠れ家を押さえたのですが、聞き込みにより犯人の活動範囲を特定し割り出しましたので、今回の人探しと似ています。当時は二日で見つけましたが、近い方法にもかかわらず今回は七日経ちます。フェイルーズ殿にしては、些か動きが悪いように見受けられます」

ハイダルは唸った。ハズムの言う通りではあるが、本分の仕事でないことで遅いと指摘するのは難しい。似た捜査方法だったとしても、他の条件は異なるのだから単純な比較はできない。

「それより私が気になるのが、彼の報告の内容です」

「どういうことだ？」

退職直前に見つけた侍女で、翌日には故郷へ帰ったという話。

「女癖の悪い陛下に懸想していたという最も不審な点はさておき……」

「おい」

「職階の低い侍女であろうと、王宮の人事は厳しく行われています。外国から出稼ぎに来た女性を、身元の不確かなまま採用するなどあり得ません。信頼のおける者の推薦と身元保証がなくては。しかしフェイルーズ殿の報告の通りであれば、住居すら判然としない怪しい者が採用されたことになります」

確かに、王宮で一度は採用された侍女にしては、情報も保証人も無く不審だ。

「フェイルーズ殿も私も、陛下の寝所へ送り出す女性は、相当に吟味させていただいております」

ハイダルには敵が多い。この豊かな国の王座を、王位継承権を持つ親類たちが狙っている。ハイダルに子供がいればその子が第一位となるが、いない現在は先王の血縁の親類たちに一位以下が割り当てられている。ハイダルさえ始末すれば、王権は彼らの手に落ちる。

そのため、自由奔放に振る舞っているようで、ハイダルは暗殺対策に余念がない。武芸を磨くのはもちろんのこと、飲食物は毒見役を介し、身近に置く部下は政敵の息がかかっていないか入念に調べ配置している。イーハーブが突然拾ってきたフェイルーズは例外だ。

当然寝所へ招く女性たちも、うっかり寝首を掻かれては困るので、ハズムたちの下調べを経ている。誰彼構わず寝所へ引っ張り込むと噂されているが、寧ろ側近たちの厳しい審査に合格できた精鋭だけと寝ている。

「彼女も、フェイルーズ殿が問題ないと判断されたのでしょう。しかし、彼がそこまで素性の知れない女性に、陛下への奉仕を許すとは考えづらいのです」

「確かにな」

王宮の採用基準を通過したのが不思議な女。政敵の用意した刺客とまでは思わないが、用心深いフェイルーズが偶然出くわして即座に夜伽（よとぎ）を認めるとは考えにくい。

「えり好みの激しい陛下のお眼鏡に適（かな）われた以外は、寝所で何事も無かったのですから暗殺者ではないのでしょうが……。フェイルーズ殿が何か隠しておられるように思えてなりません」

普段のフェイルーズであれば、ライラという名前以外の情報も、夜伽を許可する前に調査済みであの朝に答えられたはずだ。翌日には故郷へ帰るという予定も事前に摑み、逃亡の段取りをしているかのような女をハイダルへ近づけなかっただろうし、最悪寝所へ送ったとしても、念のため船には乗せず出発を遅らすよう手配したに違いない。

もしかすると彼女の居所を知っていて、あえて情報を出し渋っているか、嘘（うそ）をついているのではないか。

「だが、何のために……。例えば、俺に子が生まれては困る輩に脅され、実は居場所を知っているが存在を隠している、という可能性はどうだ？」

「脅されているのであれば、相手はフェイルーズ殿に居場所を吐かせて、ライラ殿を始末するでしょう。普段陛下へ暗殺者を差し向けてくる畜生どもが、後ろ盾の無い女性を生かしておく理由はありません。第一、フェイルーズ殿の弱みを握ったというのなら、回りくどいことをせず彼に陛下の寝首を掻かせれば良いのです」

「確かにな……。結論として、フェイルーズは何か隠しているようだが、それは何者かに脅されてではない、ということか」

ハズムは頷いた。

「こちらでも探ってみるか。侍女長を呼べ。ただし――」

「フェイルーズ殿には知られないように、ですね」


ハズムに呼ばれてハイダルの執務室へやってきた侍女長は、入室して深々と礼をとった。

「お召しにより参上いたしました」

「多忙な中、手間をかけるな」

「滅相もございません」

侍女長は、王宮の侍女の人事を一手に担う多忙な職だ。彼女もハイダルにとって信頼のおける人物である。

「ライラという名の侍女を探している。既に退職しているが」

「星の数ほどおります」

この国ではよくある名前のため、大勢の侍女が働く王宮にも過去に勤めていたライラはわんさかいるだろう。

「この後戻ってから人事記録を洗い出せ。年の頃は十代後半から二十代で、銀色の髪と赤い瞳で肌は白い。七日前に退職したという。これだけ分かれば調べがつくだろう」

「おりません」

侍女長はきっぱり言い切った。

「いない？」

「はい。採用だけでなく退職に関しても私が管理しております。退職に際して面談もいたします。そのため、ここ半年ほどであれば退職者全員の顔と名前を記憶しております。ですが、陛下の仰るる容貌のライラという侍女はおりませんでした。また、七日前とその前後に退職した者も、一人もおりません」

彼女には、記憶を探るような素振りや言葉の迷いは見られなかった。探らずとも、即座に思い出せたということだ。

「いないとはどういうことだ。フェイルーズが採用記録を調べに来ただろう」

フェイルーズが侍女の採用記録の閲覧を請求した先も、この侍女長のはずだ。彼に記録を渡したのなら、いない訳がない。

ここで初めて侍女長は、怪訝(けげん)な様子で眉を上げた。

「フェイルーズ様、でございますか？　私の許可なく記録の閲覧はできかねますので、まだいらしていないかと存じます」

ハイダルとハズムは、二人で顔を見合わせた。

その後侍女長に質問を繰り返し、何かの勘違いや行き違いではなく、本当にフェイルーズが訪ねていないことや、紹介状も持たない異国の女性を採用するなどあり得ないことを確認した。

また、戻ってから過去の記録を洗った彼女から、あの夜のライラの容姿と一致する侍女を採用したことはないという報告も受けた。

あの夜ハイダルが抱いた女性は、確実に侍女ではない。だが、フェイルーズは彼女を侍女と言い張った。退職した、採用記録を調べた、いずれの報告も虚偽。この分だとライラという名前も怪しい。

一体彼女は誰なのか。フェイルーズはなぜ嘘をついているのか。

ハイダルは、弟のように可愛がってきたフェイルーズが、初めて信用できなくなった。

第6章　剥離

フェイルーズの嘘が発覚して三日。あの後ハズムと共に、フェイルーズに悟られないよう調べを進めた。やはりフェイルーズは捜査をまともにしていなかった。

彼女を探すために動員された者たちは、見つかる可能性の薄い場所へ無計画に派遣されるなど、効率性も正確性もあったものではない捜査方法だった。彼女の同僚へ聞き込みをしたと報告されたが、聴取を受けた侍女は一人もいなかった。外国へ行く船に乗ったという件も、乗船記録に該当の女性はいなかった。

全部が嘘だったのだ。

ハイダルはフェイルーズを問い詰めることはせず、引き続き嘘に気づいていないふりをしていた。だからフェイルーズが捜索状況を報告するたび、信頼している補佐官が目の前で嘘をつく様を、落胆しながら眺めている。

たった三年の付き合いだが、それでも確かに彼とは心が通じていると思っていた。ハイダルの思うフェイルーズは、真面目で正義感が強く、生意気だがその自信に見合う努力家で、何よりハイダルを兄のように慕ってくれていた。敵の多い王宮の中で、数少ない私情で触れ合える相手だった。

それを幻想だったと認めたくなくて、虚偽の報告を暴くことはせず、例えばよく調べずに女性を寝所へ通してしまったことが後ろめたくて嘘をついており、彼も女性の居場所は知らないのだとか、自分の信じたい想像をして誤魔化している。

しかし今朝、そんなハイダルの淡い希望を打ち砕く出来事があった。

この数日間続いた時化で貿易船が入港できず、フェイルーズは普段服へ焚き染めている外国の香を切らしたようだった。その結果別の香りを纏ってきたが、彼より嗅覚の優れているハイダルは新しい香で消しきれなかった匂いを嗅ぎつけてしまう。

フェイルーズからは、あの女性の甘い匂いが僅かに香った。間違いなく、フェイルーズは彼女と最近直接会っている。

ハイダルの苦悩は、彼女のことよりも、フェイルーズとの関係性についての比重が大きくなっていた。

「ハイダル。護衛もつけずこんなところで呆けて、一体どうした」

「叔父上……」

王宮の外廊下の柵へもたれ、嵐が去った後の水平線へ沈む夕陽を眺めていたハイダルに、イーハーブが声をかけてきた。周りには人がいない。

「護衛は向こうにいますよ……」

示された方をイーハーブが見れば、廊下の遠く突き当たりで、ハイダルに待機を命じられた護衛たちが、心配そうにこちらを窺っている。

「運命の乙女探しは難航しているようだな」

「まぁ……」

茶化すようなイーハーブの物言いに、ハイダルは薄い反応を示した。

大っぴらには探していないが一体どこから聞きつけたのかとか、今最も悩んでいるのは女性ではなくあなたの連れてきた子供のことだとか、返せる言葉はあったがその気力が無い。

「これまで見つからなかった分、ひとたび出会えば思ったようになると思ってはいたが、ここまで重篤とはな……。見つけた途端に手から零れ落ちたことは気の毒だが、あまりいじめてやってくれるな」

「何がです?」

ハイダルは、ようやくイーハーブへ覇気の無い顔を向けた。

「フェイのことだ。先ほど補佐官を辞めなくてはならないから、うちで雇ってくれと頼んできた」

「どういうことですか!」

そんな話は聞いていない。

摑みかかって迫るハイダルに、イーハーブは珍しく目を剝いた。

「見つからずとも、フェイを責めた覚えはありません!」

これまでの関係を壊したくないというより、それが幻だったことに気づきたくないから、彼の嘘と捜査の進展の無さに触れないようにしているのに。

「落ち着け落ち着け。護衛が飛んできてるぞ」

「……すみません」

ハイダルは擱んだイーハーブの肩を離し、途中まで駆け寄ってきていた護衛たちに、何でもないと手振りをしてまた遠ざけた。

「とにかく、彼女が見つからないからといって、それでフェイを叱責などしておりません。ましてや解雇など、あり得ない。……あの子にとって初めての挫折になるのかもしれません。これといった失敗をしたことが無い子でしたから」

それか、ハイダルに彼女の存在を隠していることに対し後ろめたさを感じているのか。

ところがイーハーブは、おかしな話でもなかったはずなのに、よく分からない目でハイダルをまんじりと見ている。

「挫折……というより、失恋だろう」

「は？」

フェイルーズが誰にいつ失恋したというのか。

訳の分からないハイダルに、イーハーブは軽蔑するような目を向けた。

「なんだお前。気づかないふりをしているのかと思えば、本当に気づいていなかったのか」

「まさか、フェイが、私にですか？」

「他に誰がいるんだ。あれほど分かりやすいというのに」

確かに懐いてくれているとは感じていたが、そこに恋愛感情があるとは思いもよらなかった。この国で同性愛は認められてはいるものの、そこまで多くない。ハイダルも女性しか対象にしたことがなかった。

「いや、そんな、あの子のことは、弟ぐらいにしか……」

しどろもどろになりながら、もし仮にイーハーブの言う通りフェイルーズがハイダルに懸想しているのであれば、所謂恋敵にあたる彼女を探させるのは酷であったと考える。

「お前、それはいい加減に失礼というものだ。背は伸びなかったが、三年経って顔も体つきも大人になっただろう」

「顔？　顔って……」

フェイルーズは顔を晒さない。それは彼の祖国から万が一追手がかかっても、フェイルーズへ辿り着けないよう素性を隠すためと、何より陽光で皮膚がただれるという体質のためだ。

「たまには見てるんじゃないのか。仕事が日没を過ぎることもあったはずだ」

「何を仰るのです。月の光でも元を辿れば太陽の光で害になるから、夜でも被り物を取れないのでしょう」

だからフェイルーズが被り物を脱げるのは、時間帯に関係なく、完全に閉め切った室内だけということになるが、そこまでして見るのも大げさだと、ハイダルは彼の顔を見たことが無い。

しかし叔父は怪訝な表情を浮かべている。

「……ハイダル、夜の国にも月はある。お前さては、あの子の顔を一度も見たことが無いな？」

「お、叔父上は、あるんですか」

「フェイがうちへ来た時、晩餐では被り物をしていない」

ここへきて、フェイルーズの嘘がもう一つ明らかになった。

月の光であれば体に害は無い。つまり夜は、正体を明かしても構わない相手の前であれば、あのような格好をする必要は無いのだ。

一体どうして、叔父は知っているのにハイダルにだけ、そのような嘘をつくのか。

イーハーブは柵へもたれかけてやれやれと首を振る。

「最初は男だと勘違いさせたままにしてくれと頼まれたが、てっきりもうとっくに顔を見て知っているものかと思っていた。……あ、ということは、これは今俺がバラしたことに――、ハイダル！」

全ての謎が解けたハイダルは、叔父の話も途中に廊下を駆け出していた。


酒精で不確かな記憶の断片であったが、全て理解して思い返してみれば、手がかりが映っていた。

謝肉祭の夜、泥酔して寝台へ倒れ込んだハイダルは、フェイルーズを抱え込んで、被り物の上から頭を撫で回し、そのまま寝落ちした。その後、彼はハイダルの腕から抜け出して、例の女性を送り込んできたのかと思っていたが、実は抜け出せてなどいなかったのだ。

無遠慮に撫でられたせいで被り物が取れ、普段完全に遮断されているフェイルーズの匂いがハイダルへ届き、探し求めていたその香りに目を覚ます。脱がせた服は黒っぽかったことしか覚えていなかったが、蘇った記憶を確かめれば間違いなくフェイルーズが普段着ている服だ。

ハイダルは気づかなかったが、あれはフェイルーズだったのだ。

「フェイ！」

普段フェイルーズの詰めているハイダルの執務室の隣室の扉を、破るかのように開け放った。

バンという大きな音とハイダルの剣幕に、中で書き物をしていたフェイルーズとその他数名が一斉に動きを止める。

「ハ、ハイダル様、一体――」

「よくも黙っていたな！」

一直線に進み、机へ片足を乗り上げた。手を伸ばし、フェイルーズの被り物を掴む。

「わーっ！　だめっ！」

フェイルーズはハイダルの意図を察して、被り物を剝がされないよう両手で押さえる。だが、ハイダルの力が強すぎて机へ体が引きずり上げられた。

「陛下、おやめください！」

「死んでしまいます！」

室内にいた官吏たちが、総出でハイダルにしがみついた。

他の者からすると、牙と獣の耳もあらわに激高する国王が、補佐官に掴みかかって引き倒し、これから殴りつけようとしているようにしか見えない。大柄なハイダルに対して、フェイルーズはこちらを仰ぎ見るほどの小柄な体で、殴られれば死んでしまうという彼らの全力の制止も当然だ。

「ひ、光でっ、陽の光で怪我してしまいますから！」

「この阿呆（あほう）、もう日は沈んだ！」

「月の光で――」

「くだらん嘘をつくな！　イーハーブが口を滑らせたわ！」

ぎりぎりと被り物を通して攻防を続けたが、すぐにフェイルーズが負け、ずるりと黒い布が引き剝がされた。

銀色の髪と赤い瞳に、白く透き通るような肌。中から現れたその顔は、間違いなく謝肉祭の夜に抱いた女だった。首にはまだ癒えないハイダルの牙の痕と、鬱血が散っている。

そして、忘れがたいあの重厚な甘い香りが立ち上る。

「あ、あ……」

彼、もとい彼女は、ハイダルとその手に奪われた被り物を見比べ、もはや何の言い訳も効かないと理解して絶望的な表情を浮かべた。

「みっ、見ないでっ。見ないでーっ！」

フェイルーズは泣き叫びながら頭を抱え、机の上に伏せて丸くなった。

官吏たちはハイダルから離れてお互いに顔を見合わせている。

「ハイダル、ここだったか！」

「何の騒ぎですか」

開け放たれた出入り口から、追いついたイーハーブと、隣室から騒ぎを聞きつけたハズムが駆け込んでくる。

「陛下が探しておられたのは、フェイルーズ殿だったのですか。まさか女性だったとは……」

「お前たち、外へ出ていろ。大丈夫だ、死人も怪我人も出ない」

ハイダルの探し人の外見的特徴を知っているハズムが呟くと、イーハーブはおおよその事情を理解し、官吏たちを部屋の外へ追い出して扉を閉めた。

被り物を剝がしたハイダルは、フェイルーズが泣くとまでは思っておらず、かえって冷静になり牙と耳が収まっている。

イーハーブは机の上で丸まっているフェイルーズへ近寄り、優しく声をかける。

「フェイ、しっかりしなさい」

「イーハーブ様……」

顔を上げたフェイルーズは、信頼する父親代わりの男が現れ、泣き止んで一瞬安心したような表情を浮かべた。だがすぐに彼の裏切りを思い出して非難の声を上げる。

「どうして話してしまったんですか！　秘密にしてってお願いしたのに！」

「いや、補佐官になった当初はその通りにしていたんだが、まさか三年経っても誤解させたままとは思わなくてだな……。とりあえず下りなさい」

「うぅっ……」

フェイルーズは涙と鼻水を垂らしたまま、言われた通り机の上から下りた。

その間にハズムが部屋の中から椅子を四つ、中央へ集めてきたので、全員でそれに腰かける。

「それで、なぜこんなことになっているんだ？」

ハイダルの問いかけに、フェイルーズと、時折それに補足するようにイーハーブが語り始めた。

第7章　両立

嘘が始まったのは三年前の、ハイダルとフェイルーズの出会いにまで遡る。

――叔父上、この少年、年はいくつになります。

――ん？　いや、その子は――。

――十四です。

ハイダルはフェイルーズという名を、男の役者が名乗っていたことから、目の前の子供も男だと思い込んでしまった。実は男女両方につけられる名前で、ハイダルの勘違いをイーハーブは即座に正そうとしたのだが、フェイルーズがあえてそれを遮った。

彼女の祖国である夜の国では、女は官僚にはなれず、あらゆる面で低く扱われる。ハイダルの国ではそのようなことは無いのだが、知らないフェイルーズは、男だと誤解させておかなくては補佐官にしてもらえないと思った。

イーハーブの家で雇ってもらうのではなく補佐官の職に固執したのは、その直前にハイダルが、奴隷である彼女に補佐官の職は務まらないと侮ったからだ。つまり、フェイルーズは仕事をこなしてハイダルに一泡吹かせてやりたかった。

ついでに実年齢はもう三歳上だったが、労働に耐えられ、かつ声変わりの来ていない少年として程よい年頃を偽った。三年経った現在は二十歳になる。ハイダルは一向に成長しないと気の毒がっていたが、元からあまり大きくならない種族であり、年齢的にも成長期を終えていた。

「なら、この国の状況も分かって、俺に対して補佐官が務まると証明した後は、明かしても良かったのではないか」

「それは、ハイダル様が私のことを弟のように扱われるから……」

試用期間の一か月、イーハーブに口止めし、少年として働いたフェイルーズであったが、聡(さと)い彼女は、ハイダルが自身を気に入った理由が期待以上の仕事をこなしたからだけでなく、生意気な弟のように見えているからだと気づいていた。補佐官の仕事にやりがいを感じていたフェイルーズは、少年ではなく実は若い女だと知られれば、配置換えになるかもしれないと言い出せなくなった。

陽光を防ぐためにイーハーブが誂えさせた服も、正体を隠すのに役立った。この服は、陽の光を遮り、祖国からの追手の目をくらまし、さらに性別まで隠してくれる三役の効果があった。顔だけでなく、性別を悟られる体臭もほぼ隠せて、加えてフェイルーズは服へ香を焚き染めていたため対策は完璧だった。

こうして、彼女を少年だと勘違いしたハイダルと、仕事のために少年のふりを続けたフェイルーズと、まさかそれを三年間続けているなどとは思わなかったイーハーブの構図が出来上がった。

事態が動き出したのは、つい先日の謝肉祭の夜である。

ハイダルは寝台に現れた好みの匂いのする女を抱いた。三年間隣にいたフェイルーズの匂いを知らないハイダルは、泥酔しておりその女の正体に気づけなかった。

一方、フェイルーズも想定外の事態に見舞われた。自らの体臭を完全に防ぐということは、フェイルーズの方からも他人の体臭は全く分からない。寝台で彼に被り物を剝がされて、初めて主君の体臭を嗅ぎ驚いた。フェイルーズにとっても、ハイダルは性的に相性の良い匂いだったのだ。

「匂いを嗅いだだけで、あんな風に何も考えられなくなるとは思わなくて、そのまま……。自分が相応しい立場ではないと理解していたのですが……」

「気にするな、フェイ。立場など関係ない。ハイダルは元々相手探しに焦って見境が無くなっていたからな」

「叔父上、それは仰る通りなのですが、言うなら私が自分で言いますから黙っていてください」

その後ハイダルより先に目覚めたフェイルーズは慌てふためいた。彼が生殖相手を探し求めていることは重々承知しているが、祖国の追手がかかるかもしれない自分には荷が重いし、少年のふりをしてきたのに今更恥ずかしい。

だがハイダルは泥酔していたので記憶が無い可能性もある。それに賭けて、翌朝わざと遅めに出仕し、彼を起こす役目をハズムに任せた。扉の前で聞き耳を立てていると、ハイダルは好みに合う女を抱いたことは覚えていたが、幸いにもフェイルーズに繫がる情報は記憶が無い。

ほっと胸を撫で下ろし、素知らぬ顔で補佐官の少年フェイルーズとして、また彼の隣で働くつもりであった。

しかしフェイルーズの想像以上にハイダルは彼女を気に入ってしまったようで、本人に執念深く捜索を命じてくる。

ハイダルに女を抱いた記憶があるため、架空の人物を用意しなくてはならず、苦し紛れに退職予定で彼に懸想する侍女ライラを生み出した。捜索はフェイルーズが任されるのだから、そのような女は存在しないことを隠し、見つからないという情報だけ報告すれば良い。

ところがハイダルは日に日に焦り、好意が一方的であったのかと心を痛めていた。それで気持ちを切り替えて次を探せと促したが、逆効果になって口論に発展した次第だ。

「その場を乗りきるためにとっさにライラという女性を捏造しましたが、もういないとお伝えすれば、思慮深いハイダル様ならすぐに気持ちを入れ替えてくださると思っていたのです……。それなのに諦めてくださらず、日を追うごとに気力を失われ、私もどうすればいいのか分からなくなって、もう職を辞すしかないと……」

「陛下……。フェイルーズ殿にとっても偶然相性が良く受け入れられただけで、そうでなければ泥酔しての……。しかも翌朝覚えていないなど……」

「皆まで言うな」

ハズムの白い目がハイダルへ突き刺さった。

彼の言う通り、場の勢いの犯罪すれすれの行為で国王として褒められたことではない。また、お互い盛り上がり合意したうえでの行為ではあるが、あの女性を妻にと探すハイダルからフェイルーズは逃げ隠れていた。噛みつき返されなかった事実が示すように、平常時の気持ちが一方通行の可能性は現実のものとなりつつある。

二人をよそに、当事者のフェイルーズは顔を赤くし、それを見たイーハーブは苦笑する。

「ハイダル、先ほどの失恋という話なんだが」

「イーハーブ様ッ！」

何を言わんとしているのか察したフェイルーズは、泡を食ってイーハーブを黙らせようとその口へ手を伸ばすが、彼は子供の戯れと片手でそれを防ぐ。

「フェイはお前に惚れてるんだ」

「やめてっ！」

時折頭がおかしいのではないかと疑うほど思い切りの良い性格の叔父は、フェイルーズの隠してきた想いを笑って暴露した。

「ひどい……」

観念したフェイルーズは、ぽつぽつと内情を語り出す。

祖国では虐げられながら過ごしてきたが、陽光は辛くも自由な国へ連れ出され、そこで出会った厳しい主君。豪放に振る舞いつつ公正で、得体の知れない外国人であるフェイルーズにも、真面目に働けば真摯に接してくれる。それでいて気心が知れてくると、親しい者へ向ける気安い顔を見せ、弟としてだが可愛がってくれる。

「初めは、民と国へ真剣に向き合うお姿への尊敬でした。でもいつからか、ハイダル様が可愛がったり、頼りにしてくださったりすると、嬉しくて誇らしくて、すごく……、すごく、嫌じゃないのに恥ずかしくて……、被り物の中で耳が出てしまって……」

「という相談を二年ほど前から受けていた」

イーハーブは彼女がハイダルへ片思いする中、彼に意中の女性が現れてしまったと思い、退職希望の理由を失恋と表現したのだ。実際にはハイダルが諦めてくれないせいで、架空の女性の捜査が苦しくなってきたからだ。

「では、嚙みつき返さなかったのは、俺を嫌ってではなく……？」

「違います！　それは、その……、意識が無くなってしまって……」

しなかったのではなく、できなかったということ。

「そうか！」

「わっ」

気を良くしたハイダルは、ここ最近の曇りも吹き飛ぶ晴れやかな笑顔でフェイルーズを抱き上げた。自分の腕に彼女を座らせるように抱えれば、フェイルーズの方が視線が高くなる。

「実は、補佐官としてのお前が、ライラという女を隠しているのではないかと疑っていてな……。この三年間積み上げたお前との関係が揺らぐようで、人探しが進まないことよりもそちらの方が苦しかった」

「ハイダル様……」

「これからも、俺の傍にいてくれるか。今度は妻として」

頷いてもらえそうな流れだったが、どうしてかフェイルーズは眉根を寄せた。

「それは、……難しいと思います」

「何？」

「あー、ハイダル」

愕然とするハイダルに、イーハーブが珍しく申し訳なさそうな様子で声をかけてくる。

嫌な予感しかしない。

「実は、俺も三年間、お前に嘘をついていたことがある」

「なぜここでそのような不吉なことを仰るのですか、叔父上」

曰く、三年前、現地へ捨て置いてはイーハーブの拘束失敗を咎められ、ひどい目に遭うかもしれないので、フェイルーズを夜の国から連れて帰ってきた。これは事実。

「だが、奴隷だったというのは嘘だ」

「は？」

「本当は、俺を捕まえようとした領主の妹だ」

「妾腹で折り合いが悪く、奴隷同然の扱いだったことに違いはありませんが……」

「それはかなりまずくありませんか？」

冷静なハズムの指摘の通りで、イーハーブの大立ち回りを国としてさほど問題ないだろうと判断できた理由は、薬を盛られての正当防衛などこちらに正当性があることと、連れ去った彼女は奴隷という財産であり、現地では誘拐ではなく略取と捉えられる算段であったことだ。

ところが、扱いが悪かろうと領主の妹では話が違ってくる。

今更ながらハイダルは、奴隷のはずのフェイルーズが頭脳労働に異常に長けていた理由を知った。元の頭の出来も良かったのだろうが、相当の教育を受けていたのだ。

「奴隷ならまだしも、現地で未成年の国民であった私では、人前へ顔を出す王妃には適しません」

フェイルーズの意思があっても、誘拐とみなされる。将来夜の国の者がこの国へ足を踏み入れるようになれば、王妃の出自に気づき告発するかもしれない。誘拐してきた王妃など外聞が悪い。場合によっては国際問題だ。

「すまん。日夜顔を隠すのだから、出自が何であれ追手がかかっても見つからないだろうと思ってな……。どうせならお前の心配が軽くなるようにと、奴隷ということにした。それにお前は怒りっぽいからな」

「あなたという人は……！」

「私も黙っていて申し訳ありません……」

言われた通り激怒するハイダルに、抱えたフェイルーズが小さくなる。

フェイルーズについては、父親代わりのイーハーブが責められないよう、自分さえ正体を隠し通せば問題ないと黙っていた心情が理解できる。だがイーハーブの理由は、どちらかというと最後に付け加えた方が本音に違いない。

ハイダルは究極の選択に歯噛みした。

これまで全身全霊、健全な国家運営を推進してきたつもりだ。事が露見すれば親類たちが鬱陶しい動きをするに違いない。

国を取るか、愛を取るか。

「陛下、どうなさるおつもりですか」

ハズムが選択を迫る頃には、ハイダルの心は決まっていた。

彼女が奴隷だったとしても、程度は違えど同じ問題には直面したはず。多少問題が目立つようになったからといって、それで想いは変わらない。何より、この腕の中の存在が、気が狂いそうなほど愛おしいのに、手放すなどあり得ない。

「フェイ、翡翠宮へ入る腹を決めろ」

「そんな、ご再考ください！」

翡翠宮は王妃が住まう宮殿だ。

ハイダルは覚悟したが、フェイルーズはまだためらっている。ハイダルにとっては捨てられない存在だというのに、彼女にとってハイダルは諦められる男だというのか。

そう思うと無性に腹が立ってきて、ハイダルはフェイルーズを荷物のように肩へ担いだ。

「うるさい！　俺から一生離れられないようにしてやる。覚悟しろ！」

「えっ、どちらへ向かわれるのですか⁉」

そうしてハイダルは、フェイルーズを抱えたまま部屋を出ていってしまった。行き先が寝室であることは想像に難くない。

残されたイーハーブとハズムは、問題はあるが落ち着くところへ落ち着きそうなことに安堵（あんど）した。

「最後の難関として打ち明けてみたが、無事に乗り越えられたようだな！」

「今のうちに言っておかなくてはと思われただけでしょう……」

イーハーブにハズムが苦言を呈したが、彼は自分の行動を失敗と捉えていないらしく、満面の笑みで納得したように頷くのであった。

第8章　同意

一目散に寝室までやってきたハイダルは、肩に担いでいたじたばた藻掻くフェイルーズを寝台にぽんと投げ下ろした。

「わっ」

フェイルーズの服は足元までの丈に手が隠れるほど袖が長い。放り投げられた想定外の体勢では、その袖や裾を自分の体で踏んづけてしまい、すぐに起き上がれずもたもたしている。

その隙にハイダルは、上着を脱ぎ捨て服を緩め、寝台に膝で乗り上げた。

「袖が、もうっ。やっと……、あ」

ようやく袖や裾を捌(さば)いて体を起こしたフェイルーズは、間近に迫るハイダルを見上げて固まった。

ハイダルに獣欲を隠すつもりはない。あの夜自分のものになったと確信した途端に逃してしまった。今度は、体だけでなく全てをハイダルのものにする。その決意と少しの恨めしさと、抑えきれない欲望に滾(たぎ)る目で見つめれば、さながら彼女は捕食される小動物のように身を縮こまらせた。

「フェイ」

何度も口にしてきた名前だ。だが、恋い焦がれた女性の名だと知った今は、大事な宝物を手でくるむような、呼べば優しくて密(ひそ)やかな気持ちになる。

「ん……、ハイダル様……」

手を伸ばして頬に触れると、フェイルーズはぴくりと震え顔を背けた。それだけなら嫌がっていると誤解したかもしれないが、少し上ずった声音と白い頬に差した朱は、ハイダルに正しく感情を伝えてくる。心は完全にこちらへ傾きつつも、彼女はまだ自分の身の上を気にして抗っているのだ。

「あっ、いけません……」

逃がさないように抱き締めれば、小さな体が腕の中で身を捩(よじ)るが、さしたる抵抗ではない。

ハイダルは彼女のうなじに顔を寄せ、その香りを深く吸い込んだ。謝肉祭の夜、ハイダルの体の中に染み込むかのごとく鮮烈な記憶を残した、甘く重厚な香り。

すう、と肺を膨らませ、フェイルーズの香りで満たせば、耳や指先にぞわぞわとした感触が走り、そのひと嗅ぎでハイダルは耳や爪などが獣に変化した。だがあの夜と違って泥酔してはおらず、そして彼女を傷つけまいと自制心が働いているため、ハイダルは背筋に走る痺れるような感覚を耐えた。

「俺の妻になるのは嫌か?」

「あ……」

フェイルーズの耳へ息を吹き込むようにして尋ねれば、腕の中の体がふるりと身震いする。うなじからの甘い香りが、僅かに強まった。

「嫌、では、ありません……。でも、ご迷惑をおかけするのは、だめなんです」

「夜の国と関われば、お前のせいでなくとも大なり小なり問題は起きる。それに、大切な人を守るために手を尽くすことを迷惑とは言わない」

「でも……」

「俺は最初、お前を獣の本能だけで欲しているのだと思った。だが、覚えていないかもしれないがお前はあの時、俺と共にいることで孤独を癒やすと最後に言ってくれた」

「そのような恐れ多いことを……」

弱みを見せたがらないハイダルがそういった甘言に不快感を示すと知っているフェイルーズは、前後不覚の間の失態に小さくなった。そんな彼女を安心させようとすれば、ハイダルの声は自然と優しく穏やかに変わる。

「いや。何も反感が湧かず、素性の知れない相手に自分でも驚いた。今になって思えば、言葉は単純であろうと、あの時の声音からはお前がこの三年間、俺を理解し、想ってきてくれたものが伝わっていたのだろうな。同時に、俺にもこの三年で培われた、お前のひたむきな姿への情があった。だからこそ、あれほど素直に受け取ることができ、お前しかいないと感じた」

「うぅ……」

囁くうちに、フェイルーズの耳がネコ科系のそれに変わった。彼女の体からは力が抜けていて、縋りつくように掴まれているハイダルの服には、鋭利になった爪が引っかかっている。

「フェイ。お前を、愛している」

謝肉祭以前であれば寧ろ無粋にさえ感じたであろう、飾り気のない言葉。だが今は、これ以上に核心的に胸中を曝け出す方法が思いつかない。

　僅かに沈黙したフェイルーズは、大切なことを伝える前触れのように、揺らぐ吐息を零した。

「私も……、お慕いしています。けれど、んむっ――」

　好意を返されて、ハイダルはついフェイルーズの唇を啄んだ。柔らかな感触に、ついつい二度三度と軽く口づける。

「ん、んぅ」

　それで終われるはずもなく、フェイルーズの後頭部を手で支えながら、舌を深く絡め合う口づけへ移っていく。

　ハイダルの興奮が体臭に乗ってフェイルーズに届き、それに当てられた彼女からは発情した雌の分泌物の匂いも漂ってくる。見つめてくる眼差しは、熱に浮かされたように蕩けている。一方が昂れば、その匂いで相手も自然と昂ってしまう。これがお互い性的に相性がいいということの意味だ。

「俺はもう、お前無しでは生きていけない。お前はどうだ、フェイ。謝肉祭の夜と今この時を、俺を忘れて、生きていけるか」

「う、んん、む……」

　フェイルーズの服を脱がせながら、口づけの合間合間で息継ぎのように問いかける。いつもハイダルを生意気に、そして親身に諭すフェイルーズの小さな口は、今は口内を男の舌で蹂躙され、何も返してこない。ただ、潤んだ眼差しと、服を脱がせる手に協力的なことを、ハイダルは承諾と受け取ることにした。

「少し待て」

「はぁ……、はぁ……」

口づけを中断して寝台を下りると、ハイダルは薄暗い室内でも輝く白い裸身の彼女を置いて、出入り口の扉の前まで早足に向かった。

ハイダルは夜目が利く。扉の前の床には、何枚かの書面が置かれていた。扉の下の隙間から差し込まれたものだ。それを手に取ると、文面を素早く確認する。

「待たせたな、フェイ」

「いえ……」

机へ寄ってペンとインク壺を取り、寝台の横の小さなテーブルにそれらを置いてフェイルーズの元へ戻った。この書面とペンは後で必要になる。

フェイルーズは、再び寝台を沈ませるハイダルが、服を脱いでいく様をじっと見上げた。上着を脱ぎ、帯を解き、肌着の前も開けば、体臭に混じる興奮のにおいがより強くなったのか、喉を鳴らして褐色の肉体に視線が釘づけになる。

「あ、申し訳ありません、不躾な……」

物欲しげで無遠慮な振る舞いに気づいて、フェイルーズは恥ずかしそうに後ろを向いて座り直した。不躾というならハイダルも彼女の裸身を舐めるように見て、体の中心へ血を巡らせているのだが。

裸になってその華奢な背中に寄り添い、覆いかぶさるように抱き込むと、柔らかな体はハイダルの脚の間と腕の中で非常に収まりが良く感じた。

「後ろを向かれては、口づけができないぞ。いいのか？」

「い、いやです。もっと……、んっ」

背中を丸めて耳元で囁けば、フェイルーズは熱に浮かされながらも本当に焦ったように身を捻(ひね)り、ハイダルを振り仰ぐ。彼女が欲しいと最後まで口にする前に上から濡れた唇を奪えば、腕を回してのめり込むように応えてきた。

上顎を舌でくすぐりながら、手の中に収まる乳房に同じぐらい優しく触れる。すりすりと先端を指先で弄べばフェイルーズは、声はくぐもって苦しげに、しかし表情は恍惚とさせて呻(うめ)いた。

細腰の稜線(りょうせん)や手に吸いつく丸い尻を撫でるうちに、フェイルーズは閉じた腿を切なげに擦(こす)り合わせるようになった。へそと恥丘の間を少し押すように撫でて、その中にある器官を意識させれば、彼女は口づけを忘れ、ハイダルに舌を嬲られたまま身震いした。

唇を解放して背中側から抱き直し、片足を膝裏から掬うように持ち上げて開かせ、空いた腕をあわいへ伸ばす。

「ふ、ぅあぁぁ」

まだ、秘裂に指を這わしただけだった。それだけでも、フェイルーズからは揺らぐ悲鳴が上がる。

「あの夜は、ひどくしたな。大丈夫だ、今度はゆっくり慣らす」

初めてフェイルーズを抱いた時は、酩酊のせいもあって性急に進めてしまった。今回も既にハイダルの自制心は崩れそうだが、彼女のうなじの香りを嗅いで味わい、それで我慢しようとしているのか一層高めようとしているのか自分でもよく分からないことをしながら、指先の感覚へ集中する。

ハイダルが触れる前から、フェイルーズの秘所は濡れて指が滑るほどだった。すっかり体液を吸って肌に張りつく薄い体毛を除け、まず下から上にゆっくりと指を往復させる。

「うぅ、う、ん……」

指が掠めれば膣口はひくひくと震え、秘核を包皮の上から触れるだけでも膝頭が跳ねる。

ハイダルはこれでは焦らしているも同然だと、すぐに中指を膣口へ含ませた。

「あっ、待って、ください……！」

「痛くはしない」

「ちが、う。先に……！」

感じながらもフェイルーズは手足で藻掻き始めたので、本当に中断してほしいのだと分かってハイダルは手を引いた。

ふうふうと荒い息をつきつつも、フェイルーズはハイダルに向き直って膝立ちになる。そうして首に抱き着くので、ハイダルも自然と彼女の腰と背中へ腕を回した。

「どうした」

「後じゃ、だめなんです。先に、しないと……」

獣の耳に変わって感覚の鋭敏なその付近で話されては、ハイダルも好きにさせる訳にはいかなくなってくる。

「フェイ――」

「愛しています、ハイダル様」

呼びかけた矢先のその言葉と、首の左後方の皮膚に当たる硬い感触。それは、フェイルーズの獣に変わった牙だった。

ぐぐっと力が込められて、ようやく、ごく浅く突き刺さる。すぐに離され、傷痕から滲む血を繰り返し舐め取られた。

その行動の意味を理解できないはずがない。ハイダルはフェイルーズの顔を見るために、傷を舐める彼女を引き剝がした。

「まだ血が……」

「構わない」

ハイダルはフェイルーズの唇についた血を舐めた。

「ありがとう」

あの夜、フェイルーズにうなじを噛んでもらえなかったことをハイダルは気にしていた。フェイルーズはわざとではなく単に体力が尽きただけだったのだが、それを覚えていた彼女は同じ轍を踏まないように、先にこうして噛んでくれたのだ。

ハイダルの素直な感謝の言葉に、フェイルーズははにかむように微笑んだ。

「すまない、もう……」

多幸感が胸を満たすと同時に本能的な部分を焚きつける。ハイダルはゆっくり進めると言った舌の根も乾かぬうちの自分の行動に嫌気が差しつつ、フェイルーズを押し倒した。

「許してくれ」

このまま我慢し続けたらおかしくなって噛みつきそうだ。

勃ち上がった男根を、滴を零し続ける膣口に含ませる。穂先を咥えさせただけで、急かすように吸いつかれた。

「全部、許します」

自分の体の勝手な反応と刺激で発情の渦の中に溺れ沈みかけながら、フェイルーズは吐く息と共に言い切った。

ハイダルはそれを皮切りに、陰茎を彼女の中へ押し込んだ。

「ああぁっ！」

それが悦楽の悲鳴であることは、陶然とした表情からもよく分かった。

一番奥まで杭を埋め込むと、全体が熱く柔らかな膣壁に包まれた。お互いの拍動が粘膜を介して響き合うようだ。その響きが、酒を飲んでいないから耐えられるだろうと楽観視していたハイダルの自制心を簡単に砕く。

フェイルーズに体重をかけないよう覆いかぶさりながら、隘路を繰り返し暴く。

「はぁ、ああっ、あ、ハイダル、さまっ」

「フェイ……！」

小柄なフェイルーズにこの肉杭を根元まで収めさせ、ただでさえ負担をかけているというのに、絶頂へ向かうにつれ貪欲に求めてくるその体の反応を味わいたくて、手心を忘れて腰を打ちつけた。

彼女の愛液とハイダルの先走りが混ざり合い、シーツへ伝い零れていく。

「きもち、いい……！　前より、へんに、なる……！」

ハイダルの律動を受け入れるたび、フェイルーズは涙を流しながら嬌声を上げる。その淫らな啼泣と最大まで強まった彼女の甘い香りは、ハイダルの頭を以前の酩酊状態よりも深い場所へ引きずり下ろした。


愛おしい。噛みつきたい。


快楽と、限界が近くなってきたことで剝き出しになった本能が、ハイダルを動かした。フェイルーズの顔を横へ向けさせ、自身の巨体をぐっと丸めて、晒された首筋に牙を立てる。

「あッ――――！」

その痛みを与えると同時に、フェイルーズは体をがくんと跳ねさせ絶頂を迎えた。中の断続的な収縮に誘われ、ハイダルも精を放つ。

「ぐ……」

「ひう、ぅん……」

吐精の脈動にも感じるのか、フェイルーズはそれに合わせて弱々しい鳴き声を漏らした。

ハイダルはフェイルーズにつけた首の噛み痕をしばらく舐めて、全身へ巡る本能が静まるよう努める。そうしてお互い、最高潮に達した熱が徐々に落ち着き始めた。

「……フェイ」

「はい……」

裸で汗だくのまま抱き合いながら名前を呼ぶと、フェイルーズから返事があった。どうやら今回は気を失わせずに済んだらしい。

ただ、のぼせたように肌は色づき、そのままとろみに落ちていきそうな気配がある。

「ハイダル様。私のこと、認めて、頼ってくださって、ありがとうございます。……大好きです」

率直な告白がいじらしくて、ハイダルはフェイルーズを抱き締める腕の力を強め、このまま二人で寝入ってしまいたいと思った。だが、この勢いと空気のまま、やらねばならないことがある。

「フェイ、一つ、頼んでもいいか」

そうして体を起こしたハイダルは、寝台の近くの小さなテーブルを引き寄せた。フェイルーズを自分の脚の間に座らせて、自分は背もたれ代わりになる。

テーブルの上には、先ほど扉の隙間から差し入れられたものを拾ってきた書面と、筆記用具。

ハイダルはまだ力が入らない様子のフェイルーズの手に、インクをつけたペンを握らせた。

「何も気にせず、一番下に署名をしてくれ」

「これは……?」

ハイダルは答えないが、書面の表題は『結婚契約書』であった。

実は先ほど寝室へ来る前に、人づてにハズムへ指示を出していた。後は署名するだけの状態の結婚契約書を作って差し入れるようにと。

ぼんやりしたまま、フェイルーズはペン先を署名欄の端につけようとして、手を止め考え込む。

「これは……」

これにハイダルとフェイルーズが署名すれば、二人は法的に夫婦となる。

確かにフェイルーズは、先ほどハイダルに全部許すと言った。しかし――。

「これは許しませんからね――――っ！」

常識的に考えて、それとこれとは別だ。フェイルーズはペンを放り出し、契約書を縦で真っ二つに引き裂いた。

お互い愛を確かめ合ったが、婚姻を結ぶかどうかの議論はまだ決着がついていない。それをこの性交の直後の、フェイルーズの判断力が鈍っている状況を狙って契約書に署名させようというやり口。真面目な彼女にとっては許しがたいであろう騙し討ちに、すっかり覚醒してしまった。

契約書を破れば問題は先送りできる。フェイルーズはそう思ったのだろうが、ハイダルは全く動じていない。

「無駄だ。予備も用意させてある」

「なんですって!?」

「俺から一生離れられないようにしてやると言っただろう。同意するまでこの部屋から出られると思うな」

「私の身体能力を見くびらないでください。動きづらい普段の服を着なければ、窓からでも脱出できます！」

とネコの耳を後ろに反らして豪語したフェイルーズだが、結局脱出は叶わなかった。

後日、ハイダルの執拗な『説得』により、普段の几帳面そうな筆調からは想像もつかないへろへろな字の、フェイルーズの署名入りの結婚契約書が完成した。


七日ほど姿が見えなくなった後、補佐官のフェイルーズは何事も無かったかのように国王ハイダルの元で働いていた。以前より出仕の時間が遅く設定された以外に変わりは無い。

何やら王の不興を買い、流血沙汰一歩手前の大騒動になったという噂が立つが、その場に立ち会った同僚たちは何も語らないので、噂は噂でしかなかったのだろうと、人々は興味を失った。

ところで、長らく独り身だった王が突然妃を娶った。つい最近出会ったという白い肌の美しい女性で、王は体の弱い彼女を気遣いなるべく外へ出さず、出席を要する式典は日没後に執り行った。

王妃の懐妊の都度、なぜか補佐官がしばらく休暇に入るのだが、元から彼は得体の知れない不思議な人で、王妃の懐妊と結びつける者は特段いなかった。

「お子がご誕生なさってフェイルーズ殿も復帰されましたが、またすぐにお別れでしょうね……」

そうしてまた王は、繋ぎの補佐官が気に食わないと異動させ、侍従へ職域の異なる仕事が回ってくるようになるのだ。

ハズムのぼやきは誰も拾わない。

番外編　婚礼の前に

ある日の日没前。王宮内の広場に面する、真珠宮と称される円形の建物の一室で、ハイダルは椅子に腰かけたり立って歩いたり、落ち着かずにいた。

ハイダルは普段、要人と会うなどの用事がない限りは軽装を好んでいるが、この日はおそらく人生で一二を争う盛装だ。

この国の伝統的な民族衣装は、長袖の前開きで、ふくらはぎから足首までの丈になっている。重ね着して中の服も見せることが前提で、外側の上着は完全に閉じずに帯などで留め合わせる。男女共に同じ構造だ。男性は下へゆったりした脚衣を穿く。さらに帯で留めずにもう一枚上着を羽織る場合もある。

ハイダルの今日の衣装もその形式に沿っており、一番外へ羽織った金糸を織り込んだ長い上着には、熟練の職人による大胆で華やかな刺繍が施され、中の服を腰で留める金の帯と共に輝いている。帯だけでなく、貴石や金銀を首飾りや指輪として身に着けており、一歩間違えれば悪趣味になりそうだが、そこは王宮の衣装係たちがああでもないこうでもないと長時間にわたって吟味してくれたので、王としての威厳を損なわず容姿を引き立てる取り合わせになっている。ハイダルが褐色の肌に黒みがかった茶色の髪と、金茶色の瞳以外は地味な色合いだから調和が取れているのかもしれない。

これらの衣装と宝飾の重みが全身にかかっているものの、ハイダルはそんなことは全く気にならなかった。それはハイダルが屈強なのもあるが、何より別のことで頭がいっぱいだったからだ。

つい頬に手をやろうとして、寸前で止める。左の頬から目元にかけて、金粉などを混ぜた顔料で蔦のような模様が描かれているのだ。触っては取れてしまう。

そこへ、部屋の扉を叩く音がし、侍従のハズムの声が外からかかった。

「陛下、イーハーブ殿とラフィーア夫人がお見えです」

「ああ」

返事をすれば扉が開かれ、イーハーブとその妻が入室してきた。

「ハイダル、待ちきれないのが部屋の外までにおっているぞ」

「それを嗅ぎ取れるのはあなただけですよ。陛下、この度はご結婚おめでとうございます」

鋭敏な嗅覚でハイダルを茶化したイーハーブを諌め、祝いの言葉と共に深々と頭を下げたのが、彼の細君のラフィーアである。豊かな金髪と切れ長の青い目の美女で、冷徹で勝気そうな印象を受ける。

「お二人とも、ありがとうございます」

この場には夫妻とハズムしかいないので、ハイダルは普段通りイーハーブとラフィーアに敬語で接した。

「まったくあなたは……。このような場ではまずお祝いを申し上げるのですよ」

「ですがラフィーア、先日結婚すると聞いた時に伝えましたよ？」

「婚礼の当日も申し上げるものです！」

この叔父はよく妻に叱られている。ラフィーアは外見の印象に反して面倒見の良い優しい女性で、夜の国から身一つで連れ帰られたフェイルーズを、夫と共に我が子のように可愛がっている。

「陛下と私たちの娘同然のフェイルーズが縁を結べたこと、誠に嬉しく存じますわ」

「私もです。ところで、今日は子供たちは？」

ハイダルが、夫妻の大勢の子供たちを今日は連れてきていないのかと尋ねると、ラフィーアは神妙な顔で首を横に振った。

「広場での民衆へのお披露目で、衆目の後方から参列させていただきます。王妃様の秘密を厳守させるには、幼子ばかりで難しいかと……」

フェイルーズは婚姻後もこれまで通りにハイダルの補佐官を続ける。その一方で夜の国からの追手を警戒して正体は隠したままにするので、『王妃はつい最近出会った体が弱くて引きこもりがちなライラという名の女性』という設定を用意した。

彼女はこの国へやってきた際に夫妻の家に一時居候し、その後も頻繁に交流しており、子供たちもフェイルーズの素顔を知っている。まだ分別のつかない幼子も含む子供たちが、王妃としてお披露目された女性の顔を見てあれはフェイルーズだと気づいてしまっては、どこかで口を滑らせるかもしれない。そのため顔の判別も難しい遠くから見るだけにするそうだ。

「何より子供たちの父親が、秘密の取り扱いで粗相をしたばかりですから」

そう言ってラフィーアは、隣にいる夫を横目でじとりと睨みつけた。

何を隠そうイーハーブは、フェイルーズの夜の国における出自を偽ってハイダルに報告した。現時点で致命的とまではいかないものの、仮にフェイルーズが夜の国に見つかってしまった場合の国際問題がより大きくなる可能性がある。

そしてもう一つ、フェイルーズは自分の性別が女であることをハイダルに隠していた。そのため事実を知るイーハーブにも秘密にするよう頼んでいたというのに、彼は先日ハイダルに口を滑らせたのだ。

後者については、ハイダルが最愛の女性を見つけ出すきっかけとなったので文句はないが、前者についてはおおいに文句ありだ。

「子供たちはラフィーアの言うことをよく聞きますから、心配は要りませんよ」

「あなたはもっと反省なさって！」

「はい」

ここで申し訳なさそうにでもしていればいいものを、イーハーブは眦（まなじり）を吊り上げるラフィーアをにこにこと見つめて浮かれた様子だ。

イーハーブは昔ラフィーアに結婚してもらうために自宅への不法侵入や付きまといを繰り返したという噂があるが、単なる噂に過ぎないとハイダルは思っている。イーハーブは時折頭がおかしいのではないかと疑うほど思い切りの良い性格なだけで、良識はある。

そんな良識があるはずの叔父は、ハイダルが彼にとっては甥っ子だからなのか、いくら諌めても全く響かない。そこでハイダルは、唯一彼を叱って効果がある、ラフィーアに事の次第を洗いざらい告げ口してやった。案の定イーハーブはこってり絞られたようである。

しかしながら、イーハーブはラフィーアの全てを愛しすぎているあまり、褒められようが怒られようが何でも嬉しいらしく、反省はしているはずなのだが、この通りそうは見えない。

（改まった場所では普通なんだが……）

いつの間にかイーハーブは、説教をするラフィーアの腰をさりげなく引き寄せようとして、また叱られている。ハイダルはそんな隙あらば妻といちゃつこうとする叔父を、生暖かい目で見守った。

そうして婚礼の直前に祝いを述べに来た、ごく親しい間柄の人々の応対を終えて一息つくと、ハイダルは窓の外を見遣った。先ほどまではじりじりと水平線の上に留まっていた太陽の端が沈みきり、日が完全に落ちている。

今日の婚礼は、フェイルーズが日光に当たれない体質のため、夜になってから執り行う予定だった。

ちょうど侍従のハズムが水差しを取り換えに来たので、ハイダルは段取りの状況について尋ねた。

「フェイルーズの支度はどうだ？」

「つつがなく進んでおります。そろそろこちらへおいでになる頃でしょう」

親族や重臣を前にした婚礼の儀の後に、王宮内の広場に集まった民衆にバルコニーから姿を見せる流れである。新郎新婦は婚礼の儀に際して別々に会場へ入るのだが、事前に会ってはならない訳ではないので、時間が来るまで二人で過ごすつもりである。

「そうか。……それにしても」

既に以前、普段の無表情を崩して熱く心のこもった言祝ぎをくれた、幼少期からの友でもあるハズムだが、今日は段取り命と言わんばかりに完全に侍従の顔である。そんな彼を、ハイダルは恨めしそうに半眼で睨んだ。

「お前に裏切られるとは思わなかったぞ」

「随分な仰りようで」

ハイダルの苦情に、ハズムはどこ吹く風である。

「結婚契約書の予備に別記が追加されているなどと、誰が気づく」

「契約書に署名する際に、文面をよく確認するのは当然のことかと思いますが」

「一枚目は確認した」

「確認不足でしたね」

実は、フェイルーズに半ば強引に署名させた結婚契約書であるが、署名欄以外の文章を記入したハズムにより、罠が仕掛けられていた。

フェイルーズがどうにか破り捨てた一枚目は、婚姻を結ぶためのごく一般的な内容だった。これについては比較的用心深い方であるハイダルは、信頼するハズムが作成したとはいえ、国王の義務と思って全文を見直してからフェイルーズに差し出した。

しかし、フェイルーズが結婚を拒むために汚損することを想定し、もう何枚か作っておくよう指示したその予備には、とある一文が追加されていたのだ。

――婚姻中、夫となる者は、妻となる者の定めた別紙の全項目を遵守する。ただし、無条件または社会通念上許容されない条件での婚姻の解消を定めた項目は無効とする。

その段階では別紙とやらは存在していなかったが、この一文を見落としたままハイダルは署名してしまった。それはつまり、婚姻を続けたければ、ハイダルはフェイルーズが後から作成する別紙の内容の言いなりになるしかないということだ。

但し書きのおかげで、即婚姻無効や達成不可能な項目を定めて早々に離婚という荒技は使われない、などと喜ぶことはできない。とんでもないものに署名してしまった。

後日、体力の回復したフェイルーズは、ハズムにその追加された一文について説明されたのだろう。別紙を作成して意気揚々と持ってきた。幸いにもフェイルーズが善良な人柄だったため、例えば全財産を渡すだとか無茶なことは書かれていなかった。

しかし、細かく定められた各項目は、まとめるとフェイルーズが引き続き補佐官として働くための内容だった。それ自体に異存は無いが、『勤務中は物品の受け渡しを除き無闇な接近は禁止』『生命の危機等の緊急時を除き、勤務中に無断で服や被り物に接触することは禁止』『性交は翌日が休日となる日に双方の合意のもと行う。なお、合意がある場合でも最大限体調に配慮すること』など少し厳しすぎる項目が列挙されていた。

　仕事がおろそかになっては良くないが、余裕のある休憩時間などに軽く触れ合う、ということも許されない。しかも翌日が丸一日休みになる日は限られるので、週に何回できるのか、と新婚としては頭の痛い問題もある。

「全部お前のせいだ」

「こうでもしなければ、フェイルーズ殿の獣人としての権利が損なわれそうでしたので僭越ながら……」

　ハズムは忠臣だが主君至上主義ではなく、それ以外へも配慮する男である。

「俺はそれほどまでに信用がないのか⁉」

「回答は差し控えさせていただきます」

　とはいえ、フェイルーズと結ばれて浮かれていることは間違いない。出だしから諸々が行きすぎて彼女を怒らせるよりは、お互いの意見を擦り合わせ、うまく譲歩を引き出して改定してもらうことを目論んでいる。

　少しの間、恨み言を並べてハズムにいなされてを繰り返していると、別の侍従から来訪者を告げる声があった。フェイルーズだ。

　着飾って特別な日を迎える愛する人が見たくて、今日は朝から気もそぞろだったのだ。ハイダルは直前までのハズムとのやり取りも忘れ、すぐに入室を促した。

「失礼いたします」

両開きの扉が侍女により押し開かれ、ベールを被ったフェイルーズが進み出てくる。その姿に、ハイダルは息を呑んだ。

彼女の婚礼衣装も民族衣装の形式を踏襲している。中は純白の滑らかな絹の服で、流れるような花の地模様が光の加減で映し出されている。そして一番外の上着は銀糸を用いた生地で、金属部分を銀で統一した帯や宝飾と共に、ランプの火を受けてきらきらと輝いていた。床に擦る長さの裾をものに引っかけないよう、侍女たちが周囲へ気を払っている。

「これは……、見事だな」

歩み寄れば、上着の幅広の襟裾やベールの端に施された、一片たりとも隙の無い緻密な刺繍に圧倒された。肩は少し開いており、手が隠れるほど長くたっぷりとした袖はレース生地で、花嫁がよく身に着ける小さな白い花の模様になっている。職人たちの手業の粋が見て取れて、この銀白の婚礼衣装だけでも丸一日眺めていられそうだ。

背中へ広がるベールもレース生地で、顔は覆わずに頭の中ほどからかけるようになっている。

「ハイダル様も、素敵です……」

こちらを見上げるフェイルーズは、はにかみながら微笑んだ。その左の頬と目元には、ハイダルのものと同じ蔦のような模様が、銀色の顔料で描かれている。

銀と白を基調とした衣装は、彼女の編み込んだ銀色の髪と、日に晒せば焼ける白い肌と、似た色で調和しつつ持ち主を引き立たせている。

お互い、赤い瞳と金茶色の瞳でぼうっと見惚れ合っていると、侍女がハズムに何やら耳打ちした。頷いたハズムは、西日が射すからと一部閉めていた掃き出し窓を開けて、月の光を室内へ取り入れる。

そしてランプに蓋を被せて橙の明かりを遮ると、侍女たちと共に静かに部屋を出ていった。

「なぜ明かりを……」

満月の恩恵で十分ではあるが、ランプをあえて使わないことにハイダルは疑問を口にする。フェイルーズは、なぜか黙ったままハイダルの隣を通り過ぎ、窓へ背を向けて立った。

「これをお見せしようとしたのでしょう」

フェイルーズの背後から射し込む月光が彼女を照らし、ハイダルはその意味が分かった。

月の光は、宝飾と銀糸を冴え冴えと煌めかせ、袖とベールのレースを抜けてフェイルーズの輪郭を優しく浮き上がらせる。

初めてフェイルーズの裸身を目の当たりにした時、夜に白く浮かぶ素肌が月光を彷彿とさせた。その印象は正しかったようだ。今の彼女は、神秘的な月影の白銀を纏う、月の精霊そのものだ。

「婚礼を夜にして、正解だった。……お前のその姿を最初に見たのが侍女たちだと思うと、妬けるな」

そしておそらくイーハーブたちはフェイルーズの控室も訪ねたはずなので、二番目はあの夫婦だ。ハイダルは三番目という何とも言えない順位である。

それは頭の片隅へ追いやって、ハイダルは彼女の肩へそっと手を置いた。

「重くはないか」

一般的な服よりも厚着で生地もふんだんに使われているし、宝飾品も多い。それを気遣うと、フェイルーズはにこりと平気な顔で笑った。

「まさか。私の普段の服より余程楽です」

「そういえばそうだな」

普段の彼女の日光を絶対に許さない完全防備の服のことを忘れていた。本来は衣服に使用しないであろう素材の、重苦しく暑苦しい、遮光と防臭機能だけは最高な服である。あれでちょこまかと動き回れているのだから、この花嫁は体が弱いという設定に信ぴょう性を与えるなよやかな外見だが、実際は相当頑丈で強靭だ。

夢心地のふわふわとした感覚から、いつも通りの二人に戻って笑い合う。

「叔父上が異国から手に入れてきた布と香のせいで、三年もお前を探し当てられなかったのだな……。そもそも叔父上がいなければ、出会えてすらいない訳ではあるが……」

フェイルーズの普段の服は、イーハーブが彼女を夜の国から連れ帰った際に、船に積んでいた別の国で入手した新素材の布地で作ったものだ。ついでに彼女が服へ焚き染めている香も、イーハーブが外交官として交易を進めた国からの輸入品である。

服についてはフェイルーズが日光の下で活動するには必要不可欠な装備であるため、なければ良かったとは言い難いが、せめてこの香さえなければもう少し早く分かったはずだ。

「それをぼやくのは何度目ですか」

自分を夜の国から助け出してくれたイーハーブが大好きなフェイルーズは、多少ひどい目に遭わされようとも、父親代わりの彼への信頼は揺るぎないようだ。ハイダルがイーハーブに関する愚痴を言えばすぐに諌める。どちらの味方だと問いたい。

「それに、私はこの服と香があって、良かったです」

初めて話される思いに、ハイダルは聞き入った。

「ハイダル様の元で働けたこの三年間は、においと関係のないあなたとの信頼を築かせてくれました。自分を守るための虚勢ではない、私が祖国では養えなかった本当の意味での自信も……。もし出会ってすぐにお互いに相性がいいと分かって、ハイダル様が私を望んでくださったとしても、私は自信が無くて、この国の王妃なんて務まるだろうかと不安に押しつぶされていたと思います」

フェイルーズの小さな手が、彼女の肩へ置いたハイダルの手に重ねられる。

「三年前の私には、自分の力で立ち、ハイダル様に向き合って、心の底から愛しているとは言えませんでした。今の関係は、あの服と香のおかげです」

潤む紅玉の眼差しは、素顔で相対するようになってからまだ間もないというのに、間違いなく、あの生意気だがその自信に見合う努力家のフェイルーズのものだ。そう、違和感を覚える隙もなく、心に馴染む。

「そうだな。……叔父上に今度、しっかり礼を言わねば」

「それは付け上がるからダメだと、ラフィーア様が仰っていました」

お互いくすくすと笑いを含んだ吐息を漏らしながら、身を屈めたハイダルと、背伸びをしたフェイルーズで、静かに唇を重ね合わせた。

そうしてこの夜、長らく独り身だった王はようやく妃を娶り、二人で国民から祝福を受けるのであった。

Tsukiko Irumi
入海月子
illustration
ザネリ
処女なのに王子様の閨指導を任されたので、指南書で乗り切ろうと思います！

私はリナ。王室の影です。

捨て子だった私は影の長に拾われて、幼い頃から厳しい訓練を受け、王室を守るあらゆる術を教えられました。

攻撃法、護身術、諜報術、暗殺術……。

闇に潜んで主君を守り、情報収集し、敵を葬るための技です。そのために、感情が表に出ないように躾けられ、言葉も極力少なく的確に話すように育てられました。

おかげで、十二になる頃には私は無表情で冷静沈着な子になっていたと自負しております。すべての訓練も優秀な成績で修了しました。

影の世界では十二歳は一人前です。そろそろ仕えるべき主君が決まる時期になります。主君が決まると、一生その方にお仕えするのです。

「お前は今日からセレスルート様に仕えるんだ」

ある日、長に呼び出されて告げられました。この国の第一王子であるセレスルート様が私の主君になるということでした。

たしか殿下は御歳五歳になられ、とてもかわいらしい上に幼いながら聡明で、将来が楽しみだと噂されていました。

そして、殿下の下へ挨拶に連れていかれた私は、この目でそれが真実だと確認したのでした。

繊細な金糸でできているようなふわふわしたクセ毛の髪が、磁器のようにつるんとした白い肌を飾り、キラキラ輝く碧い瞳の周りは濃くて長い睫毛が取り巻いています。人形のように整った顔に収まっているその大きな瞳でセレスルート様にあどけなく見上げられると――。

（か、かわいい〰〰〰〰!!!）

私は心の中で悶えました。

不敬かもしれませんが、その発光しているような神々しいお姿は美しい上に、庇護欲をかき立てるもので、私は猛烈に感動しました。

（こ、この方が今日から私の御主人様……）

感激で胸がいっぱいでしたが、もちろん訓練の賜物で、表情には一切出しません。

セレスルート様からは、黒髪を後ろで無造作にくくった黒い瞳の地味な私が、無表情で見下ろしているのが見えたことでしょう。

それなのに、長が私を護衛だと紹介すると、殿下はニコッと天使の微笑みを浮かべ、「リナ、よろしくね」とその手を差し出したのです。

（はぅう〰〰。その凶悪なほどかわいらしい笑顔で私を殺すおつもりですか！　かわいいにもほどがあるでしょう！　はぁ、セレスルート様、リナは一生あなたについていきます!!!）

鼻血が出そうになるのを堪え、差し出された手をしげしげと見てしまいました。

小さなかわいらしい御手には綺麗に整えられた爪が光り、私が触れていいものとはとても思えませんでした。

無愛想に黙って立ち尽くす私に、セレスルート様は形のよい眉尻を下げられました。そんな困ったようなお顔も大変キュートです。

「あくしゅ、してくれないの？」

キュ～～～～～～～～ン‼

グッとハートを鷲掴(わしづか)みにされました。

（します！　しますとも！）

私はぐらりと倒れそうになるのを堪え、慌てて跪(ひざまず)くと、その御手を両手で捧(ささ)げ持って、額をそっとつけました。

「命にかえてもお守りすることを誓います」

「うん、よろしくね」

またうっとりするような素敵な笑顔を惜しげもなく振りまいて、セレスルート様はなんと私の頭を撫(な)でてくださいました。

（この手も髪もしばらく洗わないでいいですか――――っ⁉）

その日から、陰日向となくセレスルート様に寄り添い、お守りする日々が始まりました。

セレスルート様は優しく明敏で理想的な主君でした。

ほとんど口を開かない私に微笑みかけ、話しかけ、たまにお菓子までくださいました。

（そして、なにより、かわいい！　かわいい！　かわいいっ！　これほどまで好みの主君に仕えられるとは、なんて私は幸せ者なんでしょう!!!）

ハッ、取り乱しました。

でも、大丈夫です。特訓の成果で、誰にも私がそんなことを考えているなどとはバレていません。

私は存在感の薄い影の女。感情のない女。表情の偽装はバッチリです。

それなのに、セレスルート様は日が経つにつれ、だんだん私に懐いてくださるようになりました。

周りが大人ばかりの中、歳が比較的近いのがよかったのでしょうか。

ある夜、殿下の寝室の隣の小部屋で控えていると、怖い夢でも見たのか、「リナ、リナ」と私をお呼びになり、秒で参上すると、「ぎゅうして」とおっしゃいました。

（ぎゅう〰〰〰〰〰!?）

生まれてまもなく母君を亡くされ、大人に囲まれてお育ちになられた殿下はさみしかったのでしょう。

固まっている私を見つめて、「ねぇ、リナ。だめ?」と涙目で訴えてこられたら、私に抵抗できるでしょうか?　いえ、到底できません。できるわけありません!

（だめじゃないですすすぅ!!!）

「では、失礼します」

冷静な声を心がけて、そっとセレスルート様を抱きしめると、キュッと小さな手がしがみついてきて、心が震えました。

（はわぁわわわ〰〰〰。死んじゃいそう〰〰〰。こんな幸せ……死期が近いのかな?）

どこか甘い香りのする殿下の匂いをそっと嗅ぐと、改めてこの人のためなら、なんだってできると思った私でした。

そんなことを考えていたら、翌日、さっそく私を試すような事件が起きました。

殿下に暗殺者が斬りかかってきたのです。

セレスルート様を庇い、返り討ちにしたのはいいのですが、深手を負ってしまい、生死の境をさまよう羽目になったとき、やっぱりと思いました。幸せすぎて、バチが当たったのだと思いました。

このまま死んでも本望だと思っていたのに、気がつくと、枕元でセレスルート様が泣きじゃくっておられました。

（このまま死ぬわけにはいかない‼）

気合いで怪我を治しました。それは医者も驚く回復力だったそうです。

泣いている殿下のいじらしく痛ましい姿を見ていられなかったのです。

それに、毎日殿下がお見舞いに来てくださったおかげです。

王庭の花を手ずから摘んで、腕いっぱいの花束を持ってきてくださるセレスルート様は、それはそれはかわいらしくて、回復しないわけにはいきませんでした。

（あー、かわいい。なんてかわいい。幸せで死にそう……。あ、死んだらダメだ）

それでも、完全に復帰するまで三週間はかかり、護衛を他の者に代えるか聞かれた殿下は頑なに拒否して、私を待っていてくださったそうです。後からそれを聞いて、私は心の中で滂沱の涙を流しました。

「あんな無表情でおもしろみのない子のどこがいいのかしら？」

「そりゃあ、ちょっとは顔が整ってるけど、なにを考えてるのかちっともわからなくて、不気味よねー」

「殿下も物好きなんですから」

もともとメイドたちからの評判は悪かったですが、この一件で、私は皆の嫉妬心を煽ってしまったようです。

食事を故意に忘れられても食堂に行けばなにかもらえるから大丈夫です。洗濯に出した服が破れて戻ってきても繕い物の得意な私にはなんてことはありません。

殿下のおそばにいられるだけで、私は幸せでした。

ただ黙々と業務をこなすだけです。

私は少しも気にしてませんでしたのに、利発なセレスルート様はすぐにお気づきになられ、私に嫌がらせをしていたメイドはことごとく処分されました。

もったいなくも、私が殿下に寵愛されているという誤解のもと、それ以降は嫌がらせを受けることはなくなりました。


時は経ち、セレスルート様は、かわいいより美しさが増したところに凛々しさが加わって、さわやかな美青年に成長されました。

その成長過程はどの瞬間も素敵で、私の目を幸せにしてくださいました。

今日で十八歳になられます。いよいよ成人です。

成人になる前から、頭脳明晰な殿下は陛下を助けて政治にも携わり、先日も国家間の大きな取引を成功させたばかり。

さすが、私の殿下です。

二十五になった私は相変わらず、殿下のおそばにおりました。

「リナ、今日は城下に視察に行くよ」

輝くような笑顔でセレスルート様がおっしゃいました。

軽く首を傾げると、キラキラな金髪がサラリと揺れます。幼い頃はくるくるの巻毛だったのが、大きくなるにつれ、ゆるやかなウェーブになってきました。

ちょっと垂れた目がチャームポイントの殿下は、碧い瞳を甘く細められて、男の色気がだだ漏れです。

声変わりをした低く深い声が耳朵(じだ)をくすぐっていき、私の心を蕩(とろ)かします。

(はわぁ、今日もお麗しい！　私の殿下は今日も煌(きら)めいています‼)

「承知いたしました」

興奮をおくびにも出さず、色のない声で返事をします。

お忍びなのか、簡素な服装をしたセレスルート様も新鮮で、精悍(せいかん)さが際立っています。

城下に出ると、殿下がいつものように私の手を取られました。

幼い頃から迷子になったらいけないと、外に出るときには手を繫(つな)ぎたがった殿下。それから、ずっと外出時には手を繫いでいます。

あんなに小さくかわいらしかった手も、男の人らしく大きく節ばり、私の手を覆うようになりました。

(もう迷子の心配はないですが……)

その手を見るたびにそう思いますが、当然のように手を繋がれるとうれしくて言い出せない私でした。

街の人々は見慣れた光景として、私たちのことはさして気にする風でもありません。

(もう少しだけ、このままでいられたら……)

こんなに素敵なのに、浮いた話ひとつないセレスルート様ですが、成人すればさすがに恋の一つや二つするでしょう。近いうちに婚約者も決まるかもしれません。

そのお邪魔にならないように、あともう少しの間だけ近くにいさせてもらいたいと願ってしまうのです。

その後は、影のように気配を消してお見守りしますから。どうかあともう少しだけ……。


「閨指導をしてもらいたい」

「はっ?」

久しぶりに長に呼び出されたと思ったら、予想外の言葉を聞かされ、さすがの私も間抜けな声を漏らしてしまいました。

普段、感情を表に出さない長もめずらしく決まり悪げにされています。

「だから、成人になったセレスルート様の閨指導を頼みたいんだそうだ」

(ねや、やね、屋根? いやいや、あの閨? セレスルート様の?)

裸のセレスルート様と抱き合う姿を想像してしまって、うきゃーっと頭が爆発しそうになりました。

ちなみに、四六時中、殿下のおそばにいる私はその美しいお身体をつぶさに目に焼きつけていますので、想像もリアルになってしまうのです。

「そうですか」

冷静な声を出した私に、長は目を瞠り、褒めてくれました。

「さすがだな。少しの動揺も見せないとは」

「長の訓練の賜物です。しかし、私も性経験はありませんので、お教えすることは……」

「それでもよいと仰せだ」

「それでは、誰かに習えばよいのでしょうか？　例えば、兄弟子に？」

私が問うと、長は少々慌てたように否定します。

「いや、それには及ばないそうだ。この指南書をよく読んで、学びなさい。この件は内密な話であるから、他の者に教えを請うなんてことはゆめゆめ考えないように」

「承知いたしました」

長から渡された指南書を見ると、どうやら図説で、男女の交わりの方法、手管が書いてあるもののようでした。パラパラとめくっただけで、顔から火が出そうです。

とはいえ私ほどの影になると、涼しい顔を保つのはお手の物ですが。

自分の部屋に戻ると、早速、指南書を開きます。

私の部屋はセレスルート様の寝室横の小部屋です。通常の出入り口とは別に、なにかあったらすぐに殿下のもとへ向かえるように直通のドアがあり、常時、薄く開いているので、耳を澄ますと殿下の寝息がかすかに聞こえます。

自ずとセレスルート様の寝顔を思い出してしまい、殿下を感じながら指南書を読んでいくと、妙な気分になってしまいました。

指南書には驚くべきことばかり書いてあって、非常に勉強になります。

自分の身体のことなのに知らないことばかりで、確かめようと私は下着を外し、そこに書いてある図説と自分の身体を見比べました。

(ここをこう触ると……)

「ぁんっ……！」

変な声が漏れてしまって、慌てて口を押さえました。

隣の部屋の殿下の寝息が一瞬止まった気がして、ひやひやしましたが、すぐ穏やかな寝息が聞こえてきたので、ほっとして研究を続けます。

声をあげないように注意しながら身体を弄りつづけると、くちゃくちゃと水音が響き始めました。

(これが濡れるということね。あぁ、ここにセレスルート様のモノが入るのかしら？)

そんな想像をして、穴に指を出し入れして、クリトリスと図示されている場所を摘むと、キュッと中が締まって、快感が弾けました。

ハァァと溜め息をついて、それをやり過ごしていると——。

「うぅ～ん」

隣室から殿下の呻き声が聞こえて、ビクッと身体が跳ねました。

セレスルート様を起こしてはいけないと、そこを弄るのは止めて、今度は音が出なさそうな胸の項に移ることにしました。

（セレスルート様にこの胸を触られるのかしら？）

そう思うだけで、ツンと乳首が立ってきます。

私の胸は平均より少し大きくて、普段は邪魔だと思うことが多かったのですが、殿下を喜ばせることができるのなら、育った甲斐があります。

（でも、殿下は大きいおっぱいはお好きかしら？）

指南書には貧乳を好む男性もいると書かれていて、不安になりました。

それでも、胸を使って男性を喜ばせる方法を熟読する間に、セレスルート様にして差し上げたいことがいっぱい出てきて、夢中で読み進めました。


「おはようございます、殿下」

翌朝、隣の部屋に行き、セレスルート様にご挨拶すると、ベッドに身を起こした殿下はめずらしく眠そうにされていました。どことなく疲れているご様子です。

（うぅ、物憂げな殿下もステキだわ！）

「あぁ、おはよう、リナ」

殿下はにこりと微笑んでくださいましたが、目の下にクマがあるのが見えて、私は心配になりました。

(昨夜は早く休まれたはずなのに……)

ベッドに身を乗り出し、殿下の額に手を当てました。

「お熱はないようですね」

お顔を覗き込むと、なぜかセレスルート様は真っ赤になって、ゴホッと咳き込まれました。

よくやることなのに、こんなことは初めてで、私は本格的に心配になり、殿下を見つめました。

「大丈夫ですか？　お医者さまをお呼びしましょうか？」

「問題ないよ。ところで、例の件は引き受けてもらえたのかな？」

「例の件とは、閨指導のことでしょうか？」

私がお聞きすると、殿下は赤いお顔のままで頷かれました。照れくさいようで、視線が落ち着かず、私を見たり、手元を見たりと忙しそうです。

(はぁぁぁ、かわいい！　久しぶりにこんな殿下を拝見するわ〜)

最近はずいぶん大人になられたご様子で、動揺することなどなかった殿下ですが、まだまだかわいらしいところが見られて、うれしく思いました。

「本当に私でよろしいのですか？」

「もちろん！　リナがいいんだ」

恥ずかしそうにそうおっしゃる殿下に、胸がいっぱいになります。

（はうっ、なんて表情をするんですか！　私を萌え殺す気ですか！）

きっと殿下は、昔馴染みの私の方が気安くていいのでしょう。失敗しても大丈夫でしょうし。

（いいえ、私が失敗なんてさせません！）

胸の中で握りこぶしを作って、頑張らねばと心に誓います。

「それでしたらお引き受けいたします」

「やった！　じゃあ、早速、今夜からでいい？」

にこにことセレスルート様がおっしゃいましたが、私は首を横に振ります。

「申し訳ございません。履修がまだなんです」

「履修？　まさか実践で学ぼうっていうんじゃないだろうね？」

殿下が慌てたお顔で私の腕を摑みました。

今日の殿下は本当にめずらしく、余裕のない感じです。

「いいえ、実践で習うのはダメだと言われましたので、指南書を読み込んでおります」

それを聞いたセレスルート様は、ハァと息を吐いて、摑んだ腕の上に顔を伏せられました。

熱い吐息が腕にかかって、ドキドキします。

殿下はその姿勢のままで、チラッと視線だけ上げて私をご覧になりました。

「昨日、予習してたんだ？」

「はい。とても勉強になりました」

「それじゃあ、もういいんじゃない？」

「いいえ、まだ三回しか読んでおりませんので、あと十回は……」

「ぼ、僕も読んでみたいな！　一緒に勉強したらもっと効率がいいんじゃないか？」

さすが勉強熱心なセレスルート様です。あらゆる教科を教師が舌を巻くほどの成績で収めた秀才だけあって、指南書にも興味を持たれたようです。

それに、男性の身体をよく知らない私ですから、たしかに殿下のおっしゃる通り、一緒に指南書を解読した方がより読み込めるかもしれません。

「そうですね」

私が同意すると、殿下はうれしそうにされて、「それじゃあ、今夜から早速指南書に取り組もう」とおっしゃられました。私が勉強になったと言ったことで、よほど興味を引かれたのでしょう。

「かしこまりました」

（わわわわわ！　こ、今夜から～!?）

動揺して心臓がバクバクしているのをおくびにも出さず、私は静かに頭を下げました。

◇◇◇

初めて会ったとき、綺麗だけど表情がなくて怖いお姉さんだと思った。

それでも、僕はにっこり笑って、「よろしくね」と手を差し出した。

当時五歳だった僕は、すでに自分の容姿が与える影響を熟知していて、戸惑うリナに眉尻を下げて、「あくしゅ、してくれないの？」とあざとく迫った。

リナの表情は動かなかったけど、彼女は跪いて、僕の手を取った。

「命にかえてもお守りすることを誓います」

そう言われて、ハッと胸を衝かれた。その真摯な言葉に真実が宿っていたような気がしたから。

思わず、素の笑顔が漏れた。

そして、実際にその後、リナはそれを証明してくれた。

僕を身を挺して守ってくれたんだ。


あれは七歳になったときだった。

城内の廊下でいきなり暗殺者が斬りかかってきて、リナはなんの躊躇いもなく僕の前に身を投げ出した。

赤い鮮血が散って、僕は凍りついた。

深手を負ったのに、リナは襲撃者を返り討ちにして、そして、倒れた……。

「リナ！　リナ！」

血の気のひいた僕はリナに縋って泣いた。傷口を押さえて、大声で助けを呼ぶ。

押さえても押さえても信じられないほど血は溢れて止まらず、僕は泣き叫んだ。

「早く医者を！　絶対にリナを死なせないで！」

こんなに取り乱したのは初めてだった。

この国はずっと王権派と元老院派で争っていた。つまり、公爵を含めた王室の面々とその他の貴族が対立を続けていたのだ。

産褥熱で亡くなったと思っていた母上も、実は元老院派に毒殺されたらしい。

父上はその犯人をしらみつぶしに探させたが、とうとうわからず、後添いにと挙げられた貴族の娘たちをすべて拒否した。母上を深く愛していた父上は、彼女を殺した者に通じているかもしれないと思うと、到底受け入れられなかったらしい。

それに、パワーバランスを考えても、どの娘もふさわしくなかった。

そうした理由で、ひとり息子だった僕は命を狙われつづけた。

リナの血で真っ赤に濡れた服を着替えた僕は、リナの病室に行きたいと主張した。しぶる護衛をなんとか説き伏せ、彼女のところへ行くことができたのは翌朝だった。

そこには血を失って、真っ白な顔のリナがベッドで眠っていた。

綺麗に整った白い顔はビスクドールのようで温度感がなく、思わず僕はその頬に触れた。

(温かい……。よかった、生きてる)

そう、リナは温かい。表情はなくても、僕がさみしいときは抱きしめてくれるし、僕のことを誰よりもそばで見ていてくれて、誰よりも僕のことを考えていてくれる。

そんなリナに、僕は自分でもおかしいと思うくらい懐いていた。

「リナ！　リナ！　死なないで！」

僕は彼女の手に縋った。

すると、瀕死のはずの彼女がぼんやりと目を開けてくれた。

「リナ！」

「……殿下、ご無事で、よかった」

かすれた声でそう言うと、リナはふっと笑った。

それは数ミリ口角を上げただけだったかもしれない。

でも、僕には紛れもなく笑ったように見えたんだ。

（そうか、あの時……）

――僕は恋に落ちたんだ。


心配したリナの怪我は、医者が驚くほどの回復を見せ、彼女は僕の護衛に復帰した。だけど、とうとう犯人の背後に誰がいるかはわからなかった。

リナの伏せっている間に護身術を習い始めて、勉学にもより一層力を入れた。

幼い僕が手に入れられる武器は知識しかなかったから。

リナをいじめていたメイドも処分した。

――もう、絶対に誰にもなににもリナを傷つけさせない！

僕はそう心に誓った。

それから、時は経ち、僕は十四、リナは二十歳になった。僕の方が誕生日が先だから、今だけは歳の差が六つだ。

リナは歳を重ねるごとに、美しく魅力的になっていった。

相変わらず無表情だったけど、キリリとした眉の下には神秘的な黒い瞳、小さめの唇は化粧をしていなくても紅色でぷるんとしていて、男の目を惹いた。

僕は気が気でなく、いつまでも追いつけない歳の差に唇を噛んだ。

(僕がリナにプロポーズできるまでにあと何年かかるんだろう。その間に、リナが誰かのものになってしまったら、どうしよう。僕はもうリナに決めてしまったのに)

影の長には、リナに僕の護衛以外の任務を与えるのは禁じていた。

そして、四六時中、リナには僕のそばにいてもらい、僕以外の男との接触を最小限にした。

僕は不安でならなかった。

思い余って、僕は父上に訴えた。

「父上、僕には絶対に結婚したい人がいます。彼女は貴族ではありません。どうしたら許可していただけますか?」

僕の言葉に父上は驚いた顔をした。それでもしぶしぶ条件を出してくれた。

「……そうだな。この国は発展途上だ。そなたが国に貢献するような偉業を成し遂げたら、貴族たちもなにも言えまい」

「それでは例えば、ロスニアン王国と国交を開いて、交易を開始するというのではどうでしょう?」

「そんなことができるなら十分だ。全力で支援しよう」

子どもの戯言だと思われたのか、口許を歪めるように父上は笑った。

ロスニアン王国は資源豊かな強国だったから、こんなちっぽけな国の相手をするとは思わなかったのだろう。

「わかりました。鋭意努力いたします」

僕が思いの外真剣だったからだろう。父上はもうひとつ条件があるとおっしゃった。

「結婚する前に、子をなせ」

「はっ？」

「まず世継ぎを作れと言っておる」

「子どもができなかった場合は……？」

「側室にすればよいだろう。そして、他の者に世継ぎを産ませろ」

「嫌です！　それなら、王位継承権をアルフォンソ公爵に譲ります」

「それは許さない」

「それでは、父上が側室でもなんでも設けて、僕以外の子をなせばいいでしょう！」

そう言うと父上は苦虫を噛み潰したような顔をした。

父上も僕と同じ唯一の人に出会ってしまって、それを亡くしたんだ。

王室存続のためとわかっていても、僕と同じで、それを容認できず、ここまで来た。僕の気持ちが誰よりもわかるはずだ。

「……そなたはまだ若い。今からこんな議論をしても無駄であろう」

父上は結論を避け、話を打ち切った。

子どものことはともかく、とりあえず、条件を示してもらった。

父上の許しがなくても、王位継承権を捨ててでも、僕はリナと結婚すると決めていた。でも、できることならみんなに祝われて結婚したかった。

だから僕はまず誰もが認める実績を作ることにした。

国際状況を学んでいる間にぼんやりと見えてきたものがあったので、それを独自に調べていた。

今度は実行に移すことにした。

同時に僕はリナにも本格的にアピールを始めた。

もう年下の守るべき対象じゃない。ひとりの男だと。


「リナ、久しぶりに手合わせしてよ」

「承知いたしました」

「僕、結構強くなったんだよ」

「いつも見ておりますから、存じております」

護衛だから当たり前なんだけど、そう言われると、認められているようでうれしい。

リナは強い。

総合力では護衛の中でも一番強いんじゃないかな。いつもストイックに鍛錬してるもんね。

それを褒めると、リナは平然とした顔で、「誰よりも殿下のおそばにいるためには、当たり前です」と言った。

（それは誰よりも僕のそばにいたいという意味に受け取っていいのかな？）

僕が頬を赤らめたのを見て、リナが不思議そうに首を傾げた。

（違うみたいだ……）

少し失望しながら、刃を潰した剣を構えて、リナと対峙した。

リナの表情は読みにくい。

それでも、長い付き合いの中、リナが好きなこと嫌いなことはなんとなくわかるようになった。

ミリ単位の表情の変化でわかるぐらいだ。

いつもリナの表情を飢えたように眺めていたから。

影の訓練で表情を動かさないことを誇りに思っているらしいので、それをどうこうしようとは思わない。でも、笑ったらかわいいだろうなと夢想はする。

リナと打ち合ううち全身を汗が伝い、息が乱れる。

リナは涼しげな表情を崩すことなく、ひたっと僕を見つめている。

小さな頃から変わらず、その真摯な瞳が好きだ。

手合わせを終え、額から垂れた汗を袖で拭うと、リナがタオルを差し出してくれた。

リナも上気してかすかに頬をピンクに染めていた。彼女も汗ばんでいるようで、服が貼りついて身体の線を露わにしていた。

リナの胸は大きい。その頂点のところが汗に濡れて服の色が変わっていて、とてもエロい。

ゴクンと誰かが唾を呑み込んだ音がして、慌てて渡されたタオルをリナにかけた。

「着替えよう」

リナの手を引き、さっさと鍛錬場を後にした。

汗びっしょりだったので、浴場に行く。

僕が汗を流して風呂場を出ると、リナは着替えただけでシャワーを浴びていないようだった。

「あれ？　リナはシャワーを浴びないの？」

「今、護衛は私しかおりませんから」

「じゃあ、一緒にシャワーを浴びればよかったね」

「そういえば、そうですね」

冗談で言ったのに、リナは大真面目に頷いた。

「えっ。リナは……僕に裸を見られてもいいの？」

「別にいいです」

僕は赤くなって尋ねたのに、リナは表情を動かさずにあっさりそんなことを言う。

「僕は男だよ？」

「でも、殿下です」

ダメだ。全然男だって意識されてない……。それとも、主君だから、なにをされてもいいと思っているのかな？

がっくりして、リナを見つめる。

『殿下』という枠は特別だけど、存外、切ない。

「リナは好きな人とかいないの？」

「……おりません」

ふいにしてみた質問にリナは否定したけど、目をひとつ瞬いた。

（動揺してる⁉）

愕然（がくぜん）として、僕はリナを壁に押しつけた。

「いるの⁉」

「ですから、そんな方はおりません」

「ダメだよ！　リナは僕のものなんだから」

「はい。そうです」

「〰〰〰〰っ」

（なんで肯定するのさ～っ！）

僕は脱力して、リナの肩に顔を伏せた。

（好きな人はいるけど、僕の護衛だからあきらめてるってこと？）

顔を上げると、同じ背の高さの僕らの顔はとても近くて、リナの黒い瞳がじっと僕を見つめていた。

（こんなに近くても、なんとも思わないの？）

そこに照れや気恥ずかしさはなく、様子のおかしい僕を気づかっているだけのようだった。

男として、どころか、対等な相手としてさえも見られていない。

この頃スキンシップを増やしてみても、リナは特に嫌がりもしなかった。このまま押し倒しても僕を受け入れるんじゃないかと思うと、ゾッとした。

『殿下』の効力はリナをどこまで縛っているのだろう。

僕は目を逸らして、身体を離した。

「それならいいよ」


それから、僕は執務に邁進（まいしん）する他に、リナを今まで以上に観察した。

（リナに好きな人がいないというのは本当だろうか？）

今日もリナを観察するけど、やっぱりわからなかった。

わからないことを思い悩むより、僕を好きになってもらう努力をしようとした。

褒めたりプレゼントをしたりと本で読んだテクニックを試してみるけど、リナの反応は芳しくなくて、戸惑っているだけのようだった。

「なにかありましたか？」

「なにかって？」

「最近、私を構いすぎておられるようで……」

「そうかな？」

僕はわざと首を傾げてみる。

「もしかして……」

「もしかして？」

ようやく僕を意識してくれたのかとワクワクしてリナの言葉を待つ。

「もしかして、ぎゅうしてほしいのですか？」

「ぎゅう……！」

してほしいかしてほしくないかで言えば、もちろんしてほしい。というか、僕がリナをぎゅうしたい。でも……。

（結局、子ども扱いじゃないか！）

不貞腐れる気持ちもあったけど、リナのぎゅうの魅力にも逆らえず、僕はつぶやいた。

「ぎゅう……して、ほしい」

そのとき、僕は、相当情けない顔をしていたのだろう。リナが僕の頭と背中に手を伸ばして、ぎゅうっと自らに引き寄せた。伏せた顔がリナの胸に埋まる。

（柔らかい……）

僕はリナの背中に手を回した。

それは至福の時間だったけど、僕は作戦の失敗を悟った。

リナを意識させることは失敗続きだったけど、ロスニアン王国との交易の方はどうにかなりそうだった。

資源が豊かで裕福なかの国は今、下水道整備に力を入れている。そこで必要になる資材がポイントだ。

ロスニアン王国で産出せず、我が国に豊富なもの——それは石灰だ。石灰岩でできた山々を有した我が国では、石灰は農業にしか使われていない。しかし、下水処理には石灰が恒常的に必要になる。

そして、調べによると、ロスニアン王国では随分遠方の国から高い値段で石灰を輸入しているらしい。なぜなら、近い我が国とは国交がないから。

しかし、たかが石灰のために、ロスニアン王国が交易を持ちかけてくることはなかった。

国交がない理由はとてもくだらないものだった。

こちらが内乱に明け暮れて、他の国の相手をしている余裕がなかったから、ただそれだけだ。

そうしている間に、ロスニアン王国はどんどん力をつけ、うちのような弱小国をわざわざ相手にする必要がなくなったので、いわば放置されていたのだ。

僕はツテを辿(たど)って、可能性を当たった。同時に安定した産出方法を考え、輸送ルートを策定して、安全を確保した。価格もロスニアン王国が輸入している現価格の半額にしたとしても、莫大な利益をもたらしそうだった。

リナを伴って、何度かロスニアン王国にも赴いた。

幸い、相手側にも歳の近い聡明(そうめい)な王子がいて、歓待してくれ、僕たちは仲良くなった。

彼を手がかりに、まずは国交を開いた。

ここまで来るのに何年もかかり、困難もあったけど、それでも比較的順調でやりがいもあった。

ロスニアン王国との交易開始が決まって、結婚の第一条件は整った。

そして、まもなく僕は成人になろうとしていた。

そこに、父上から一冊の書物が届けられた。

それは『閨事指南書』。

『そろそろ必要な頃であろう。必要なら閨指導の相手も用意しよう』というメッセージ付きだった。

(父上〰〰〰〰っ!)

多分、交易を開始したことで、第一条件をクリアしたと認めてくださったということだろう。けど、けど、なんて露骨な……。

就寝前に自室で例の指南書を開く。

いきなりカラーで性器が図示してあって、ギョッとする。

慌ててページをめくると、文字ばかりだったので、ちょっとほっとして読んでみる。

それは閨事にあたっての心得みたいなものだった。

焦ってはいけない。女性をリラックスさせよ。無理強いはいけない。前戯には時間をかけろ。女性を十分に濡れさせよ……。

次ページからはその心得を実践するためのテクニック集だった。

あまりに刺激的な内容に鼻血が出そうになる。

父上のメッセージの『閨指導の相手』というのが思い浮かんだ。

いっそのこと、リナに閨指導を頼んでしまうのはどうだろうと思った。

もちろん、拒否権は与える。

リナに無理強いなんてしたくない。

でも、願わくは……。

——リナに閨指導をしてもらいたい。

その夜はそんな妄想から逃れられず、とても眠れなかった。

（さすがに閨指導をするとなれば、リナも僕を男だと認めてくれるだろう）

それに、ますます美しくなったリナを誰かに取られるのではないかと毎日不安だった。僕はなにがなんでもリナを手に入れたかった。

これは最終手段だ。

罪悪感を覚えながらも、僕は影の長に指示書を書いた。
一、リナに閨指導を頼みたい。
二、リナが少しでも拒否感を示したら撤回してほしい。
三、同封する閨事指南書を参考にして、くれぐれも他の者に指南を受けさせないようにしてほしい。
僕は指示書と指南書を封筒に入れると、リナに内緒で影の長に届けさせた。

その夜、リナは影の長に呼び出されたようだった。

僕はベッドでドキドキしながら結果を待った。

当然、眠れる訳がない。

すると、ベッドの横にスッと男が現れた。

影の長との連絡係だ。

僕にはリナの他にこうした連絡係と、リナを守る影がいた。

逐次報告を受けているから、リナも存在は知っているけど、僕の護衛だと思っているはずだ。まさか自分が守られ監視されているとは気づいていないだろう。

男は長からの手紙を差し出し、すぐ消えた。

手紙には簡潔に『リナは閨指導を承知しました。嫌がってはおりませんでした』とあった。

（やったっ！）

僕は思わずガッツポーズを取った。

そこへ、パタンと音がして、隣室にリナが帰ってきた気配がした。

リナも就寝準備をしているようで、衣擦れの音が聞こえる。

（リナは今なにを思ってるんだろう）

そんなことをぼんやり思っていると、リナも就寝したのか、しばらくすると静かになった。

安心して、うとうとしていると――。

「ぁんっ……！」

押し殺したような甘い声が聞こえた。

ビンッと一瞬で僕のモノが猛る。

僕は息を詰めた。

(今のは……)

もしかして、リナはあの指南書を読んで、実践しているのか？

僕は必死で息を整えて、寝たふりをした。

その後、予想を裏づけるように、かすかだけど、くちゃくちゃという水音が響き始めた。

リナが触っているところを想像してしまって、僕は自身に手を伸ばした。

くちゅくちゅ、くちゅくちゅ……。

リナが指を動かしているらしい音に合わせて、僕も手を動かす。

しばらくすると、はぁぁというリナの甘い吐息が聞こえて、僕も呻いて、放出してしまった。

僕の声が聞こえたようで、その後、リナの方からはゴソゴソする音以外はしなかった。

でも、僕の滾りは治まらず、トイレに籠もることになった。

◇◇◇

今夜から閨指導のため、私は殿下のベッドに遠慮がちに腰かけていました。

夕方、メイドたちに有無を言わさずお風呂に連れていかれました。念入りに身体を磨かれて、香油を塗られ、透け透けの夜着を着せられています。ちなみに下着はありません。

着ているだけで裸よりいやらしく見える夜着に、自分の身体を直視できなくて、視線をうろつかせます。

殿下も湯浴みをされているようで、私はドキドキしながら、出てこられるのをひたすら待っていました。

カチャッとドアが開きました。

セレスルート様が入ってこられます。

心臓がドクンッと跳ねました。

湯上がりの殿下は、髪の毛がまだ少し湿っているようで、前髪がペタリと額にかかり、白磁の肌はほんのりと赤く染まっています。

その前髪を掻き上げて私を見た殿下の色っぽいこと！

（はわぁわわわわ〰〰〰〰〰！！！）

静まるのです、心臓。私は冷静沈着な影の女。

大丈夫。表情は崩れてません。

私は平素通りの無の顔で、セレスルート様を見返しました。

すると、殿下の方が顔を赤らめ、目を逸らしました。

（わわわ！　恥じらう乙女のようなセレスルート様も素敵！）

と、殿下が見ていたのが私の夜着だったことに気づき、固まりました。

恥ずかしいけど、今さら隠すのも失礼な気がするし、今からいたすことを考えると、隠すこと自体意味がない気がします。

考えた末、視線を床に落として、そのままの姿勢で殿下を待つことにしました。

セレスルート様が近づいてくる気配がして、顔を上げると、ちょうど私の前に屈み込んだ殿下と目が合いました。

（きゃあああ、こんな近くにセレスルート様のご尊顔が！！！　う、うつくしい！！！！）

碧い瞳に魅入られて、私が完全にフリーズしている間に殿下の綺麗なお顔が近づいて、唇に柔らかいものが触れました。

それは一瞬のことでした。

私がセレスルート様の唇だと認識する前にそれは離れてしまって、あとにはほのかな感触の記憶。

思わず、口に手を当てると、「嫌だった？」と殿下は眉尻を下げられました。

それは初めてお会いしたとき『あくしゅ、してくれないの？』とおっしゃったお顔と一緒で、私はほんわかしてしまいました。

「嫌ではありません」

殿下のなさることに私が否と言うことなどありえません。それどころか……。

（セレスルート様とキ、キ、キス！！！！）

いいえ、今日はそれ以上のことをするのでした。

落ち着け、私と、自分に言い聞かせて、平常心を保ちます。

不安そうな殿下に、言葉では素っ気なさすぎるかと思い、意識して目許と口許を緩めてみました。

すると、殿下がほっとしたように、にこりと笑ってくれました。

「そう、よかった」

（はわわわ〜！　この至近距離でその笑顔はもはや兇器です！　心臓が止まっちゃいます!!!）

またしても固まった私に、セレスルート様はもう一度触れるだけのキスをくださいました。

「それじゃあ、まずリナの勉強の成果を僕に教えてくれないか？」

ベッドの上に二人向かい合って座っています。

殿下はいつもの穏やかでさわやかで麗しい表情に戻られ、私の顔を見つめています。

この時のためなのか、殿下もいつもの夜着とは違い、薄いバスローブのようなものを一枚羽織られているだけです。

肌ざわりのよさそうな布が殿下の身体のラインを拾って、セクシーでたまりません。

私の夜着はなにも隠してませんけど。

（もう、殿下ってば、なにを着られても麗しいわ！　その上、この色気！）

心臓は早鐘を打ち続けています。

私は殿下の言葉を繰り返しました。

「勉強？」

「そう、勉強。昨日、指南書で予習したんでしょう？　教えてよ」

そうです。私はセレスルート様に閨の行為をお教えしないといけないんでした。

ドキドキしている場合ではありません。

よし、心を切り替えました。

これはこれから殿下がどんな状況になっても恥をかくことなく、完遂できる技術を身につけていただく大事なお役目です。

「わかりました。不肖、リナが殿下に精一杯お伝えさせていただきます」

「うん、よろしく」

「それでは、失礼します」

そう言うと、私は裾を捲(まく)り、パカッと脚を開きました。

殿下が目を見開いて、固まりました。

初めて女陰を見られて、驚かれているのでしょう。

私も昨夜まで自分のそのようなところをしげしげ見たことはありませんでしたから、びっくりされるのも無理はないと思います。

「殿下、ここです」

私のそこはツルツルに剃(そ)って、見やすいようにしてあります。

閉じていた花弁を開くと、大事な穴を指し示しました。

「こちらに殿下の雄芯を挿し込むのです」

セレスルート様はその綺麗な碧い瞳でマジマジとそこを見られた後、額に手を当て、斜め上を見上げられました。そのお耳は真っ赤になっています。

「ちょっと……ちょっと、待って……」

かすれた声で、殿下がつぶやきました。

コクリと唾を呑み込まれて、なにやらブツブツ言われています。

よほど衝撃的だったようです。

待ってと言われたので、私はそこを指で開いたまま待機しました。どこにも触れていないのに、殿下に見せていると思うだけで、トロリと蜜が出てきました。

なんとか衝撃をやり過ごしたらしい殿下は、私の手を取って、女陰から離させると、私の脚をぱたんと閉じました。

「えぇっと、まず、リナ。僕のことを殿下ではなく、セレスって呼んでくれないかな？」

女陰の感想を言われるのかと思っていたら、思いがけないことを言われて、目を瞬きました。

「そんな畏れ多い……」

「でも、リナは僕の先生なんでしょ？　それに閨のことを教わるのに、『殿下』では気分が乗らないよ」

それはいけません！

指南書に書いてありましたが、男性はなにか気になることがあると本領を発揮できないことがあるそうです。

殿下に恥をかかせるわけにはいきません！

「承知しました。それでは今だけ、セレス様、とお呼びします」

私がそう言うと、殿下……セレス様はパアァァッと光り輝くような笑みを浮かべられました。

(目が、目が……！　まぶしすぎます、セレス様!!!)

心の中で悶えていると、セレス様が私の髪を一房御手に取り、口づけられました。

「リナが髪を下ろしてるのって、新鮮だね。かわいい」

甘い声に甘い瞳でそう囁かれるので、私は背筋がぞくっとして、痺れたようになりました。

(ううぅ、セレス様ってば、雰囲気づくりもお上手だわ〜。私がかわいいだなんて、お優しいんだから……)

なんと答えたらいいのかわからずに、ただセレス様を見つめると、引き寄せられて、またキスされました。

唇はすぐ離されましたが、ほぼそのままの距離でセレス様が見つめてきます。

「それでね、悪いんだけど、もうちょっと前……、前戯から教えてくれないかな？」

(なるほど！　私、焦りすぎました！　一番大切なところをお教えしないといけないと思って、いきなり核心から入ってしまいました！)

大いに反省した私は、セレス様から身を離し、力強く頷きました。

「かしこまりました、セレス様。お任せください！」

(セレス様、セレス様、セレス様……)

愛称で呼んでいいなんて、感動して無闇やたらとお呼びしたくなります。

前からそう呼んでとは言われていましたが、影の女が王子殿下の愛称を呼ぶなど、とてもできなかったのです。

閨指導をお引き受けして、本当によかったです。

この間だけでも、堂々と愛称で呼ばせていただきます。

それに、任務で処女を捨てるか、このまま一生を終えるかと思っていたのに、まさかセレス様にもらっていただけるなんて、なんという僥倖。

その恩に報いるためにも、リナは頑張ります！

指南書で読んだ前戯の内容を思い出しつつ、私はセレス様に告げました。

「セレス様、前戯はキスに始まりキスに終わります」

キリリとした顔で断言します。

（決まった！）

でも、セレス様は曖昧な笑顔を浮かべておられるので、これはいけないと実践に移ることにします。

キスを舐めたらいけません！　……と指南書に書いてありました。

「セレス様、私が実践させていただいて、よろしいでしょうか？」

「うん、ぜひ」

「それでは、失礼して……」

私はセレス様の頬に手を当てて、顔を近づけました。

（うきゃあああ!!!　どうして、こんなに近いのに、こんなに美しいの!?）

セレス様の美麗なお顔に耐えきれず、ギュッと目をつぶって、口づけると、なにか変です。

「リナ、そこ鼻だよ」

ふふっとセレス様が笑われました。

慌てて口づけ直すと、唇の端、瞼(まぶた)、頬……となかなか命中しません。

セレス様はどうやってあんなに簡単にキスをされていたのでしょうか。

結局、セレス様の顔中にキスを落とすことになって、方針を変更しました。

いいんです。指南書には唇以外にもキスをして、焦らしたり官能を高めたりすると書いてありました。

今度は性感帯と書かれていた耳や首元、顎にも意識してキスを落としていくと、最初はくすくす笑われていたセレス様が甘い吐息を漏らすようになりました。

いろいろ彷徨(さまよ)った末、ようやくセレス様の唇に辿り着いたときには、うれしくて、チュウッと吸いついてしまいました。

セレス様もまんまと焦らされてしまったようで、私の後頭部を掴んで固定すると、激しく吸いついてこられました。

（ほらね、キスを舐めたらいけないんですよ、セレス様！）

キスの重要性について理解していただけたと、得意げに思っていたのはそこまでで、セレス様は吸いつきながら、角度を変え、下唇を食み、息継ぎの合間に舌を入れてこられました。

（もう、キスを習得されてる！　さすがです！）

激しいキスに翻弄され、口の中を探られて、今度は私の方が甘い声をあげそうになります。

セレス様の舌が私の中にいるなんて不思議で、しかも、舌で舌を擦られて、それが気持ちいいなんて、指南書通りだけれども、やっぱり不思議でした。

だんだんクラクラして、息が苦しくなった頃、ようやく唇を離されました。

二人の唇がどちらのかわからない唾液で繋がっていて、とてもいやらしいです。

それをぼんやりと見ていたら、セレス様はクスッと笑って、それを舐めとりました。

（きゃああ、セレス様ってば、なんだかエッチ）

さらに、私の耳に唇を寄せ、「次はどうするの？」と囁かれるので、耳から脳まで甘い快楽に侵された気がしました。

「次は……」

声を出すと、私の声もかすれていました。

私はセレス様の首元に口づけながら、ローブをはだけさせていきました。

キスをしながら、首筋から鎖骨に下りていきます。たまにぺろりと舐めると、セレス様がピクリと身動ぎしました。

そして、さらに下にいくと、かわいらしい粒がピコンと立っています。

その周りを舌で辿り、先端をペロペロ舐めると、「ん……」とセレス様の色っぽい声が漏れてきました。

それを聞いただけで、私の身体の奥がズクンッと反応します。

舌を使うだけでなく、手もさわさわと肩を撫で、すーっと胸まで下ろして、手のひらでもう片方の粒をクリクリします。

舐めていた粒を口に含んで、チュッと吸うと、セレス様が悩ましい声をあげました。そこに吸いつきながら、舌で舐めたり、甘噛みしたりしていると、気持ちがいいのか、セレス様が私の髪を撫で回すようにされました。

ふと気づくと、脚に熱い硬いものが当たっています。

（これがセレス様の……）

それを確かめたくなって、乳首から口を離すと、キスでお腹、お臍（へそ）へと移動していきました。

下までローブをはだけると、セレス様の屹立（きつりつ）が唇のすぐそばにあり、思わず、それにもキスしました。

「ウッ」

セレス様が呻くと同時に、屹立はますます立ち上がり、大きくなりました。

指南書で見たものよりずいぶん大きく見えます。

それは張り詰めて苦しそうで、私は亀頭と呼ばれる部分をはむっと口に入れてみました。

「リナ！　なにを……うぅッ！」

焦った声が聞こえますが、私はそれを舐め回すことに一生懸命になっていました。

たしか指南書には口に入らない部分は手で掴んで扱くと書いてありました。

それはこうするのでしょうか？

私なりにやってみます。

「リ、リナ、やめて！　そんなことされると出ちゃう！」

セレス様が余裕のない声でおっしゃいますが、指南書を信じて続けました。指南書には初めての場合、暴発してしまう恐れがあるので、一度出した方がいいと書かれていたのです。ちょうどいいので、ここで一度出しておいてもらうことにします。

「らいじょうふでしゅ。いちろらしたほうがいいと……」

そう言って安心させようとしますが、セレス様のものが大きすぎて、うまくしゃべれません。

「なに、リナ？　わからないよ……」

やめてとおっしゃいながら、頬を染めて気持ちよさそうにしているセレス様に、私はうれしくなりました。

チュパチュパ吸ったり舐めたり、手で扱いていると、「あぁっ、もうヤバいから、本当に……離して……！」とセレス様が言われるので、フィニッシュが近いのかと張り切って吸い上げます。

「リナ！」

セレス様が口を離させようとするのに抵抗すると、口の中のものがブルッと震え、熱い飛沫（ひまつ）が喉に飛び込んできました。

それは粘っこく、美味しいものではありませんでしたが、セレス様のものだと思うと愛しくて、こくりこくりと呑み干しました。

「リナ、吐き出しなよ！」

私の口から自身を抜いたセレス様は両手でお椀を作って、私の口の前に持ってこられました。

「大丈夫です。もう呑んでしまったので」

「の、呑んだって⁉」

「はい。それに、初めてだと、一度出しておいた方が事故が起こりにくいかと……」

それを聞いたセレス様は、額を押さえて俯いてしまわれました。

「セレス様……？」

私が下からセレス様のお顔を見上げると、ガシッと頬を掴まれ、熱く口づけられました。口の中をすみずみまで舐め回すような大人のキス。

口を離されたとき、私は息があがっていました。

（さすが、セレス様です！　もうディープキスまで習得されているんですね！）

「……やり方はわかったから、今度は僕の番だね」

キスの距離で熱く見つめられてセレス様に囁かれると、全身がカァッと熱を持ちました。

セレス様は私がやったように、首筋にキスを落とし、舐めながら下に移動していきます。

「……、……ッ」

くすぐったいようなゾワゾワするような感覚に思わず首を竦めます。下半身が疼いてきました。

それでも、昨日の特訓の成果で声は出しませんでした。

セレス様の唇が鎖骨に下りてきて、そのカーブを舐っていきます。そして、だんだん胸の膨らみを登っていくと、頂上の果実を食まれました。

夜着を着たままだったので、反対側の尖りが布をツンと突き上げ擦れて、なんともたまらない気分にさせられました。

セレス様は私の肩を撫で、スルリと胸を回すように触り、その尖りをキュッと摘まれました。

（あああっ、気持ちいい……！）

口と指で胸を攻められ、快感に溺れていると、ふいにその両方が離れてしまいました。

疑問に思って、セレス様を見ると、じっと私を見て、綺麗なお顔を切なそうにしかめられています。

「……申し訳ございません。なにか、粗相をいたしましたか？」

「違うよ。声が……。リナは気持ちよくないの？」

眉尻の下がったお顔に、慌てて私は否定しました。

「いいえ、とても気持ちいいです」

「嘘をつかなくていいんだよ」

「本当に気持ちいいです！」

「でも、声をあげてくれないね。気持ちがいいと声が漏れてしまうと思うんだけど……」

「それは特訓の成果です」

「特訓？」

「はい。私はみだりに声を出さないようにする技を身につけておりますから」

そう言うと、セレス様は私の頬を撫でながら、ねだるようにおっしゃいました。

「ねぇ、リナ。その特訓は忘れてくれないかな？　僕は素直なリナの反応が見たい」

（はうっ、かわいい!!!　じゃない！　申し訳ないわ！）

私はハッと気づきました。

指南書には女性の反応を見て、男性は興奮すると書かれてありました。それなのに、私ったら、反応を消して、セレス様を戸惑わせてしまっていたのです。これでセレス様が自信を失ってしまわれては大変です。

「かしこまりました。特訓のことは忘れます」

「うん、じゃあ、やり直しだね」

にこりと微笑まれたセレス様はとても麗しく、それでいて、はだけたローブから見える引き締まった身体は扇情的でした。その中心はすでに復活していて、強烈なものがそそり立ち、私はゴクンと唾を呑み込みました。

セレス様の唇がまた首筋に戻っていきます。そこを舐められるとさっきより感じてしまって、私は声をあげました。

「んっ、あっ……、んんっ……」

自然に任せると、はしたない声が漏れてしまって、恥ずかしいのですが、興奮もして、チラリと窺うと、目線を上げたセレス様と目が合いました。セレス様は微笑まれています。

これが正解のようです。

セレス様は首筋を念入りに辿っていかれます。

さっきまで弄られていた乳首が疼いて、早く触ってほしくてたまりません。特に夜着の上から食まれた方は、セレス様の唾でペトリと布が貼りついて、中途半端な刺激に悶えました。

ようやくセレス様の唇が鎖骨まで下りてきて、もうすぐ胸に触ってもらえると思ったら、セレス様は私をベッドに押し倒して、今度はお腹に口づけ始めました。

「えっ……」

思わず、声をあげてしまうと、セレス様がニヤリといたずらっぽく笑われました。そんな表情も素敵です。でも……。

「ん？　どうしたの？」

「なんでも、ありません」

セレス様のなさることに私がどうこう言うことなどありえません。

けれど、お臍を舐められたり、乳房の輪郭を唇で辿られたり、気持ちよくはありますが、足りない刺激にもやもやは募っていき、ただ、早く乳首に触ってほしいという欲求に頭が支配されていくのでした。

「あぁん、セレス様……」

とうとう我慢できなくなり、私はねだるような声をあげました。

「どうしたの？」

さっきと同じ問いを受け、私は躊躇いました。

言ってもいいのでしょうか。

「リナ、言ってくれないとわからないよ」

セレス様の優しい声に勇気を出して言ってみます。

「胸を……」

「胸を？」

「触ってください……」

「具体的に言って？」

思い切って言ったのに、セレス様はそれではわからないと首を傾げられます。

そうでした。私は閨の指導係。的確にセレス様をお導きしないといけないのでした。

「乳首を吸って、先っぽを舐めてください。反対側は指で摘んでコリコリして……」

「ん、了解」

私の言葉を聞いて、セレス様の顔はほんのり色づきました。

やはりはしたなかったでしょうか。

そんな考えも、次の瞬間、飛びました。

セレス様が口と手で、両乳首をキュッと引っ張られたからです。

「ああんっ！」

焦らされた分、快感は強烈で、ピョンと腰が浮きました。

次は両方をいっぺんに離されて、ぷるんと胸が揺れて、その刺激も素敵でした。

どばっと蜜が溢れてきたのを感じました。

セレス様はさっきと打って変わって、胸を揉みながら、両方の乳首を口と指でかわいがってくださり、私はただただ快感に侵され、嬌声をあげ続けました。

すると、今度は蜜口が切なくなってきます。

もじもじと脚を擦り合わせていると、それに気がついたセレス様の口角が上がりました。

（はあああ、カッコいい……）

初めて見る男っぽいセレス様の表情は、綺麗なのに色っぽく、私の心臓を撃ち抜きました。

「次はここだね。僕にしてくれたことをしてあげるよ」

セレス様に見惚れていた私は、その言葉を理解するのが少し遅れました。

気がついたときには、脚を広げられ、その中央にセレス様が顔を埋められたところでした。

「セレス様、そんなところ、ダメですっ！」

そう言ったのに、ペロンと下から割れ目を舐め上げられました。

「はぁああんっ！」

強烈な感覚に下半身が痺れました。

こんな快感、他に知りません。

セレス様の舌から逃れようと身を捩りますが、がっしりと脚を固定されています。蜜を吸ったり舐めたりされて、快楽の海へ突き落とされました。

「はあっ、だめ！　んっ、ああっ」

もはや意味のある言葉が出てこず、セレス様に翻弄されます。舌が割れ目の先端の尖りを見つけて、くるっと一周舐めたとき、ビクビクッと痙攣して、私はイってしまいました。

指南書に書いてあった通り、頭が真っ白になって、腰がガクガク震えたので、きっとそうだと思います。

「あ、だめっ、ひゃあ、あぅ、だめ……！」

私がイっているのに、セレス様はクリトリスを舐めるのをやめようとせず、腰が跳ねてしまいます。

そして、とろりとろりと蜜が湧き出すところへゆっくり指を入れられました。

自分の身体の中へ他人のものが入ってくる違和感に、ビクッと身震いすると、セレス様は顔を上げ、私を気づかうようにご覧になりました。

「痛い？」

「いいえ、大丈夫です」

「よかった」

セレス様がほっとしたように微笑んでくださいます。

最初はすごく痛いという話ですが、ぬるぬるに濡れているので、私の中はすんなりセレス様の指を受け入れていました。

「リナ、これからどうしたらいいの？」

指を入れたまま、セレス様が問いかけてこられました。

指南書に書いてあったことを思い出したいのに、セレス様が私の言葉を待ちながらも、中に入れた中指とクリトリスに当てた親指を擦り合わせるようにぐりぐりと動かすので、快楽のあまり思考が乱れて、なにも考えられません。

「ああ！　やっ、あんっ、セ、レ……スッ、さま、あぁぁっ！」

その絶妙な指使いに、私はまた背を反らして、達してしまいます。

セレス様の指を食い締めていた中が弛緩すると、私は荒い息をつきながら、くたりと身体をベッドに預けました。

「……セレス様、お上手です。あとは指を増やして、中を広げてくださ……ひゃん！」

やっとの思いで指南書の記述を思い出した私がセレス様にそれをお伝えしていると、いきなり指が増えて、私の腰はまた跳ねてしまいました。

こんなに感じすぎて、大丈夫でしょうか。

それとも、セレス様が器用すぎるのでしょうか。

セレス様が、二本の指を出し入れしたり、中でトントンと叩いたり、指を広げたりされるので、私はその度に嬌声をあげます。しかも、セレス様は私の反応から次々と善い場所を見つけられて、そこを集中的に攻めるのです。

そのうえ空いている手で、胸まで弄り出すので、快感が頂点まで高められて、弾けました。

「ああああっ――……！」

今までで一番強い波に押し流されて、私はシーツをギュッと掴みました。

つま先から頭のてっぺんまで、快感が走り抜け、全身が痺れたようになりました。一瞬、意識が飛んだ気がします。

身体が弛緩して、力が入らないのに、私の中は悦んでいるようにうねっています。

「リナ……、もう、挿れていいかな？　僕、もう限界……」

私が落ち着くのを待ってくれていたセレス様が、苦しそうにつぶやかれました。

私が自分のことに精一杯になっている間に、セレス様の屹立はお臍に付きそうなくらい張り詰めて、反り返っていました。

それを見ると、私の中は欲しいとでも言うようにキュウッと締まりました。

入れたままの指でそれを感じたようで、セレス様はうれしそうに微笑まれました。

（あぁ、好き。好きです、セレス様）

私はセレス様の首に手を伸ばして、引き寄せました。

「セレス様、ください。セレス様をください」

碧い瞳を細めると、セレス様は甘く口づけた後、私の真ん中に雄芯を宛てがいました。でも、ぬるぬるになったそこは滑り、硬い棒が割れ目をなぞって、クリトリスに当たりました。

「ひゃんっ」

思いがけない刺激にギュッとセレス様にしがみついてしまいます。

「ごめん！」

セレス様は今度は慎重に私の蜜口にご自身を当て、ぐいっと入ってこられました。

「あぁ……」

熱くて硬いものが私の中を開いていきます。

溜め息のような嬌声が漏れてしまいました。

セレス様は私の反応を見ながら、ゆっくり腰を進めていきます。

途中から、セレス様でいっぱいで苦しくなり、引き裂かれるような痛みが生まれましたが、感情を隠すのは得意です。

セレス様に気づかれないように痛みをやり過ごそうとしましたが、なぜか気づかれてしまい、「痛い？」と止まってくださいました。

私を見下ろしながら、セレス様があやすように髪に触れ、胸を撫で、顔中にキスを落とされます。

すると、身体の力が抜け、セレス様が奥に進んできました。

トンッと、二人の陰部が合わさりました。

隙間なくセレス様に満たされています。

（セレスさま……）

歓びに胸がいっぱいになっているところへ、セレス様が私に口づけて、「好きだよ、リナ」と言ってくださいました。

（セレス様！　なんて完璧なタイミングなんでしょう！）

閨では女性の身体だけでなく心も満たしてあげるのがいいと指南書にありました。

頭の良いセレス様はお教えしなくても、女性を喜ばす術をご存知なのですね。

（セレス様に愛される女性は幸せですね）

チクンと胸が痛みます。

そんな資格はないのに。こうして処女をもらってもらえただけでも、この上なく幸運で幸せなことだというのに。人間はどこまでも欲張りになれるものですね。

自分にあきれながら、目を閉じました。

セレス様は私の痛みが治まるのを待ってくださっているのか、私の身体を隈なく撫で回していますす。まるで愛されているかのように錯覚してしまいます。

身体中が悦びに震えました。

私は目を開け、セレス様を見上げました。

「セレス様、もう動いても大丈夫です」

探るように私の様子を観察していたセレス様は、納得されたのか、私にキスを落としてから、腰をゆっくり動かし始めました。

「あ……ぅん、あっ、ん〜……」

引き抜かれると私の中が引き止めるように締まって、トンと奥まで戻されると、ぴくんと痙攣して悦びます。

（あぁ……気持ちいい……幸せ……）

セレス様は指と同じく、私の気持ちいいところを探るように動かれて、暴かれた場所をトントンとノックされると、快感が弾けました。

そのうち、だんだん抽送が早くなり、突かれる強さも増してきます。

セレス様とひとつになっている歓びに、私は恍惚となりました。

「ごめん、リナ、もう出る！」

余裕のない声でセレス様がふいにつぶやかれ、はっと我に返った私は慌てて「セレス様、避妊は？」とお聞きしました。

「大丈夫だから、中に出すよ？」

避妊にはいろいろな方法があるようですから、王室には男性側で行う避妊法があるのでしょう。

私は頷いて、セレス様に抱きつきました。

パンッパンッパンッ。

激しく打ちつけられて、私も限界に到達したとき、セレス様のモノが大きくなって、ドクドクと熱い精が吐き出されたのを感じました。

なすことはないにしても、この身にセレス様の子種をいただけたことがうれしくて、胸が震えました。

「リナ……」

セレス様が私を抱きしめて、何度もキスをくれました。

幸せな時間はあっという間に過ぎてしまいます。

お役目を無事終えた私は、セレス様の腕から抜け出て、身を起こしました。

「どこに行くの、リナ？」

不思議そうにセレス様が私を見ました。

「お役目が終わりましたので、失礼しようかと……」

「だめだよ！」

セレス様がまた私を押し倒しました。

情欲に潤んだ瞳で私を見下ろします。

「指南書に書いてあったのはこれだけ？ まだあるでしょう？ 全部教えてよ」

たしかに指南書には、二人が気持ちよくなるための体位がいろいろ載っていました。

正常位、座位、後背位、騎乗位、側位、背面騎乗位などなど、正直、その部分だけで指南書の半分は占められていました。

（さすがセレス様だわ！ なんて研究熱心なのかしら！ 何事も極めずにはいられないんですね！）

私は感心して頷きました。

「わかりました。全部はまだ覚えていないのですが、できるかぎりお教えできるように努めます」

私の言葉にうれしそうに微笑んだセレス様は、私の中に再び入り込んでこられました。

「あんっ！」

私の中は自分の蜜とセレス様の子種で、まだぬかるんでおり、あっさりとセレス様の猛りを受け入れます。痛みは欠片もなく、気持ちいいしかありません。

「じゃあ、次はどうするのか、教えて？」

セレス様は指で胸を弄くり、頬や耳に口づけながら、囁いてきます。

それだけで、私の身体は悦んでしまって、セレス様を締めつけてしまいます。

「先ほどのは正常位だったので、今度は座位に挑戦してみましょう」

「うん！」

私は繋がったまま、身を起こそうとしました。セレス様が意を汲んでくださって、私を片方の手で支えながら抱き起こし、座られました。

私はセレス様に跨がるような姿勢です。

中のモノが先ほどより深くまで届いて、はぁと息を吐きました。

セレス様はまだ着たままだった私の夜着を脱がせました。

（セレス様の唾液に濡れた夜着！）

私は記念にいただきたいと、後でお願いしようと思いました。

そんなことを考えていると、私の胸の高さにあったセレス様の顔が笑みを浮かべ、パクッと乳輪ごと咥えられました。

「ああんッ」

突然の快感が胸から身体の奥に走って、私は背を反らしました。

ビクンと身体の中が反応します。

腰に回したセレス様の腕が私を支えてくれました。

チュパチュパと胸にしゃぶりつきながら、ゆらゆらと腰を動かされると、私はセレス様の頭を抱きしめて、嬌声をあげて翻弄されるしかありません。

「この姿勢、気に入ったよ」

私の腰を持ち、突き上げ始めたセレス様は楽しそうです。

振動でぷるんぷるんと胸が揺れて、私もとてもいい気持ちです。

「いい眺め！」

セレス様は笑って、またパクッと揺れる乳首にかじりつかれました。舌で乳首を包むようにして、吸い上げられると、痺れるような快感が広がります。

「ああっ、セレス様！」

「リナ、気持ちいい？」

「は、い、とても、気持ちい……」

乳首を口の中に入れたまましゃべられると、それはそれでまた違った刺激になって、ズクンとお腹に響いて、セレス様をキュウキュウ締めつけてしまいます。

セレス様が眉をひそめて、呻かれました。

反対側も噛むように吸いつかれ、そのままガンガンと奥を突き上げられました。

「あッ、アッ、ふ、ふかいですっ、セレス、さま！　ああッ」

快感に頭が痺れて、なにも考えられなくなります。

セレス様のモノがコリコリとした場所に当たって、身体が跳ねました。

「あ、だめ、そこ、ああッ、だめだめ、だめ〜っ！」

執拗にそこを攻められて、気持ちよすぎて苦しくなって逃げようとしましたが、腰を掴まれて、パンパン音がするほど打ちつけられます。

目の前にチカチカと火花が飛び散りました。

一際奥を強く突かれると、バシュッと身体の奥にしぶきが飛び散って、またセレス様の精をいただけたのを感じた後、私は意識を失いました。

◇◇◇

僕は眠ってしまったリナの髪をそっと撫でた。

(かわいい、リナ)

(リナとひとつになれたなんて夢みたいだ)

彼女はオンオフがはっきりしていて、今はこんなにぐっすり眠っているけど、きっと『リナ』と呼びかけただけで、パチリと目を覚ます。不審な物音がしてもだ。

それでも、僕の隣でこんなに穏やかに安心して眠ってくれていることに喜びを感じる。

心はまだまだ通じてないみたいだけど。

僕は先ほどまでの幸せな時間を反芻(はんすう)した。

湯浴みから戻ると、僕のベッドで透け透けの夜着を身につけたリナが待っていた。それだけで一気に滾ったのに、「勉強の成果を教えて」と言った僕に、リナは「それでは、失礼します」といきなり裾を捲り、ぱっかーんと脚を開いた。彼女の綺麗な花弁が丸見えだった。

（……っ!!!）

あまりのことに僕は目を見開いて固まった。

「殿下、ここです」

リナの声に誘導され、僕は思わずそこをマジマジと見てしまった。指南書に描かれていたのより、綺麗なピンクで本当に花のようだ。

そして、自らを誘うように開いているリナのエロティックなこと！

（脳が沸く……！）

「ちょっと……ちょっと、待って……」

かすれた声でつぶやいた。

頭が真っ白になった僕は、額に手を当てて、蠱惑的なそこからなんとか目を離すと、上を向いた。

ぶわっと汗やら鼻血やら涎やらあらゆる体液が噴き出しそうになる。

（えぇっと、明日の議会の内容はなんだっけ？　えっと、たしか年間の予算に対する税収が……）

コクリと唾を呑み込んで、つまらない内容のものを必死で思い浮かべて、猛りを逃がそうとする。

それなのに、チラッと見ると、リナは脚を開いたままの姿勢で僕を待っていて、その中心からはトロリと蜜が出てきた。

（〜〜〜〜〜〜っ!!）

声にならない悲鳴をあげる。

（待って待って待って！　そうじゃない！　僕が望んでるのはそうじゃないんだ！　いや、最終的にはそうだけど、だけど、だけど、違うんだ！）

僕はリナの手を取り、花びらから離させて、その脚をぱたんと閉じた。

（はぁ…………）

凶悪なものが視界から消えて、深い溜め息をつく。

（大丈夫。僕は感情コントロールには自信がある。大丈夫。大丈夫だ。やれる）

気を取り直して、僕は穏やかな微笑みを浮かべ、仕切り直そうとリナに言った。

「えぇっと、まず、リナ。僕のことを殿下ではなく、セレスって呼んでくれないかな？」

リナはいつものように渋ったけど、それでも、僕は粘った。これを機にリナとの関係性を変えるんだと決意していた。

「閨のことを教わるのに、『殿下』では気分が乗らないよ」

閨事を失敗する可能性を仄（ほの）めかすと、真面目なリナはようやく頷いてくれた。

「承知しました。それでは今だけ、セレス様、とお呼びします」

（やったぁああ！）

やっとリナに愛称で呼んでもらえた。

長年の夢の実現に、僕は涙ぐみそうになった。

そして、なんとかロマンティックな雰囲気に持っていこうと、「前戯から教えて」とリナに頼んだ。もっとイチャイチャしてから本番に臨みたかったのだ。

でも、リナは顔中にキスをして僕を翻弄したかと思えば、僕の乳首や猛りにキスをして、そのまま僕のものを咥えた。

その姿はエロティックなうえ、温かく柔らかく包み込まれて、気持ちよすぎて、出してしまわなかった自分を褒めたかった。

それなのに、リナは吸ったり舐めたり、手で扱いたりと僕を攻め続け、結局、口の中に射精してしまった。

「リナ、吐き出しなよ！」

そう言ったのに、リナは僕の精を呑んだと言う。

（ウソでしょう⁉）

ここまで僕を受け入れてくれているリナに愛おしさが募り、僕は彼女を引き寄せ激しく口づけた。

（リナ、好きだ、好きだ、好きだ！　全部僕のものだ！　絶対離さない！）

そう思ったものの、職務に忠実なリナのことだ。こうしたこともすべて業務だと思っているのではないかと心配になった。

（リナに求められたい！）

僕は、今度は攻めに転じて、リナを愛撫（あいぶ）し始めた。

リナの芳しい首筋を念入りに舐め下ろして、鎖骨に到達した。その繊細なカーブに唇を這（は）わしていく。そして、自分にお預けしていた胸の膨らみをとうとう登り始めて、頂上のご褒美を夜着の上からパクッと食んだ。

最初は柔らかかった突起も、舌で舐め転がしている間に硬く尖ってきて、それを甘噛みすると、リナの身体が震えた。

手のひらでも、リナの身体を撫で回す。口をつけてない方の胸を撫でると、触ってないのにツンと尖った乳首に触れたので、ニヤリと笑って、そこを摘んだ。

リナの背が反る。

でも、リナは相変わらず、声ひとつあげずに、冷静な表情を保っている。

感じていないのかと不安になって、僕は愛撫を止めた。

「リナは気持ちよくないの?」

「いいえ、とても気持ちいいです」

「でも、声をあげてくれないね」

(体は反応していても、リナにとって、これは耐えるだけの義務なのかもしれない)

リナの意思を確認したところで、主君の命には背けなかっただけなのかもしれないと切なくなる。

しおしおとなって、続けるべきかどうか迷っていると、リナは平然と言った。

「それは特訓の成果です」

「特訓?」

「はい。私はみだりに声を出さないようにする技を身につけております」

（それは気持ちいいけど、声をあげないように我慢してるってこと？　表情を変えないのと同じこと？　そうだとしたら……）

「ねぇ、リナ。その特訓は忘れてくれないかな？　僕は素直なリナの反応が見たい」

僕はリナの頬を撫でながら、ねだるように言った。眉を下げて訴えるように見つめる。この顔にリナは弱いはずだ。

「かしこまりました。特訓のことは忘れます」

案の定、リナはすんなり頷いてくれた。

僕はにんまり笑った。

やり直しの愛撫をすると、リナが初めて声をあげる。

「んっ、あっ……、んんっ……」

感情の発露を解禁したリナを見て、僕はごくんと唾を呑み込んだ。

自分の声が恥ずかしかったのか、リナがほんのり赤くなった。ちらりと僕を窺うように見た彼女と目が合って、合格と言うように微笑んだら、リナがさらに赤くなった。

（かわいい!!!）

ますます愛撫に熱が入る。でも、僕はリナから求められたくて、肝心なところには触れずに乳房の輪郭を唇で辿ったり、お臍を舐めたりして焦らした。指南書にあった『焦らしのテクニック』だった。

顔のすぐそばで揺れて僕を誘うおっぱいを意識の外に追い出して、僕は胸以外の場所の愛撫を続けた。

「あぁん、セレス様……」

とうとうリナがねだるような声をあげた。

「どうしたの？」

口の端を上げて、リナの答えを待つけど、彼女は躊躇っていてなにも言ってくれない。

「リナ、言ってくれないとわからないよ」

重ねて僕は問いかける。僕の方も我慢の限界で、ねだるような願うような口調になってしまった。

「胸を触ってください……」

「具体的に言って？」

僕はそれではわからないと首を傾げる。

指でスーッと乳房の周りを辿ると、リナは色っぽい溜め息をついて、観念したように言った。

「……乳首を吸って、先っぽを舐めてください。反対側は指で摘んでコリコリして……」

言わせたかった言葉だけど、実際に聞いてみると、滾り方が半端なくて、一度出してもらっておいてよかったと思った。

感情を露わにしたリナは猛烈にかわいくて、感じやすく、快楽に弱かった。

「ん、了解」

やっとの思いでそう返すと、僕はリナの熟れた果実に吸いついた。

リナを焦らしていたけど、自分も相当焦れていて、今度は思い切り、リナの胸を口と指でかわいがる。むにむにと柔らかい乳房を揉み、硬くなった乳首にかじりつく。
さっきまでとは打って変わって、リナは嬌声をあげ続けた。
（リナの胸、柔らかい。最高。至福だ……）
そのうち、リナが脚を擦り合わせているのに気づいた。思わず口角が上がる。
「次はここだね。僕にしてくれたことをしてあげるよ」
リナが恍惚とした顔で僕を見ている。
その脚をパカッと開いた。最初にリナがやったように。
（そう！　この順番なんだよ！）
僕は魅惑的なその蜜口に顔を埋めた。
「セレス様、そんなところ、ダメですっ！」
焦ったようにリナが叫ぶ。
（あぁ、本当にこんなリナは新鮮だ）
快感に溺れて目を潤ませているのに、頬を真っ赤に染めて、僕を止める。
こんなリナが見られるなんて、特訓を忘れてもらって、本当によかった。
（かわいい、かわいい。大好きだ！）
僕はペロンと割れ目を下から舐め上げた。
「はぁああんっ！」
リナが盛大に声をあげる。

快感が強すぎるのか、僕の舌から逃れようと身を捩るけど、当然逃がしてあげない。

がっしりと脚を固定して、甘い蜜を啜り上げ、吸いつき、ぺろぺろ舐めた。リナが達した。

「リナ……、もう、挿れていいかな？　僕、もう限界……」

僕がせがむと、リナは思いがけない行動を取った。僕の首に手を伸ばして、抱き寄せたのだ。

そして――。

「セレス様、ください。セレス様をください」

（リナ……！　リナ、リナ、リナ！）

そんなことを言ってもらえるとは思わず、僕は涙ぐんだ。胸がいっぱいになって、リナに口づける。そして、とうとう自身をリナの蜜口に押し当てた。

僕たちの身体が完全にひとつになったとき、感無量で泣きそうになっていると、リナも微笑みを浮かべているのに気がついて、さらに幸福感が増した。

それは本当にかすかなものだったけど、完全な微笑み。初めて見るリナの微笑みだった。

（もう本当に泣きそう……）

愛しさが溢れかえって、リナに口づけると「好きだよ、リナ」という言葉がこぼれた。

本当はそんな言葉じゃ足りなかったけど。

それを聞いたリナはまた微笑みを浮かべたが、すぐ目を閉じた。

受容と拒絶。

目を閉じる寸前のリナの瞳にはそれがあった。

（喜んでは、いない、か……）

だとしても、もう離せない。

もとより離す気はなかったけど、こうやって繋がってしまってからは、さらにその気持ちが固まった。

リナに想いを込めてキスをすると、ゆっくり腰を動かし始める。

「あ……ぅん、あっ、ん～……」

ギリギリまで引き抜いて、ゆっくり戻す。先端が当たる場所を変えながら観察すると、明らかにリナの声が高まる箇所があって、そこを集中的に攻めてみる。

リナは嬌声をあげて、うっすら笑みを浮かべていた。

心の方はともかく、身体の方はリナを喜ばせることができているようで、ほっとする。

リナの中は熱く柔らかく、信じられないほど気持ちよかった。僕はこらえきれず、徐々に抽送を速めていった。

「ごめん、リナ、もう出る！」

限界が近づいて、僕はつぶやくと、リナが慌てたように「セレス様、避妊は？」と聞いてきた。

「大丈夫だから、中に出すよ？」

僕がそう言うと、リナは頷いて、僕を受け入れるように抱きついてきた。

リナに許された心地で、僕は激しく腰を打ちつけた。

（責任は取る。というより、早く孕（はら）んでほしい。リナとの子どもがほしい）

父上との約束は関係なく、彼女を繋ぎとめるものがほしかった。

奥を突くたびに、リナの中は震えて、僕を食い締める。そして、背中に回された手が縋るものを求めて、肌に食い込んできた。

(あぁ、リナ……！)

一際リナの背中が反ったとき、中の締めつけもきつくなって、僕は彼女の最奥に精を放った。


眠るリナの身体を布で拭ってあげる。

ふと見ると、お腹にうっすらと傷痕があるのに気がついた。僕を庇って斬られたときの傷だ。

そこにそっと手を這わす。

(リナと結婚するまでに決着をつけないとね)

あの事件から執念深く調査を続け、先日外遊したときに襲撃された際の痕跡でようやく犯人の目星がついた。それを追い落とす準備もすでにできている。

(もう誰にも傷つけさせないから、安心して)

僕も身を清め、リナの隣に横になる。

(おやすみ、リナ)

愛しい彼女を引き寄せて、僕は目を閉じた。

◇◇◇

目覚めると朝でした。

私は裸でセレス様に抱きしめられていました。

セレス様もなにも身に着けておられません。

（きゃああああ――――!!!）

心の中で盛大に叫びましたが、外には漏らしませんでした。

そっと、セレス様の腕を外して起きようとすると、二本の腕が伸びてきて、引き寄せられました。

「ん……リナ、だめだよ」

セレス様は寝ぼけておられるようで、目を閉じたまま私を抱き直し、そのまま私の胸に顔をうずめて寝てしまわれました。

（はぅう～、かわいい……）

とてもかわいらしい寝顔のセレス様を起こす気になれず、私は抱きまくらに徹することにしました。

もとより私の仕事はセレス様の護衛なので、セレス様のおそばにいるのが勤めです。

至近距離でセレス様のお顔を堪能し放題です。眼福です。

（長い睫毛……。本当に整ったお顔。こんなお顔で昨夜はあんなことやこんなことを……）

思い出すと、うきゃああと悶え死にそうになります。

（ダメダメ。落ち着かなきゃ。ここはひとつ、セレス様のお顔を眺めて……きゃあ、セレス様、なんてエッチ！）

私はセレス様のお顔を見てはうっとり見惚れたり、悶えたりして、セレス様がお目覚めになるまで忙しく感情を揺れ動かしながら過ごしました。


「おはよう」

「おはようございます、殿下」

にこやかに目覚めた殿下は、私がご挨拶すると、眉をひそめられました。

「どうして『殿下』に戻ってるのかな？」

「愛称をお呼びできるのは閨指導のときだけかと」

「どうして？」

「影の女が殿下の愛称を気安くお呼びするなど、できません」

「表情も戻ってしまったんだね……」

残念そうに殿下はそうつぶやいて、私の頬を撫でました。

「表情？」

「素のリナはあんなにかわいい顔をするのに……。まぁ、あれを他の者に見られるよりマシか……」

殿下はなにやらブツブツつぶやいて、ひとり納得したように頷かれました。

「閨のときはまたセレスと呼んでくれるんだよね？」

「あれは特別ですから」

私が頷くと、殿下は麗しいお顔で私に口づけました。昨日の癖が抜けてないようです。

それから、毎晩のように勉強熱心な殿下といろんな体位を試すことになりました。指南書にはとんでもない体位も書いてあって、セレス様と解読しながら挑戦することもありました。

殿下は復習にも余念なく、何度も同じ体位を極めようとなさるので、すべてを試すのに時間がかかります。

その合間に、セレス様の閨指導には関係ありませんが、指南書を読んで、してさしあげたいと思っていたことも試させていただきました。

「セレス様、どうですか？」

ベッドのヘッドボードにもたれたセレス様は、頬を染め、少し伏せた目でこちらを見下ろされました。その優美な曲線を描く眉はなにかに耐えるように中央に寄せられ、艶っぽい眼差しは私の蜜を誘発します。

「いい、よ……、すごく」

私はセレス様に半分のしかかるようにして、乳房でその猛りを挟んでいました。両手で胸を支え、上下に動かすと、私の胸の谷間をセレス様が出たり入ったりします。

お言葉通り、気持ちいいのか、その先端からとろとろと透明な液体が滲（にじ）み出しています。

私がそれをペロッと舐めると、セレス様が呻きました。

胸を動かしながら、尖らせた舌でツンツンと先端の穴をつつくと、セレス様の腰がビクッと跳ねました。

（愛おしい……）

私の為すがまま快楽を感じられているセレス様にグッときます。不躾にもそんなことを思いながら、先端をしゃぶります。

「うぅ、リナ……」

情欲に溢れた声で私を呼ぶセレス様。もっともっと気持ちよくなってもらいたくて、大きく張り詰めた亀頭を口に含みました。裏筋といわれるところに舌を這わせると、口の中のモノが大きくなり、ピクピクと震えました。

「リナ……リナ……、出る！」

セレス様はいつも口を離させようとされますが、私はむしろ吸いついて、熱い迸（ほとばし）りを口の中で受けています。ピュルピュル出た後もさらにちゅうちゅう吸って、全部いただきます。

目を閉じて、快楽をやり過ごしているセレス様もエロティックで素敵でした。

「リナ、ありがとう。すごく気持ちよかったよ。素敵なおっぱいだ」

どうやらセレス様に私のおっぱいを気に入っていただけたようで、喜びが込み上げます。

セレス様は私の胸を褒めるように撫でてから、むにむにと揉み始めました。

「じゃあ、今度は僕の番だね」

妖しく瞳を煌めかせて、セレス様は私を押し倒し、びしょびしょになっていた蜜口に顔をうずめられました。

初めての閨指導から三ヶ月ほど経った頃でしょうか。新たな体位を試しながら、セレス様に聞かれました。

「そういえば、リナは月のものがしばらく来てない気がするんだけど？」

「私はもともと来たり来なかったり不順なのです」

まさかセレス様に月のもののことを聞かれるとは思わなくて、動揺しながら答えました。

セレス様は避妊対策をしていても、こんなに毎晩子種を注ぎ込んで大丈夫か、不安に思われたのかもしれません。

「そっか……」

私の答えに納得されたのか、セレス様は今晩もたっぷりと私に子種をくださいました。

翌朝、冷静な頭で考えると、殿下に聞かれたことが妙に気になってきました。

月のものが不順といっても、三ヶ月も空いたことがあったかしらと、急に心配になってきました。

そこで殿下が食事をされている間にこっそり影の主治医に診てもらうことにしました。

「おめでとう。懐妊しているね。殿下の御子だろ？」

お医者さまにそう告げられ、私は愕然としました。

杞憂（きゆう）だと思いたかったのに、まさかまさか……。

避妊対策が万全じゃなかったようです。

ふらふらと診察室を出て、自室に戻りました。

(どうしよう……。ここに殿下の赤ちゃんが……?)

お腹に触れると、まだ膨れてもいないですが、新しい命の存在を感じて、ポッと心が温かくなりました。

(望まれてない命。でも、私には……)

愛しい命。セレスルート様の子。

知られると殺されてしまうでしょう。

閨指導の影との子どもなんて、私以外、誰にも望まれていないでしょうから。

重い石を落とされたように胸が圧迫されて苦しくなりました。

(こうしてはいられない……!)

私が妊娠したことはすぐに皆に伝わるでしょう。

それが広まる前に逃げなくては!

私は手早く荷物をまとめて、外に出ました。


素知らぬ顔で城門を出ようとしたとき、呼び止められました。

「リナ！　どこに行くんだ!?」

それは愛しい方の声でした。セレスルート様は急いで追って来られたのか、荒い息をつかれています。

（今はお会いしたくなかった……）

駆け出そうとしたところで、いつの間にか現れた同僚に止められました。

「イヤッ、見逃して！」

彼の拘束を解こうとしている間に殿下が追いついてきて、同僚から奪い取るように私を抱きしめました。

「どうして逃げるの？　大事な身体なんでしょう？　どこに行こうとしてるの？」

矢継ぎ早に問いかけられます。もう妊娠が伝わってしまったようです。

「お願いです、見逃してください！　誰にもばれないようにひそかに育てますから！　殿下に決してご迷惑はおかけしません！」

私が感情を露にしているのを見て、同僚と殿下が驚いていました。

それだけ私も必死だったのです。

それでも、セレスルート様は私を離してくれませんでした。

（やっぱり殿下との子どもなんて許されないわよね……）

悲しくて胸が潰れそうで、私は俯きました。

「迷惑？　リナ、なにか誤解してない？　迷惑どころか、僕は今すごくうれしいんだけど」

「えっ？」

「リナとの子どもが早く欲しかったんだ。それに、ようやく君と結婚できる条件がそろったんだ。

うれしくないはずないよ」

「えっ、結婚？　条件？」

想像もしていなかった言葉に、驚きが隠せません。

殿下の前では素に戻りすぎて、だんだん感情が隠せなくなってきているみたいです。

「とりあえず、部屋に戻って、ゆっくり話そうか？」

セレスルート様はそうおっしゃると、私をしっかり摑まえながら、部屋に向かわれました。

「あのね、リナ。父上と約束してたんだ。僕が国に貢献できるような偉業を成し遂げたら、好きな子と結婚させてもらえるって」

殿下の居室に連れ込まれ、なぜか私はソファーでセレスルート様の膝に乗せられていました。

横抱きの姿勢で、身体に腕を巻きつけられて、すっぽり殿下に包まれています。

いつの間にか、殿下も大きくなられたものです。

現実逃避のようにそんなことを考えてると、「聞いてる？　リナ」と殿下に頰を挟まれて、目を覗かれました。

宝石のような碧い瞳が私の心を見透かすように見て、私はその視線に耐えられず、目を逸らしました。

（好きな子と結婚したかったのに、私が妊娠したから、私と結婚すると言われているのでしょうか？）

そんな気づかいはいりませんのに。お優しい殿下。

悲しい気持ちのまま俯くと、グイッと顔を上げさせられました。

「まだ誤解してるみたいだけど、僕が好きなのはリナだからね！　何度も言ったよね？」

「えっ？」

私はびっくり仰天して、殿下の麗しいお顔を凝視しました。

閨指導のなかで何度も『好きだ』とか『愛してる』と言われましたが、あれはその場の雰囲気を盛り上げるためだと思っていました。いいえ、そう思ってときめく心をやり過ごしていたのです。

「ああ、もう！　なんで驚いてるのさ！　好きでもないのに抱き続けるわけないでしょう？　しかも、いつもたっぷり中出しして。僕ってそんなに不誠実に見える？」

「いいえ！　殿下が不誠実だなんて、そんなことは思ったこともありません！　でも、あれは閨指導ではなかったのですか？」

ハァァァと深い溜め息をついて、セレスルート様は額を押さえられました。

「まだそんなふうに思っているとはね……。最初はそうでも言わないと、リナは僕のものになってくれないと思ったんだ」

私は目をパチパチさせて、殿下を見つめました。言われていることが現実のことだとどうしても思えず、ぽかんとしてしまいます。

（そうだ！　夢よ！　これは都合のいい夢！）

夢から覚めようと、両頬をバチンと叩いてみました。

「痛い……」

殿下がびっくりされています。

「なにやってるの？　夢じゃない！　現実だから！」

頬をいたわるように撫でてくださりながら、殿下は諭すようにおっしゃいました。

（現実……）

「説明を続けていいかな？」

美しいお顔が困惑されています。私のせいでしょうか？

慌てて、居住まいを正して聞く姿勢を取ります。と言っても、殿下の膝の上ですが。

「偉業は、こないだの交易の実現で認められた。もうひとつ条件があって、それはリナが妊娠することだったんだ」

「えぇっ！」

どうしたら、そんな話になるのか、凡才には到底理解できません。

陛下には深遠なるお考えがあるのでしょう。

「理由は簡単なことなんだ。僕はリナ以外の妻はいらない。だけど、一人息子の僕に子ができないと王室の血が途絶えてしまうから」

セレスルート様はそこで言葉を切って、自嘲の笑みを浮かべられました。殿下がそんな表情をされるのはめずらしく、私はお慰めしたいと思ってしまいました。

「勝手な王室の都合だよ。リナを正妻にして、子どもができなかったとき、側室に貴族の娘を入れるのは難しい。だから、リナと結婚する前に、リナに妊娠する能力があることを証明しろと言われたんだ。でも、閨指導で結ばれたのはこの約束とは関係ない。リナが好きで好きで振り向いてほしかったからなんだ。もちろん、子どもができてもできなくても僕はリナと結婚するつもりだった」

そう言った殿下は「それも勝手な話だね。ごめん……」と俯かれました。

（えぇっと、っていうことは、殿下は避妊をしないで、私の中に子種を注ぎ込んでいたってこと？　むしろ、妊娠させたかった？）

じわじわと理解が追いついていき、喜びが込み上げてきました。

（それでは、この子は殺されずに済むってことですか？　殿下は望んでくれてたってこと？）

そういえば、さっき殿下は『すごくうれしい』とおっしゃっていました。

歓喜のあまり、私はセレスルート様に抱きついてしまいました。

「リナ？」

「お腹の子は生きててもいいんですね!?」

「もちろんだよ！　まさか僕が中絶させようとしてると思ってたの？」

ショックを隠しきれない顔で殿下が問いかけます。

「てっきり望まれてないものと思っておりましたので……」

「ごめん！　僕がもっと早くリナに事情を説明しておけばよかった。でも、妊娠する前に打ち明けたら逃げられてしまう気がしたんだ……」

打ち明けなくても結局、逃げられたけどねと殿下は切なく嗤われました。

「殿下……」

たしかに妊娠する前にこんなことを聞かされたら、畏れ多くて逃げていたかもしれません。でも今は……。

気持ちを告げようとしたら、殿下がじっと私の目を見つめておっしゃってくださいました。

「ねぇ、リナ。改めて、僕と結婚してください。君を悲しませることはしないし、子どもごと君を全力で守るから」

「私でいいんですか？」

「リナがいいんだ！　もうずっと好きなんだ！」

閨指導をする前と同じ言葉に、セレスルート様がずっとそう思ってくださっていたことがわかり、胸がいっぱいになりました。

「でも、影の女が王室に入るなんて、許されるでしょうか？」

「それは大丈夫。一般市民が王子に見初められて結婚するなんて、ロマンティックだと大衆が喜ぶ話だし、開かれた王室だと歓迎されるよ」

にこやかに殿下はおっしゃいました。

「でも……」

結婚なんて……。側室でも身分不相応なのに。

私の躊躇いを感じ取ったのか、セレスルート様は眉尻を下げられました。私はこの表情に弱いのです。この顔をされると、なんでもしてさしあげたくなってしまいます。

「リナは僕が嫌い？」

「そんな訳ありません！」

「それじゃあ、好き？」

「好きです！　大好きです！」

つい勢いで言ってしまうと、セレスルート様が幸せそうに目を細められました。

「はわぁ～、か、かわいい……」

思わず、心の声を漏らしてしまった私に、殿下が「かわいい？」と首を傾げられました。

しまった！　殿下の前では素を出しすぎるようになってしまいました。

慌てて、スーッと感情を消します。

「ちょっと、リナ！　僕の前で感情を消すのはやめてよ！　せっかく最近表情豊かになってきたのに」

むにむにと頬をマッサージされて、くすぐったさに笑いだしてしまいます。

「リナ、かわいいっ！　結婚して！」

きゅううっと抱きしめられて、観念しました。

「私でよろしければ、お願いします」

「やった！　リナ、愛してる！」

殿下は熱烈な言葉とキスをくれました。

「じゃあ、今日から婚約者だから、セレスって呼んでね！」

「はい。セレス様」

素直に呼ぶと恥ずかしくなってしまって、私はセレス様の胸に顔をうずめて、「好きです」ともう一度つぶやきました。


私たちの婚約は驚くほどすんなり受け入れられました。

反対しそうな勢力はいつの間にか力を削がれていたのです。少し前にとある侯爵家が反逆罪で取り潰しになってからのような気がします。

王宮でも市街でも、セレス様の片想いは有名だったそうで、「やっとか！」と皆に祝福されました。

陛下からも「セレスをよろしく頼む」と直々にお言葉をいただいて、ひれ伏しました。

「毎日聖堂で祈りをささげていた甲斐があったな」

私の妊娠を待ち望んでくれていたのは陛下も同じだったようで、私は感激しました。

知らなかったのは私だけでした。

（本当に私でいいのでしょうか？）

今でもそう思うものの、セレス様の愛情は疑いようもなく、なぜこれに気がつかなかったのだろうと不思議なくらいです。

お腹が目立つ前にと急ピッチで結婚式の予定が組まれ、気がつけば当日になっていました。

自分が着るとは夢にも思っていなかった純白のウェディングドレスは、セレス様がじきじきにデザイナーと相談して仕立ててくださったものでした。私はそういうことには疎いのでとても助かりました。

ドレスはとてもすばらしい仕上がりでした。身に添う形の身ごろは繊細なレースに覆われ、スカート部分は幾重にも重ねられた大きなフリルが動くたびに揺れる華やかなものです。透き通るような美しいレースのトレーンとベールに包まれ、セレス様の瞳のように碧い石が嵌(はま)ったペンダントが胸もとを飾っています。

「準備できた？」

化粧をしてもらって、メイドさんが出来栄えに満足そうにうなずいたとき、ちょうどセレス様が控室に入ってこられました。

私を見て、目を瞠られているので、どこか変なのかとうろたえると、セレス様はかすれ声でつぶやかれました。

「……なんて可憐(かれん)な！　妖精、いや、女神か？　この世のものとは思えないほど美しいよ、リナ！」

そんなことを言うセレス様こそ、白いタキシードを素敵に着こなしていて光り輝く様です。

その碧い瞳で熱く見つめられると、ぼーっと見惚れてしまいます。

ただでさえ普段から麗しいお姿なのに、正装をまとい、キラキラの金髪をセットしたセレス様は神々しくもあり、男の色気もあり、毎日おそばにいたのに、別人にも見えました。

（はわわ～、まぶしすぎて目が潰れる～～～～～！）

やっぱりこれは夢かなとこっそり頬をつねろうとしたら、そっと手を取られて、代わりにセレス様の唇が下りてきました。

「夢みたいだけど、夢じゃないよ、リナ」

にっこり笑うセレス様が美しすぎて、（はうう～！）と心の中で悲鳴をあげたのでした。

セレス様にエスコートされて、王室礼拝堂へ向かいます。

いつもは閉ざされている重厚な両開きの扉が今日は開け放たれています。そこからまっすぐ奥に続く真っ赤な絨毯へステンドグラスを通して七色の光が差し込み、厳かで神秘的な空間を作り上げていました。

そこをセレス様と並んで進んでいきます。

両脇には華やかに着飾った大勢の貴族が並んで、私たちに注目しています。急に緊張してきましたが、大丈夫です。私は影の女。感情を表に出さない訓練はできています。しかも、新たな特訓で、澄ました笑顔を貼りつける技を身につけています。

祭壇の前で誓いの言葉を交わします。

「私、セレスルートは一生涯リナを愛し、守り続けることを誓います」

「私、リナは一生涯セレスルート様を愛し、この命に代えても守り続けることを誓います」

「命に代えたらだめだよ、リナ。僕はリナと添い遂げたい」

セレス様が誓いの言葉にもの言いをつけられました。

『死なないで、リナ！』

そう泣きじゃくっていた幼いセレス様のお姿を思い出し、ハッとしました。

（死んでしまったら、セレス様をお守りできないわ！）

私は言いなおしました。

「私、リナは一生涯セレスルート様を愛し、最期の瞬間まで守り続けることを誓います」

今度はセレス様も微笑んでうなずいてくれました。

「これからは守るのは僕の役目だけどね」

そうささやいてくださいます。

セレス様が丁寧な手つきで私のベールを上げました。

目を伏せたセレス様のお顔が近づいてきます。

（う、美しい〰〰〰〰!!）

ぶわっと体温が上がります。

十三年間毎日おそばにおりますが、まったく見飽きることはありません。

私が心の中で騒いでいると、セレス様の形のよい唇が私のものと重なりました。

私たちは誓いのキスを交わし、大司教による夫婦の宣言が行われました。

わっと温かな拍手が鳴り響きます。

私を見下ろす碧い目が潤んでいます。

初めてお会いしたときに一生ついていくと誓ったことが、こんな形で果たされるとは思ってもみませんでした。

（なんて幸せなんでしょう！）

私も胸がいっぱいで、愛おしいセレス様を見上げました。

セレス様がそっと指で私の頬を拭ってくれました。

幼い頃から涙など流したことはなかったのに、頬を伝う温かいものに自分でも驚きました。

礼拝堂を出ると、私たちを一目見ようと押しかけた国民の皆さんがひしめき合っていました。皆が花びらを撒いて祝福してくれます。花の甘くさわやかな香りが漂います。

「セレスルート様、ばんざい！」

「リナ様、結婚おめでとうございます！」

「セレスルート様、恋が実ってよかったね～」

お忍びでよく行った町の人々も来てくれていて、声をかけてくれます。

笑顔がこぼれます。

（もう私は影の女じゃありません。これからは日向の女として、セレス様と共に生きていくんですね）

セレス様と一緒にいられるのなら、幸せな未来しか見えません。

『そうだね』と同意するようにお腹の子が動いた気がしました。

後日談

真冬の寒い日に、私は男の子を産みました。

妊娠中からセレス様はとても優しく、私の体調を常に気づかってくれました。つわりの時は私の食べられそうなものを片っ端から取り寄せ、外出するときには、転んだりしないように手を繋いでくれ、セレス様の愛をこれでもかというほど感じました。

「きっと僕たちの子はとんでもなくかわいいんだろうね」

そんなことをつぶやいて私のお腹を撫でて、「元気に出ておいでね」と赤ちゃんに話しかけるセレス様の方がよっぽどかわいらしく、愛しさで胸がいっぱいになる日々でした。

こんな素敵なセレス様と夫婦になれたことをまだ夢の中の出来事のように思い、ふわふわとした気持ちのままでいましたが、散歩がてら、セレス様と町中に出かけると、国民の皆さんが「妃殿下は庶民のあこがれです」「リナ様！　これ体にいいのでどうぞ」と歓迎してくれるので、だんだんと実感が湧いてきました。

それに陣痛が始まったら、経験したこともない痛みで夢の中とは到底思っておられず、セレス様の子どもを産むんだという現実を嫌でも認識しました。

「リナ、大丈夫？」

陣痛で苦しんでいる間もずっと、セレス様は腰を擦ったり手を握ったりして励ましてくれていました。

痛みには強い方でしたが、陣痛の苦しさは想像以上でした。でも、セレス様がいてくれたから乗り越えられました。

心配そうに私の顔を覗き込むそのお顔の麗しいこと！

（はわわぁぁぁ、愁いを帯びたお顔も素敵!!!）

それだけで私の頭の中には花が咲いて、痛みも一瞬忘れるのでした。

そうして生まれた赤ちゃんは男の子でした。

セレス様譲りの金髪と、生まれたばかりの赤ちゃんとは思えないほど目鼻立ちが整った顔は、光り輝くようでした。

くりくりとした黒い大きな瞳が私を見上げます。

（はぅっ、天使！　天使がいる!!）

私は胸を撃ち抜かれました。

我ながらなんて畏れ多いものを生み出してしまったのでしょう！

わが子を抱かせてもらいながら、うっとりとそのかわいらしい顔を眺めました。

「聖母子だ！　この姿を宮廷画家に描かせて永久に残しておかないと！　いや、誰にも見せたくない！　でも、うぅっ……」

セレス様が苦悩されたあと、ガバッと赤ちゃんごと私を抱きしめて、「リナ、ありがとう」と瞳を潤ませた。

「リナにそっくりでなんて愛らしいんだ」

「セレス様似で美しいですよ」

「ううん、僕の好きなリナの澄んだ瞳そのままだ」

「いいえ、私の愛するセレス様と同じで睫毛の先まで光り輝いています」

お互いに称賛し合っていたら、赤ちゃんがふにゃあと泣き出して、私たちは慌ててあやしました。

二人で散々思い悩んで、赤ちゃんにはセリウスという名前を付けました。お互いにお互いの名前を一文字は入れたかったので、大変満足です。

「セリウス様のご誕生おめでとうございます」

貴族だけでなく、国民の皆さんからもお祝いが届いて、影だった女をこんなにも受け入れてくれていることに涙ぐみそうになります。

セリウスにおっぱいをあげながら、幸せに浸り、優しく見つめるセレス様と目を合わせます。

結婚式で誓ったように、一生この方とセリウスを守っていこうと、改めて心に刻んだのでした。

Inusaki
犬咲
illustration
唯奈
心変わり、してくださっても。
王子の執愛は重量オーバーです！

聖夜と王太子の婚約を祝う宴の夜。

「――聖なる夜と、我が愛しの婚約者ブリアンナに！」

王宮の広間の中心で、艶やかな黒髪をなびかせた王太子アイザックがグラスを掲げ、広間に集う人々が唱和する。

未来の王太子妃、王妃、いずれは国母となるブリアンナに乾杯――と。

今年二十九になる王太子はなかなか花嫁が決まらず、いったい誰がその座に収まるのかと人々の関心を集めていた。

そんな彼の心を一夜にして射止めたのは、貧しい伯爵家の生まれながらも、類いまれなる美貌を持つ、ひとりの少女だった。

「ありがとうございます、皆さん。そんなに褒められたら恥ずかしいわ……！」

人々から賞賛の言葉を贈られ、頰を染める白いドレスの可憐な王太子妃候補――妹は、遠くから見つめる私の視線に気がつくと大きな瞳をにんまりと細めてみせた。

小さく整った顔を包む金の髪と青の瞳は、私よりも一段明るく澄んだ色をしている。

十八と十九、ひとつ違いの私たちは似ているようで、丁寧に磨きあげられた宝石とくすんだ原石のように違う。

けれど、どんなに私を磨いたところでブリアンナのようには輝けない。

誰も私には目を向けない。父も母も、私などいないかのようにブリアンナだけを見つめている。

きらめくシャンデリア。祝杯を交わす人々の歓声。ひらひらと揺れる色とりどりのドレス。

華やかな光景から目を背けるように、私は大広間を後にした。

「――まってよ、ナタリー！」

がらんとした王宮の廊下を進む私を呼びとめたのは、同じ伯爵令嬢であるマデレンだった。

噂好きでお節介な彼女に捕まれば、きっと面倒なことになる。

だから、普段はできるだけ関わらないようにしていたのだが……。

私は聞こえないふりで歩きつづけ、ある部屋の前に差しかかったところで足をゆるめた。

「もう、ひどいわ！　ナタリーったら！　無視するなんて！」

追いついてきたマデレンが私の腕に腕を絡めて引きとめ、ハシバミ色の瞳をパチパチとまたたかせながら、ぷうと頬をふくらませる。

「私たち、仲良く刺繍をした仲じゃない！」

「……一度だけね」

私は苦笑まじりに言葉を返す。

私と彼女は友人というわけではない。

以前に刺繍を教えてもらったことがある、それだけの関係だ。

マデレンは少しばかり困った性格をしているが、刺繍にかけては王国一と言っても過言ではないほどの腕を持っているのだ。

とはいえ、刺繍を教わる間、社交界のゴシップを延々と聞かされるのに耐えられず、一度きりの講義となってしまったのだが……。

「あなたを無視したわけではないのよ。色々なことで頭がいっぱいで……耳に入らなかったの……ごめんなさいね」

やんわりとマデレンの腕をほどいて謝ると、マデレンは訳知り顔で「いいのよ」と微笑んだ。

「頭がいっぱいになって、逃げたくもなるわよね。わかるわ、あなたの気持ち。あの場所にいたらもっと色んなことを考えてしまうものね。一刻も早く、あそこから離れたかったのよね」

うんうんとひとりで頷いて、マデレンは、はふう、と大きな大きな溜め息をこぼした。

「本当に……あなたもパトリック様もお気の毒よねぇ」

「……どうして、私とパトリック様なの？」

硬い口調で問うと、マデレンは「ああ、無理をしないで」と私の手を取り、労るように微笑みかけてくる。けれど、その目を見れば、内心では面白がっていることが伝わってきた。

「強がらなくていいのよ、ナタリー。だって三年前、あなたはパトリック様を思って身を引いたのですものね？　愛するパトリック様の幸せを願って。パトリック様がブリアンナと結ばれるように。それなのにブリアンナはアイザック様と結婚だなんて……あなたもパトリック様もお気の毒だわ」

グッと唇を嚙みしめ、私は俯いてみせる。

貧しい伯爵家の長女として生まれ、一度は第二王子パトリックに見初められながらも、たったの一カ月で美貌の妹に寵愛を奪われた劣化品の姉。

それが、社交界での私の評価だった。

「……マデレン、前にも言ったけれど、元々パトリック様と私の間には何もないのよ。ただ、あの方の落とし物を拾って、その御礼で少しばかり親切にしていただいただけで……」

「そうかもしれないけれど……でも、あなたの方はパトリック様を好きだったのでしょう？」

御礼として誘われた植物園。ふたり並んで歩きながら、彼を見つめる私はきっと誰が見てもわかるほど、恋する乙女の顔をしていたはずだ。彼もそれを窘めなかった。

けれど、出会ってからひと月後。

伯爵家を訪れた彼がブリアンナと出会ってからは、親しげにふるまうことを禁じられてしまった。

以降、パトリックは足しげく屋敷に通ってはブリアンナに愛を囁くようになり、私は「妹に寵愛を奪われた姉」として、人々から嘲りと憐れみの目を向けられるようになったのだ。

「別に……本気で好きだったわけではないわ。少し憧れていただけよ」

痛ましげに眉をひそめるマデレンから目をそらし、私はそっけなく、強がるように言葉を返す。

「アイザック様がブリアンナをお選びになって、ブリアンナも頷いたのですもの……。私には何も言う資格などないわ」

「ナタリーったら、素直じゃないんだから……ああ、でも、よかったわね。王族は離婚ができないから、ブリアンナがパトリック様と結婚することは、もうないってことよ？　これでパトリック様は自由の身。今度こそあなたを選んでくださるかもしれないじゃない！」

慰めるように言って私の肩に手を回したマデレンの瞳は愉しげに笑っていた。

そのような奇跡は起こるはずがない。

そう思いながらも、私に都合のいい未来を口にするのは、私の失言を期待しているのだ。

私よりも三つ年上、今年二十二歳になるパトリックは、兄のアイザック様の影に隠れがちだが、その整った顔立ちと第二王子という身分もあいまって、ご婦人方の人気は決して低くない。

もしも、今ここで「そうね」と頷いたが最後、盛大に尾ひれをつけた噂話が社交界を駆けめぐることになるだろう。

劣化品のナタリーが身のほど知らずな望みを抱いていると。

「……そんなこと、考えたこともないわ」

目を伏せて呟いた言葉に、マデレンの笑みが深まる。

「無理をしないで、ナタリー。あなたの気持ちはわかっているから」

「いいえ。わかっていないわ」

私はマデレンの手を振りほどき、ギュッと拳を握りしめてゆるゆるとかぶりを振った。

「私は、パトリック様に『ブリアンナではなく私を選んでほしい』なんて思ったことはないのよ」

「もう、ナタリーったら！　そんな強がりばかり言って！　素直に――」

頑なな私の態度に焦れたように、マデレンが声を強めたそのときだった。

「――誰かいるのか」

右手にある扉の向こうから、聞きなれた男の声が響いた。

「っ、誰？」

戸惑うマデレンの言葉に、返事の代わりに扉がひらく。

暗がりからのそりと姿を現したのは、今しがた噂をしていた第二王子パトリック、その人だった。

ボタンが外れた絹のシャツ、端整な顔にかかる乱れた黒髪、ぷんと香る酒精。

だらしなく着崩した姿であっても、滲みでる高貴さは隠しようもない。

扉にもたれかかるようにして、ジッと私を見下ろす満月色の瞳がトロリと熱を持ち、愛しい者を見つめるように潤んでいるのに気付いて、思わずドキリと鼓動が跳ねる。

彼から人前で、こんな風に見つめられるのは初めてだった。

「……ご、ごきげんよう、パトリック殿下」

取り繕うような笑みを浮かべたマデレンが声をかけても、パトリックの視線は私から動かない。

濡れた唇がひらいて、ほう、と溜め息と共に吐きだされたのは――。

「ブリアンナ」

妹の名前だった。

え、とマデレンが目をみひらいた次の瞬間、私はパトリックの腕の中にいた。

「ブリアンナ……愛している」

甘い囁きと共に顎をすくわれる。近付く美貌に「え」と戸惑いの声を上げた瞬間、唇を塞がれ、
今度は私が目をみひらく番だった。

「んんっ、ちょっと、ま――」

離れたと思うと何かを言う間もなく、がしりと後頭部をつかまれ、唇を塞ぎなおされる。

振りほどこうともがいても、背に回った逞しい腕が枷のように私を捕らえて放してくれない。

チラリと視線を動かせば、唖然と立ちつくすマデレンと目が合う。

その瞬間、マデレンはハッと我に返ったように「私っ、人を呼んできますわ！」と宣言するなり、踵を返して駆けだした。

それをまっていたかのように口付けがほどけ、私はマデレンの背に向かって上擦った声で叫んだ。

「マデレン、まって！」

「すぐに呼んでくるから！　頑張って、ナタリー！」

何を頑張れと言うのだ。

ドレスの裾をからげて遠ざかるマデレンがチラリと振りむいたのを見計らって、パトリックは私を客室の中へと引きずりこんだ。

「……キスするなんて、聞いていません……っ」

扉が閉まるなり、私はひそめた声でパトリックを――三年とひと月に亘って人知れず愛を育んできた――悪戯な恋人をなじった。

今日の「すじ書き」は「酔ったパトリックにブリアンナと間違われて客室に引きこまれ、それを第三者に目撃される」、それだけのはずだったのに。

「……ごめんよ、ナティ。君の顔が可愛すぎて、つい、口付けたくなってしまったんだ」

「理由になってないわ……！」

キュッと握った拳で彼の胸を叩くと、くすぐったくなるような笑い声と共に手首をつかまれた。

グッと引きよせられ「きゃっ」と彼の胸に倒れこむ。

「しっ、まだ聞き耳を立てているかもしれないよ……？」

ひそりと窄められたと思うと、言葉を奪うように唇を食まれる。

ちゅ、ちゅ、と戯れめいた口付けを重ねながら、腰を抱かれ、部屋の中へと歩いていく。

「……靴を脱いで。引きずられて脱げたように……」

言われるままに、銀の靴を横倒しに脱ぎすてる。

「……君と愛しあうならベッドがいいけれど……どうだろうね。酔って無体を働くのなら、床の方が『らしい』かな？」

「……知りませんわ、そんなこと」

「そう。それじゃあ、床にしておこうか……」

クスリと笑う声が耳をくすぐったと思うと、そうっと床に横たえられて、しなやかだがほどよく鍛えられた身体が覆いかぶさってくる。

「……ああ、ナティ。本当に、このまま抱いてしまいたいな」

ジワリと欲を滲ませた囁きに、じとりと睨めば「冗談だよ」とパトリックは微笑んだ。

「君の乱れた姿を私以外の男が目にするなんて、絶対に許せないからね……君は私だけのものだ。もちろん、私も、君だけのものだよ……今までも、これからも、ずうっとね」

呟く声に滲む怨念めいた恋情に、ゾクリと背が粟立つ。

「ナティ、愛しているよ」

煮溶けた蜜のように熱く甘い言葉を舌に乗せ、私の唇にねじこんで、喉の奥へと流しこみながら、夜色の王子様は三日月のように瞳を細めた。

ちゅぴりと舌が絡んでほどけ、薄い唇が私の首すじを伝いおり、ちくり、ちくりと吸いついては離れる。

さわりと布越しに脚を撫でられて息を乱せば、パトリックも熱い吐息をこぼした。

「ああ、こっちにもつけてあげたいけれど……そこまでしたら我慢できる気がしないからなぁ……」

悩ましげな呟きと共に私の身体を這いあがった長い指が、胸元へとかかる。

ドレスの襟ぐりからこぼれるふくらみを悪戯にくすぐられながら、口付けを重ね、時期をまつ。

やがて、遠くから複数の乱れた足音が近付いてくるのが聞こえた。

足音が扉の前でとまったのを見計らい、パトリックは私の耳を軽く食むと、ドレスの襟に両手をかけて囁いた。

「……さあ、仕上げだ。可愛い声を聞かせておくれ」

グッと彼の指に力がかかり、ぴいっと絹を引き裂く音と、私の悲鳴が夜に響きわたった。

＊　＊　＊

「――パトリック、当然、責任は取るのだろうな」

客室の長椅子に腰かけ、向かいに座るアイザック様から厳しい声で問われたパトリックは濡れた前髪をかきあげ、溜め息をひとつこぼしてからボソリと答えた。

「……ですが、最後まではしておりません」と。

先刻、衛兵が蹴りやぶった扉から真っ先に踏みこんできたのは、アイザック様だった。

マデレンは私の母を呼びに行ったのだが、ふたりの会話を聞きつけたアイザック様が自ら率先して「弟の過ちをとめに」来てくださったということらしい。

アイザック様は床の上で揉(も)みあう私たちに目を留めると、つかつかと近付いてくるなり、手近なテーブルから水差しを取って、パトリックの頭めがけてバシャリと撒(ま)いた。

とっさにパトリックが庇(かば)ってくれなければ、私までずぶ濡れになっていたことだろう。

アイザック様は、ブリアンナの名を呼びながら私を抱えこむパトリックを引きはがし、「正気に戻れ！」と拳を固めてガツンと一撃を食らわせると、扉から覗(のぞ)く野次馬たちに「宴を続けるように」と言いつけて追いはらった。

それから灯りをつけさせ、父と母、ブリアンナを呼びつけた。

アイザック様とブリアンナが長椅子に並んで腰を下ろし、その向かいの長椅子にパトリックと私が座らされ、左右のひとりがけの肘掛け椅子に父と母が収まって。

そうして、客室のテーブルを囲んでの気まずい家族会議がはじまったのだった。

「最後までしていないから許されるとでもいうのか、パトリック⁉　おまえは自分が何をしたのか、その罪の重さがわかっていないのか⁉」

パトリックの返答を聞いたアイザック様が声を荒らげ、テーブルを叩く。

「それはわかっています。ですが――」

「ですが、何だ。まさか、『ブリアンナと間違えた』などと言うつもりか？」

冷ややかに問われたパトリックは唇を噛みしめ、首を横に振った。

その拍子に濡れた髪からしたたる滴に、風邪でも引かないかと不安になるが、そっと差しだしたハンカチは見向きもされない。

「……いいえ。間違えてなどおりません。ナタリーだと知った上でしたことです」

彼の立場上、そう答えるしかない。先ほどは「うっかり」ブリアンナの名を口にしてしまったが、兄の婚約者を襲おうとしたなどと認められるはずがないのだ。

パトリックの言葉にアイザック様は満足げに頷き、優雅に脚を組んだ。

「そうだろうとも。ならば、彼女を妻とすることに何の異存もあるまい。おまえが愛を囁き、口付けたのはブリアンナではなく、ナタリーなのだからな」

「……それは、そうかも、しれませんが……」

「今ここで、宣言しろ。ナタリーへの愛を誓え。そうすれば、婚約の祝いに、私の婚約披露の宴を騒がせた罪は許してやる」

尊大な命(めい)を受け、パトリックが悔しげに奥歯を噛みしめる。

肩にかけたショールをかきあわせるふりをして、そっと横目に窺(うかが)うとパトリックの膝の上、血管が浮くほど強く握りしめられた拳が見えた。

言葉にせずとも「悔しくて苦しくて堪(たま)らない」という気持ちが見る者に伝わってくる。

客観的に見れば、実に非道な命令だ。

弟が三年もの間、懸想していた令嬢を横から奪いとっておきながら、その姉との婚礼を結ばせるなど。その上、愛した令嬢の目の前で、偽りの愛を誓わせるなど。

その命令を受け入れてしまえば、これから先、生涯に亘って、パトリックは愛した女が他の男と仲睦まじく過ごす姿を、その姉の夫として見つづけなくてはならなくなる。

けれど、アイザック様はわかっているのだ。この命令に弟が背くことなどできないと。

長い沈黙の後、呻くようにパトリックは答えた。

「……はい、兄上。私は、ナタリーを妻とし、生涯愛しつづけることを誓います」と。

その言葉に真っ先に反応を示したのは、ブリアンナだった。

「……ああ、よかった」

「ブリアンナ、何がよかったのだい？」

アイザック様に肩を抱かれてやさしく問われたブリアンナは、ほう、と溜め息をつくと、瞳を潤ませて答えた。

「……だって、お姉様は、ずっとパトリック様のことを想いつづけていたのですもの」

「そうなのかい？」

「はい。パトリック様が私をお見初めになってからも、ずうっと一途に焦がれてらしたのですよ。パトリック様が屋敷にいらっしゃるたび、お姉様は本当に切なげに見つめてらして……私、いつも胸が痛くて堪りませんでしたの。ですが、これで、私も安心してアイザック様に嫁げます」

胸の前で両手を握りしめ、いかにも健気な様子で微笑む妹にアイザック様が頬をゆるませる。

「そうか、それは私もホッとしたよ」

「ありがとうございます。もう本当に、お姉様のいじらしいことといったら……パトリック様から渡されたカードだけでなく、お菓子の包み紙まで大切に取ってらっしゃるのですよ」

憐れみをこめたブリアンナの言葉に、ピクリとパトリックが身じろぐ。

「……包み紙とは、いつも私が君への土産のついでにナタリーに渡していた、あの菓子の包みか？」

「はい」

「……そうか。そんなもの、捨ててくれればよかったのに」

呆（あき）れたような呟きに、私は身をすくめる。

「……もうしわけありません」

「ですが、パトリック様。愛する人からいただいたものは、糸くずでも捨てられないのが女というものですわ」

「ほう。では、君がパトリックからの手紙をいまだに持っているのは、そういうことなのかい？」

「まあ、アイザック様ったら！　ひどいことをおっしゃらないで！　私はあなたひとすじですわ！」

甘えた声を上げてアイザック様の肩にもたれる妹をパトリックはジッと見つめていたが、やがて力なくうなだれて口をひらいた。

「……手紙は燃やしてくれ、ブリアンナ。君は兄上の妻となるのだから」

「パトリック様……」

「ブリアンナ、パトリックもこう言っていることだ。燃やしなさい」

「そうしてくれ、ブリアンナ。そうすれば、私も諦めがつく……」

「……わかりました」

うるうると瞳を潤ませて頷くブリアンナの肩をアイザック様がしっかりと抱きよせると同時に、ひそやかな溜め息が傍らから響く。

「さあ、話はすんだな！」

上機嫌に宣言すると、アイザック様はブリアンナを抱いたまま立ちあがった。

「私たちは宴に戻ることにしよう！　パトリック、さっさと着替えて今日はもう休め。ナタリー、君はどうする？」

「……できれば、屋敷に帰りたく思います」

「わかった、送らせよう。伯爵夫人、付きそってやってくれ」

アイザック様の言葉に母は一瞬億劫そうに眉をひそめたが、すぐに笑みを浮かべて頷いた。

「もちろんですわ。ナタリーも大切な娘ですもの」

「そうか。では、すぐに馬車を手配させる」

「ありがとうございます、アイザック殿下。送り届けたら、また戻ってまいりますわ」

「そうか、好きにするといい。いやぁ、本当に騒がしい夜だったな！　行こう、ブリアンナ」

やれやれと肩をすくめたアイザック様がブリアンナを促し、踵を返して歩きだす。物言わぬ置き物と化していた父がその後に続いて部屋を出ていった。

「……さあ、ナタリー、さっさと帰るわよ」

急かすように母に呼ばれ、「はい」と立ちあがったところで不意に手首をつかまれ、私はビクリとパトリックの方を振りむいた。

「パ、パトリック様？」

「……ナタリー、君もカードはともかく、菓子の包み紙は燃やしてくれ。虫でも湧いたら大変だ」

視線を合わせぬまま静かに命じられ、背すじに冷たいものが走る。

「ご、ごめんなさい。すぐに、そういたします」

消えいるような声で返せば、パトリックは目をそらしたまま「ああ、すぐに頼む」と答えて手を離した。

偶然ふれたそぶりで私の手の甲をそっと指先でなぞりながら。

大丈夫、怒っているわけではないよ――となだめるような手付きに胸が温かくなり、思わず頬がゆるみそうになるのをグッと堪えると、私は彼に背を向けて歩きだした。

＊　＊　＊

「――では、ナタリー。私は王宮に戻るけれど、大人しく部屋で休みなさいね。ああ、今夜は暖炉をつけていてかまわないわよ。何しろ、あなたも王家に嫁ぐ身の上になるのですものね」

「……はい」

「御礼くらい言ったらどうなの？　まったく、愛嬌のない子だこと……」

そう言って母は溜め息をひとつこぼし、私をひとり馬車から降ろして、祝宴へと戻っていった。

娘が男に襲われたというのに、そばについていてやろうとは思わないらしい。

きっと被害に遭ったのがブリアンナだったなら、母はブリアンナが眠りにつくまで隣に寄りそい、手を握ってあげたことだろう。

チクリと胸は痛むけれど、涙までは出てこない。こんな風に扱われるのは、いつものことだ。

両親にとって可愛い娘はブリアンナだけで、劣化品の私は気遣う価値も必要もない娘だから……。

私は溜め息をひとつこぼしてから屋敷に入り、執事に声をかけた。

「……もう休むわ。暖炉に火を入れてくれる？」

「ですが――」

「お母様の許しは出ているわ」

「……かしこまりました、お嬢様」

厳かに答えながらも、執事の顔には「珍しいこともあるものだ」という驚きと憐れみがありありと浮かんでいた。

私は唇を噛みしめて「お願いね」と呟くと足早に彼の横を通りすぎ、階段を上がっていった。

メイドが暖炉に火を入れて去り、ひとりになって、ようやく肩の力が抜ける。

カチリと部屋の鍵をかけ、ピタリと扉に耳をつける。

そして物音ひとつ聞こえないのを確かめると、私はライティングビューローに駆けよった。

古ぼけた飴色の天板を撫でてから、そっと膝をつき、一番下、一番大きな抽斗のノブを摘まむ。

グッと引っぱり、ガタタッと飛びでてきた中には古びた青い箱がしまわれていた。

一抱えほどの大きさの丸箱には元々、帽子が入っていた。

七年前、聖夜の贈り物として父からもらった帽子はヒナゲシのような鮮やかな赤色で、被るたびに心が華やいだものだ。

けれど、一年も経たぬうちに「お姉様には明るすぎて似合わないわ！」というブリアンナの一言で彼女のものになってしまった。

せめて箱だけでもと残しておいたが、蓋に描かれた白い猫の輪郭も今ではすっかり色褪せ、ぼやけてしまっている。両親の私への愛情のように。

――仕方ないわ……磨く価値のない娘まで、大切になんてしていられないもの……。

もっと我が家が豊かだったならば、姉妹で平等に愛してもらえたかもしれない。

けれど、そんなゆとりはなかったから、父や母が「より質の良い方を、より良い縁を家にもたらしてくれる娘を大切にしたい」と思ったとしても仕方がないのだ。

そう納得して黙って受け入れているうちに、いつしか我が家ではブリアンナを優先するのが当然となり、私は「愛嬌のない、いらない子」になっていた。

苦い記憶を思いだし、またひとつ溜め息をついてから、私は箱を手に立ちあがると、暖炉の方へ歩いていった。

「……よいしょ」

ぺたりと座りこみ、箱を置いて蓋をあける。

赤々と燃える炎が私の頬を、手を、箱の中身を照らす。

色褪せた青色の中にあるのは、数十枚の手のひらサイズの白いカード。

それから、その下に畳まれたお菓子の包み紙が、ごっそりと詰まっている。

この三年間、月に一度か二度、パトリックが我が家を訪れるときはいつも、ブリアンナに豪奢（ごうしゃ）な花束と焼き菓子を渡すついでに、私にも同じ焼き菓子と簡素なカードを贈ってくれた。

「あら、よかったわね。このお菓子、お姉様にもくださるそうよ！」

大輪の薔薇（ばら）を抱えて微笑むブリアンナに、私は「ええ、嬉（うれ）しいわ」とぎこちなく微笑んで「お心遣いをありがとうございます」と目を伏せ、菓子を受けとる。

そうして楽しげに語らうパトリックとブリアンナに背を向け、応接間から逃げだすのが、いつもの流れだった。

そっとカードをまとめて取りだして、横に置き、包み紙を一枚摘まみあげる。

四つ折りにされたクリーム色の紙は厚く、艶やかで、つるりとして見える。

けれど、パリリとひらいて、ひらりと暖炉の前にかざしてみれば紙面にあいた無数の穴が浮かびあがった。

細かい点状の穴が散らばり、網目のように見えるそれは、よくよく見れば、その穴がサイコロ状にまとまって列をなし、規則的に並んでいることがわかる。

そう、これは手紙なのだ。パトリックから私宛ての……。

無言で紙面の左上端に指を置き、ゆっくりと横に滑らせる。

——キヨウモキミノユメヲミタ。

指先に伝わってくる言葉に、私は溜め息をついた。

——今日も君の夢を見た。

お菓子の包みに隠されたパトリックからの恋文の何通かに一通は、その言葉からはじまる。

夢の中の私は彼の公認の恋人で、ときには妻で、いつでもそばにいて愛を囁きあえる関係なのだ。

どのような夢だったのか、夢で私と過ごす時間がどれほど幸せだったのか。

長々と切々と訴えて、そうして最後は、同じ言葉で締めくくられる。

いつか本当になるよう祈っている——という言葉で。

一枚で終わることもあるが、訪問の間が空いたときには二枚、三枚に亘って延々と私への恋情がつづられていたりもする。

びっしりと並んだ無数の穴の縁は、よくよく見ると少しだけ盛り上がっている。

私が指で読みとりやすいように、わざわざ蠟引きした紙に針で穴をあけているのだ。

パトリックが自らの手で。

公務で忙しい彼が自由になる時間は夜だけだ。

深夜、静まりかえった部屋の中。ライティングデスクに向かう彼の顔を燭台の灯りが照らす。

その唇にはきっと世にも美しい、蕩けるような微笑が浮かんでいることだろう。

そうして私への想いを声には出さずに呟きつつ、一穴一穴心をこめて、紙に針を打ちつけていくのだ。トントントントン、トントントントンと……。

そんな姿を想像すると背すじに冷たいものが走る。

それが毎月、一度か二度。三年間、絶えることなく続いてきたのだ。

――重い。

そして、怖い。

けれど――私は指先で文面をなぞり、そっと手紙を胸に抱きしめて溜め息をこぼす。

この手紙がなければ、きっと私はパトリックを信じきれなくなっていたはずだ。

初めて屋敷に彼を招き、彼がブリアンナに一目で心を奪われる様子を見せつけられたとき、演技だとわかっていても涙があふれてしまった。

その後、最初の手紙と解読方法を記したメモが届いて、どれほど安堵（あんど）したことか。

だから誰かに見つかれば計画が台無しになるとわかっていても、捨てるに捨てられなかったのだ。

パトリックはブリアンナを愛していない。

それどころか、私の置かれた境遇を知って「カモフラージュ役はブリアンナにするよ」と即決し、「君を傷つけるような女なら、生贄（いけにえ）にしても胸が痛まないからね」と笑顔で言ってのけたほどに嫌っている。

それでもこの三年間、ブリアンナに甘く愛を囁き、さりげない言葉で私を拒み、迷惑そうに顔をしかめては取り繕うパトリックの姿は、あまりにも自然で真に迫っていた。

先ほど、私が彼からもらった焼き菓子の包み紙を取ってあることをブリアンナに暴露されたときの言葉もそうだ。

「いつもナタリーに渡していた菓子の包み」それだけでいいはずなのに、パトリックは「いつも私が『君への土産のついでに』ナタリーに渡していた、あの菓子の包みか？」と口にした。

私のことなどブリアンナの付属物としか思っていないからこそ、そう言ってしまったのだろう
――そんな風に感じて、傷ついていたかもしれない。

――この手紙がなければ、きっと……。

この手紙の束が、私に彼の愛情の揺るぎなさを伝えてくれた。

――でも……だからこそ、却って怖いのよね。

これほどの妄執めいた愛情を私に抱きながら、彼が人目につく危険がある場所で、私への愛情を滲ませたことは、この三年間、一度もないのだ。何と強い精神力だろうか。

私にはとてもできない。パトリックに「相思相愛だとは悟られないようにしてほしい」と頼まれ精一杯頑張ってはいるが、それでもふと心がゆるんでしまいそうになる。

私は「意中の相手を目の前で妹に奪われた女」だ。

だから、いつも悲しそうに切なそうにしていなくてはいけない。

それなのに「本当は彼に愛されている」とわかってしまっているから、ふとしたときに目が合うと嬉しくなって頬がゆるみそうになる。

そのつどパトリックが煩わしげに眉をひそめてくれるので、慌てて目を伏せ、ごまかしてきた。

そうして私を邪険にする一方で、嫌悪しているブリアンナを蕩けるようなまなざしで見つめ、熱のこもった愛の言葉を囁く彼を見るたびに、「人はこれほど自分の心を偽れるものなのか」と幾度となく畏怖の念を抱いたものだ。

――本当に、すごい人。

けれど、理解しがたい、怖い人。

出会ったときから、そうだった。

初めて彼と言葉を交わしたのは三年と一カ月前の秋。とある夜会の庭園だった。

当時の妹は私とおそろいのドレスで夜会に出るのがお気に入りで、その夜も私は大いに恥をかき、惨めな思いを味わわされた。

人々の視線から逃れるように庭園へと出て、人のいない方、いない方へとさまよっていって。

草に埋もれてキラリと光る、親指ほどの小瓶に入った象牙の欠片（かけら）のようなものが目に留まった。

何だろう――と拾いあげ、小瓶を月にかざしながら歩いていると、それを探していたパトリックが駆けよってきたのだ。

「――よかった。ありがとう、大切なものなんだ！」

小瓶を受けとり、嬉しそうに両手で包みこんで笑う顔は無邪気な子供のようだった。

遠目に見る彼は、いつも取り澄ました笑みを浮かべていたので、美しいけれど、どこか冷たい、冴（さ）え冴（ざ）えと輝く月のような印象を持っていた。

だから、「こんな風にも笑うのね」と意外に思うと同時に、思わずその笑顔に見惚（みと）れてしまった。

けれど、ジッと彼が見つめていることに気がついて、私は慌ててごまかすように尋ねたのだ。

「見つかってよろしゅうございました。ところで、それは何の欠片なのですか？」と。

彼は恥ずかしそうに答えた。

「昔、飼っていた猫の歯なんだ」と。

え、と私は目をみひらいた。正直「怖い」と思ったが、それでも好奇心には抗えなかった。

「……さようでございますか。可愛がってらっしゃったのですね」

逃げることなく微笑む私に、パトリックは、おや、というように目をひらいて、それからパッと花咲くように微笑んだ。

「ああ、そうだ。忘れられない。四匹生まれたうちの一匹で、一番小さな子猫だった。乳を飲みながら他のきょうだいに押しやられているのが憐れで、この子にしようと決めたんだ！」

「ふふ、そうなのですか」

「ああ。可愛い子だった。毛糸玉とじゃれるのが好きなのだけれど、いつも絡まってしまってね。それで毛糸の玉を引きずって私のところにやってきて『どうしてこんな目に遭うの』と言うように悲しげに泣くんだ。そんな不器用なところが堪らなく愛おしかった。それなのに……」

ふと言葉が途切れ、思い出を愛おしむように細められていた満月色の瞳が翳りを帯びる。

「……たった三カ月しか一緒にいられなかった」

「そう、だったのですか……その、亡くなった後は他のきょうだい猫を引きとったりなど……」

「しない」

キッパリと彼は答えた。

「同じ腹から生まれても、別の猫だ。代わりになどなれない。私が選び、愛したのは、あの子なのだから」

同じ腹から生まれても、別の猫。その言葉にブリアンナの顔が浮かんだ。

「……だから、そうして、大切に持ち歩いてらっしゃるのですね」

「ああ。……すまない。気味が悪いだろう？」

恥じるように睫毛を伏せるパトリックの姿に、私は憐れみと——少しの憧れを覚えた。

「いいえ。そこまで愛してもらえたのなら、幸せだと思います」

後になって思えば、そこでやめておけばよかったのだろう。

けれど私は、ポロリと言葉を続けてしまった。

「その子が羨ましいです」と。

この人ならば、両親のように私への愛情が薄れたりしない。

一度私を選んでくれたなら——同じ腹から生まれた他の猫——妹に乗りかえたりはしないだろうと思ったから。

その瞬間、パトリックが弾かれたように顔を上げる。

「……そうか。君は、私の愛を、わかってくれるのだな！」

晴れ晴れと笑った彼の顔は息を呑むほどに美しかった。

そっと左手を取られ、トクリと鼓動が跳ねる。

「レディ、君の名は？」と甘く問われ、私はためらいながらも期待をこめて答えた。

「ナタリーと申します」

「ナタリー、可愛らしい名前だ。……ねえ、ナタリー。このようなこと言うと気分を悪くするかもしれないが……先ほど、初めて君と言葉を交わしたとき、あの子に似ていると感じたんだ。儚げで、けれど懸命に、健気に生きていたあの子に。君の目を見ていると、あの子を思いだす……だから」

フッと言葉を切り、パトリックは重ねた手に力をこめ、まっすぐに私の目を見つめて問うた。

「あの子を愛したように君を愛してもいいだろうか」と。

私はパチリと目をみひらき、ゆるゆると睫毛を伏せて頷いた。

「あなたが、私だけを愛してくださるのなら……」

「もちろんだとも、私は君を選ぶ。君だけを愛しつづけると誓うよ。何があっても、どのような手を使っても、きっと君と結ばれてみせる。だから、この指を愛の証で飾らせてくれ」

やわらかく微笑みながら、そっと薬指に口付けを落とされて、私は泣きそうなほど嬉しかった。

後になって思いかえせば、そのとき私は舞いあがっていたのだ。

彼は王子様で、私だけを愛してくれそうな人で、夢のように美しかったから。

この人に愛され、愛せたならきっと幸せになれる。そんな希望で胸も頭もいっぱいだった。

「ナタリー、君と結ばれるのには、きっと時間がかかる。それに、君にも少し頑張ってもらわないといけないと思う……お願いできるだろうか？」

神妙に問いながら、上目遣いに私を見つめる金色の瞳には、いつの間にか熾火めいた熱が灯っていた。炎を上げることなく、芯の部分だけが赤々と燃えるような、静かで、どこか不穏な熱が。

けれど、私はそれに気付くことなく、彼の手をキュッと握りかえして勢いよく答えた。

「もちろん！　私にできることならば、何でも！　頑張ってみせますわ！」と。

私は何にもわかっていなかった。

これから、三年がかりの盛大な芝居を打つことになることも。彼の愛の重さも。何にも。

ただ愛し愛されることへの期待に胸をふくらませていた。

あれから三年と一カ月、ようやく芝居の幕は下りる。

この手紙も、もう必要ない。

そして私も、もう逃げられない。

――嬉しくないわけじゃない。嬉しいわ。嬉しいけれど……。

本当に心変わりしてくれても、よかったのに――そう思ってしまう。

パトリックを愛している。その気持ちに偽りはない。けれど、怖い。

あの愛を受けとめきれるだろうか。まったくもって自信がない。

だから、この三年間、私はパトリックの愛の重さをひしひしと思い知るにつれて、無責任な願いを抱くようになっていたのだ。

彼の方から心変わりしてくれたら、仕方ないと諦められるのに――と。

――結局、心変わりどころか、揺らぐことさえなかったけれど……。

私は深々と溜め息をついてから、ふっと笑みを浮かべると、ずっしりと重い愛の証を一枚、また一枚と炎に投げこみはじめた。

＊　＊　＊

半年後に行われたパトリックとの婚礼は、それはさみしいものだった。

「愛しい女が他の男と愛を誓いあう姿など見たくないだろう」というアイザック様の「気遣い」で、アイザック様とブリアンナの婚儀と同じ日、同じ時間に行われたためだ。

第二王子でありながら王室大聖堂を使うことができず、歴史はあるが今では王家の朝晩の祈りにしか使われていない、王宮の片隅の小さな礼拝堂での誓いの儀となった。

私たちの家族はもちろん、主だった貴族はあちらの婚礼に招かれているため、参列者もまばら。祝宴も王宮の料理人や楽隊があちらの仕事で手一杯だとかで、一国の王子の婚礼とは思えぬほど簡素なものとなった。

その上、演技継続中のパトリックが参列者の前で私に向かって、「こうなっては仕方がない。どうにか君を愛せるように努力をしよう」といつにも増して無愛想に告げたものだから、もう散々。新郎新婦に向けるものとは思えない、気まずそうな、憐れむような参列者の視線に、いたたまれない心地になってしまった。

——料理が美味しいことだけは救いだわ……。

カトラリーを手にして、そっと息をつく。鳥の丸焼きの中に別の鳥の肉を詰めた焼き物や、砂糖菓子の彫像など、祝賀用の凝ったものはないが、普段の私の食事からすれば大御馳走(ごちそう)だ。

サクサクのパイ生地に包まれたしっとりとしたパテも、絶妙な焼き目が香ばしい子牛のローストも、普段は口になどできない。

肉も野菜も、そえられたオリーブの一粒すらも上等な味がした。

——パトリックのおかげね。

傍らで黙々とナイフを動かすパトリックは一見不機嫌そうだが、内心では私を案じてくれているのだろう。私の食が進んでいるか、ときおり視線を動かしては、さりげなく確かめていた。

式の日取りや会場が決まった日。

パトリックは、ふたりきりになったところで私の手を強く握りしめ、「一生に一度の婚礼なのに、幸せな花嫁にしてあげられなくてごめん」とひどく辛そうに謝った後、「何か希望があれば教えてほしい」と言ってきた。

その気持ちが嬉しくて、私は彼の手を握りかえし、安心させるように笑顔で答えた。

「あなたがいれば充分幸せよ。でも、できるなら、お料理だけは美味しいものだと嬉しいわ」と。

その願いにパトリックは全力で応えてくれた。

「せめて料理くらいはまともなものを出してくれ。食べている間は会話をしなくてすむからな」と侍従や私たちの婚礼を担当する料理人に命じ、出入りの農家や商人にも念押しし、賄賂まで握らせ、最高の品を用意してくれた。

——それすら、アイザック様は横取りしようとなさったようだけれど……。

昨日、婚礼前夜になってからアイザック様は「招待客が増えて、食材が足りなくなってしまった」ので、私たちの婚礼の分を差しだすように言ってきたのだ。

代わりに用意したという食材は、一段も二段も質が落ちるものだった。

「私の婚礼は国を挙げてのものだ。客の一部にだけ質の悪い食材を出すわけにはいかないだろう?」

と言われ、パトリックは渋々応じるほかなかった。

もっとも、そうなることを見越して、あらかじめパトリックが倍の量を注文していたため、こうして無事、最高級の食材が私の口に入っているわけだが……。

──まるで子供の嫌がらせみたい……どうかしているわ。

祝宴とは思えない何とも重たい空気の中、私は俯き、黙々とナイフとフォークを動かしながら、以前パトリックから聞いた言葉を思いだした。

どうして演技をする──アイザック様を欺く──必要があるのかと尋ねた私に、彼は言ったのだ。

「……兄上は猫でも女でも、私を幸せにしそうなものは何であれ、奪いたくて仕方がないんだよ。だから、結婚するまでは安心できない。君も、くれぐれも気をつけてくれ」と。

「わかったわ」と答えながらも、私は内心首を傾げてしまった。

私の耳に入ってくるアイザック様の評判は可もなく不可もない平凡なもので、パトリックが言うような病的な執着や嗜虐性を秘めているようには思えなかったのだ。

遊びも政務もそれなりにこなし、民から「あの方でなくては!」と熱烈に支持されるほどの支持はないが、「引きずりおろせ!」と叫ばれるほど憎まれてもいない。

顔立ちは整っているものの、その他はごくごく平凡な王太子。そのような印象を抱いていた。

とはいえ、弟にしか見せない顔もあるのだろうと納得し、忠告に従うことにしたのだが……。

──でも……思いかえしてみたら、最悪のタイミングでブリアンナを奪っていったわよね。

半年と一カ月前。パトリックは「今日こそ君を父に紹介するよ」と言って、ブリアンナを宮廷の舞踏会に連れていった。そのことをきっとアイザック様も知っていたはずだ。

けれど、パトリックにエスコートされて広間に現れたブリアンナに、アイザック様はパトリックを差しおいてファーストダンスを申しこみ、その夜のうちに口説き落として関係を結んだ。

エスコート役がおらず屋敷で留守番をしていた私は、後々パトリックから成り行きを聞かされて、「そんなあからさまに奪うなんて」と唖然としたものだ。

とはいえ、妹の性格を思えば、彼女の方から積極的に乗りかえようとしたとしてもおかしくない。

いつも、ブリアンナは言っていた。

「第二王子でもいいけれど、やっぱり狙うなら王太子妃よね！」と。

だから、アイザック様が全面的に悪いとも、異常だとも、いまひとつ思えなかったのだ。

けれど、今は違う。婚礼が進むにつれて、彼の異常性を段々と実感しつつあった。

王族に離婚は認められない。

婚礼はアイザック様にとってもパトリックにとっても、生涯に一度となりうるものなのだ。

——それなのに、わざわざ同じ王宮で、同じ日に同じ時間でなんて……。

今日、明日と王都の話題をさらい、民に祝われるのはアイザック様たちの婚礼だろう。

私たちのさみしい婚礼は彼らの影に隠れて、なかったことにされてしまう。

——きっと、アイザック様は、そうしたかったのでしょうね。

空に弾ける祝砲、遠く風に乗って聞こえてくる人々の歓声や賑（にぎ）やかな楽団の調べを聞きながら、私は「弟の晴れの日を台無しにしてやろう」というアイザック様の悪意を、ひしひしと感じていた。

＊　＊　＊

気まずい婚礼の後。今後パトリックと暮らす離宮の居室に入り、軽く湯浴(ゆあ)みをすませたところで侍女が退室し、私は部屋にひとりきりとなった。

純白のシーツが敷かれた寝台に腰を下ろして、ホッと息をつく。

——初夜だから、もっと磨きたてられると思ったのだけれど……そうでもなかったわね。

念入りに清められ、香油やらクリームやらを塗りたくられたりするのかと思いきや、侍女たちは海綿を私に渡したきり、手を出すことなく浴室の端で控えていた。

これまで侍女に入浴を手伝ってもらう習慣がなかったため、視線を感じながらでは、のんびりと入浴を楽しむ気にもなれず、ささっと身体を洗って終わらせたのだが、特に文句も言われなかった。

——きっと今ごろブリアンナは、侍女に足指の間まで磨きたてさせているでしょうね。

伯爵家にいた時分から、ブリアンナは自分で足を洗わず、侍女に洗わせていた。

足を洗うときに頭を下げなくてはいけないのが嫌だ、という理由で。

そうして侍女を跪(ひざまず)かせながら、いつもブリアンナは言っていた。

「私はね、誰にも頭を下げずにすむ身分になりたいの！」と。

実に傲慢な願いだが、王太子妃となった今ならば、その願いはいずれ叶(かな)うことだろう。

またひとつ息をついて、私は寝衣の裾をちょっと直してみる。

用意された寝衣は、袖は手首まで、裾は足首まで丈がある大人しいデザインのものだ。

上等な絹で織られており、身体を動かしたときに肌にふれる感触が心地好い。

初夜にまとうには地味すぎるように思えるが、パトリックが用意したのだから、きっと彼の好みなのだろう。

――肌が透けるような大胆なデザインでなくてよかったわ……。

心の中で呟き、そっと顔を上げて閉ざされた扉を見る。

彼は来るだろうか。

初夜なのだ。当然来るだろう――とは言いきれない。

いまだ演技の途中ならば「不本意な結婚に嫌気が差してすっぽかす」というすじ書きもありうる。

あるいは渋々来たもののそっけない義務的な交わりですませるか。

正直に言えば、後のふたつ、どちらかにしてもらえたならありがたい。

――他人行儀な夫婦から少しずつ仲を深めて、という感じでお願いしたいところだけれど……。

あの手紙の熱量を初夜からぶつけられるのは、少し――いや、かなり怖い。

ぶるりと身を震わせたところで、ノックの音が響いた。

――来た！

息を呑み、耳をすませる。

そっけない口調ならば希望はある。けれど――。

「……ナティ、私だよ」

扉の向こうから聞こえた爛れるように甘い囁きに、私は、ひい、と小さく悲鳴を上げた。

「入るよ」と扉がひらき、寝衣の上にガウンを羽織ったパトリックが足取りも軽く入ってくる。

「またせてごめんね、ナティ！」

ニッコリと笑ったパトリックが後ろ手に扉を閉め、がちゃりと錠が下りる音が無慈悲に響く。

「兄上もだいぶ浮かれていたし、もう大丈夫だろうとは思ったんだけれど、どうしても気になってしまって」

「な、何が？」

恐る恐る問うと、パトリックは笑みを深めて答えた。

「きちんと私たちの婚姻が成立しているかが、だよ。教会に行って確認してきたんだ」

その言葉に私はハッと目をみはる。

「……それで、大丈夫だったのね？」

「うん。安心して。私たちは夫婦だ」

晴れやかに告げられ、私は「アイザック様はそこまでする可能性があったのか」とゾッとすると共に「パトリックと無事に夫婦になれたのだ」という実感がこみあげてきて、自然と微笑んでいた。

「それは……よかったわ」

「うん。本当によかった」

喜びを噛みしめるように目をつむり、ポツリと呟いたパトリックが、次に目蓋をひらいたとき。

その瞳はキラキラと――いやギラギラと輝いていた。

「……本当に、本当に、本当に、長かったねぇ……ナティ」

金色の瞳に滾々とあふれるような熱情を湛えて近付いてくるパトリックに、私は本能的な恐怖を覚え、慌てて声をかけた。

「ね、ねえ、パトリック！　今夜の、初夜のことだけれど、そのっ、いきなり熱い夜を過ごしたと知られたら、今までのは演技だったのではないかと怪しまれたりしないかしら⁉」

だから、どうにか穏便に、穏やかな、そっけない初夜を過ごしましょう。

そんな私の希望を朗らかな笑い声が打ち砕く。

「あはは、大丈夫だよナティ！　もう、兄上が君に手を出しても、堂々と決闘を申しこめるようになったからね！」

そう言ってパトリックは目を細め、ポツリと付けたした。

「……だって、君はもう、私の妻だ」と。

しみじみと呟く声は感極まったように切なげな響きを帯びていて、私は思わず恐怖を忘れて彼に駆けより、その手を取って微笑みかけていた。

「……そうね、私はもう、あなたの妻よ」

この国で不義密通は重罪だ。特に妻の。

夫が不義を働いた妻を殺めても罪には問われない。

そして、夫は間男に決闘を申しこむことも認められている。

パトリックがあれほど念には念を入れて私への愛をひた隠しにしてきた理由は、それだ。

彼は私をアイザック様の妻にしたくなかったのだ。

パトリックは事あるごとに言っていた。

「兄上は、私が恋をするのをまっているんだよ」と。

弟の愛する女性を妻にするために。

私がアイザック様に犯され、強引に妻にされてしまえば、パトリックにはもう手が出せない。

パトリックは、私を殺める権利をアイザック様に握らせたくなかったのだ。

そして、ブリアンナを愛するふりをしたのは、アイザック様にブリアンナを奪わせるためだった。

王族は離婚が認められない。一度妻の座が埋まれば、私を妻にすることはできないから。

「……ああ、ナティ、愛しているよ。この日をどれほどまちわびたことか……！」

パトリックが私の手を握りかえして囁きながら、そっと持ち上げて手の甲に唇を押しあてる。

そのまま手の甲から指先に唇を滑らせ、一本ずつ食らわれそうな勢いで熱烈に口付けられて、私は心の中で「ひいい」と悲鳴を上げながらも、そっと目を伏せ、微笑んだ。

「私も、愛しているわ……でも……」

「でも、何かな？」

「やっぱり、ここはあくまで慎重に進めた方が安心だと思うの」

「というと？」

「だからね、望まぬ結婚だったけれど、少しずつ愛が育っていくようなふりをした方がいいのではないかしら？　そのためにも初夜は穏便に……いいえ、義務的にそっけなく、仕方なくこなした感じでいきましょうよ」

内心の怯（おび）えを隠しつつ穏やかに提案すれば、パトリックは少し首を傾げてから、ひょいと戻すと「わかったよ」と微笑んだ。

「よかった！　それじゃあ――」

「そういうふりをすればいいんだね！」

キラリと瞳を輝かせながら朗らかに告げられ、浮かべかけた笑みが「えっ」と凍りつく。

「わかった。寝台の細工は任せてくれ！　さあ、浴室へ行こうか！」

「え、あ、えっ？」

「ふふ、あそこなら、たくさん君を悦（よろこ）ばせても安心だろう？　どんなに可愛い声を上げても、何をもらしても誰にもバレやしないよ。終わった後は、私が隅々まできれいにしてあげるからね！」

蕩けるような笑みでパトリックが口にした宣言に、私はカッと頬に熱が集まるのを感じた。

「も、もらすって――」

「ああ、ナティ」

パトリックは感極まったように私の指に唇を押しあてて、はふ、と熱い吐息をこぼす。

「今夜、君の肌にふれていいのは私だけだと決めていたんだよ……侍女にも許したくない。私だけ。私だけだ。……ねぇ、ナティ。いいよね？」

「え、ええ。それは別にいいけれど」

「よかった。さあ、行こうか！」

ふふ、と頬をほころばせ、パトリックは私を横抱きに抱えあげた。

「肌にふれさせるのは彼だけでいい」という部分に頷いたつもりだったのに、浴室での行為自体に合意したことになったようだ。

「……あ、あの、パトリック」

どうにか今からごまかせないかと声をかけたところで、私を抱く彼の腕に力がこもった。

彼の胸に引きよせられ、額に頬をすりつけられる。

「……ナティ、本当に嬉しいよ。ようやく夢が叶ったんだ」

「え？」

「ずっと私は誰かを愛したかった。けれど兄上に奪われることを怖(おそ)れて、誰も愛してはいけないと言いきかせていた。誰かを愛せば、その人を不幸にすると思っていたから……でも、本当は、一生かけて愛せる人と巡りあいたいと夢見ていたんだ」

「……パトリック」

「だから、君が私の愛を理解してくれて、君だけを愛してもいいと言ってくれたとき、本当に本当に嬉しくて……」

ポツリと頬に熱い滴が落ちてくる。

「知れば知るほど、君を好きになった。この三年と七カ月、兄上に私の本当の想いを知られやしないか、いつも不安で仕方がなかった。ずっと薄氷の上を歩いているような心地だったよ」

「……そう、だったのね」

まったく気付かなかった。パトリックがそんな気持ちを抱えていたなんて。

手紙でも、ごくたまにふたりきりになれたときも、いつも彼は私への愛情を過剰なほどに伝えてくれたし、励ましてもくれたが、自分の不安や弱音を口にしたことは一度もなかった。

だから、彼は私とは違う、迷いのない強い人なのだと思っていた。

けれど、ひとりで抱えていただけだったのだ。

「でも、もう君は私の妻だ。私だけのものだ。私は君だけを愛して生きていく。……ナティ、私の夢を叶えてくれて、ありがとう」

震える声が私の髪を揺らして、フッと身体の力が抜ける。

――私ったら、自分のことばかりだったわね……。

彼の不安に気付きもせず、重いだの怖いだのと、ずいぶんとひどいことを考えていた。

キュッと唇を噛みしめてから、グッと顔を上げ、私はパトリックの頬を撫でて微笑みかける。

ありがとう、ごめんなさい、どちらの台詞もしっくりこなくて。

「……愛しているわ、パトリック」

ただ、それだけを口にした。

「っ、ナティ……！」

パッとひらいた金色の瞳が満ちた月のように輝く。

ああ、と感じいったように目蓋が閉じられ、彼の頬を透明な滴が伝う。

「……私も、愛しているよ。心から」

万感の想いがこもった囁きが耳をくすぐり、胸に染みいる。

温かな感情がこみあげてきたところで、パトリックは切なげな微笑を浮かべて私に告げた。

「ナティ。愛しい人。どうかこの夢のような夜に……三年と七カ月分の私の想い、しっかりと受けとめておくれ」と。

その瞬間、ドサリと天井から降ってきた巨大な手紙の束が、ズシリと私を押しつぶす——そんな幻影が頭をよぎり、心の中で悲鳴を上げながら、私は浴室へと運ばれていった。

「……さあ、ナティ。ここに座って」

パトリックは浴室に入り、私をそっと床に下ろすと、洗面台の傍らに置かれた肘掛け椅子——女主人の入浴に付きそう侍女が使うためのもの——を引きだし、私を座らせた。

いったい何をするつもりなのかと戸惑う間もなく、パトリックが私の前に跪く。

そして、姫君に誓いを立てる騎士のように恭しく頭を垂れて——そっと私の両膝に手をかけた。

「愛しているよ、ナティ」

「パトリッ——きゃあっ」

首を傾げたところで、ぐいと膝裏をすくわれ、持ちあげられて悲鳴を上げる。

どさりと背もたれにぶつかって目をつむり、ひらいたときには私の膝は肘掛けにかけられ、寝衣の裾もぺろりとめくられて、太もものあたりにわだかまっていた。

状況を理解した途端、一気に頬に血が上る。

「パ、パトリック、この格好――」

「だって、君を硬い床に寝かせるなんてことできないだろう？　湯船に浸かりながらでは湯冷めが心配だし……この体勢なら、君に負担をかけずに可愛がれるよね？」

　蕩けるような笑みで甘く囁きつつも、私の膝をつかむ手には「絶対に閉じさせない」という決意がこもっているように感じられて、思わず瞳を潤ませるとパトリックは困ったように眉を下げた。

「……ナティ、私に可愛がられるのは嫌かい？」

「え……ええと……」

　嫌かと聞かれれば、嫌ではない。

　けれど、怖い。私を見つめる金の瞳に渦巻く熱量が。

　この熱に身をゆだねたら、自分でも知らない自分に作りかえられてしまいそうで。

　そっと視線を下げたところで彼の股間が目に入り、あ、と小さく息を呑む。

　そこは、今すぐ目の前の女を貫きたいというように隆々と滾り、薄い寝衣を押しあげている。

　無垢な乙女としては恐怖を覚えるべき光景だが、今の私にとっては救いのように思えた。

　コクンと喉を鳴らすと、私は視線を上げ、彼と向きあい微笑んだ。

「……いいのよ、パトリック」

　精一杯甘く囁き、彼の頬を誘うように撫でる。

「ナティ？」

「我慢しないで。遠慮なんかいらないわ」

得体の知れない、果ての見えない快楽よりも、痛みの方がまだ耐えられるはずだ。

それに男性は「一度果てると冷める」と聞いたことがある。ぜひとも冷めていただきたい。

「痛みなんて、怖くないから。今すぐにでも、あなたが欲しいの」

さあ、遠慮なく奪ってちょうだい――と想いをこめて見つめると、パトリックは「ああ、ナティ」と感極まったように金の瞳を潤ませた。

「ありがとう！」

ぎちりと膝にかかる彼の指に力がこもる。

「でもね……安心して、ナティ」

金色の瞳の中、真っ暗な瞳孔がジワリとひらく。

「私はね、愛する人のためならば、何年でも何十年でもまてる男だ。もう三年と七カ月もまったのだから、今さら君と結ばれるまでの時間がほんの少し延びたところで、何の問題もないよ。いや、むしろ君を可愛がる時間も含めてこそ、夫婦の愛の営みと言えるだろう？　私は愛する人に痛い思いなんてさせない。兄上のように、香油頼りで雑に突っこんだりなんてしないから」

サラリと告げられ、どうしてそんなことを知っているのかと尋ねたくなるが、グッと堪える。

「ふふ、微塵（みじん）の痛みも感じないくらい、ドロドロにしてからつながろうね？　最初から中で達するのは難しくても、花芯ならば乙女でも悦びを感じられるそうだから、たくさん舐（な）めて、吸ってしゃぶって、指であやして撫でて、可愛がってあげるよ。……今は、こんなに小さくて恥ずかしそうに隠れているけれど、可愛がられるのが大好きな子に私が育ててあげるから。大きくなれば、その分たくさん気持ちよくなれるだろうし、きっと数を重ねるごとに悦びが増えるよ！」

私の股間に向かって、楽しいデートの計画でも練るように語りかけていたパトリックが顔を上げ、ニコリと微笑む。

「楽しみだね、ナティ？」

そう言って、ふふ、と目元をゆるめると、パトリックは私の太ももに頬をすりよせ、囁いた。

「とりあえず今夜は、またせた三年七カ月分、たっぷり気持ちよくしてあげるから……ナティは、ただ楽しんでくれ」と。

さあっ、と血の気が引いていく。

――無理！　無理無理！　三年七カ月分一括なんて無理！　三十七分割くらいでお願いします！

心の中で叫びながら期待ではなく恐怖に身を震わせる私の膝に、パトリックは恭しく口付けたのだった。

それから、一時間後。

少しだけでいいから休ませてと泣いて訴え、もぎとった束の間の安息時間。

「どうせなら今のうちに湯を足そうか」とパトリックがメイドを呼び、入浴剤がわりに湯船に放りこんだ薔薇の香油の匂いと湯気に満ちた浴室内、私は肘掛け椅子に深く腰掛けたまま、浴槽に熱湯が注がれるのをながめていた。

「――ああ、熱めでいい。どうせすぐには入らないからな」

傍らに立つパトリックが淡々と指示を出していく。

私も彼も汗ばんではいるが、寝衣をまとったままだ。

傍目にはこれからふたりで入浴するための準備に見えるだろう。

「かしこまりました、パトリック殿下」

恭しく答えた赤毛のメイドが、湯を注ぎながら、チラリと非難めいた視線を私に投げつけてくる。

「夫である殿下を立たせて、自分だけ座っているなんて！」とでも思っているのかもしれない。

――好きで座っているわけじゃないわ！

肘掛けをつかんで立ちあがろうと力をこめた拍子に、脚の間からドプリと熱い蜜があふれる。

あ、と息を呑むと同時に、パトリックの手が私の肩をつかんで、ぐいと座面に押しもどした。

その途端、ぐぢゅりと粘ついた音が尻の下で響く。

カッと頬が熱くなるが、湯を注ぐ音に紛れてくれたのか、メイドは気がついた様子もなく浴室を出ていった。

「……ふふ、ナティ、可愛いおもらしの音に気付かれなくてよかったねぇ」

メイドに向けていたものとは別人のように甘い声が耳をくすぐる。

誰のせいだと思っているのかと瞳を潤ませ、じとりと睨むがパトリックは嬉しそうに目を細めるだけだ。

「あなたが、あんな風に無理やり座らせるから……！」

「ごめんね、ナティ。でも、あんな生まれたての小鹿のように震えていたら、腰が抜けているのがバレてしまうかと思って」

「っ、だっ、でも、それも……！」

「そう、それも私のせいだね。ごめんよ。さぁ、続きをしようか」

ニコニコと笑いながらパトリックは私の前に膝をつき、足もとに手を伸ばす。

左手で踵（かかと）、右手でつま先、両の手のひらで子猫を抱きあげるように、やさしく私の左足を持ちあげて、肘掛けに膝をかけさせる。

続いて右足も同じようにした後、お尻をつかんで、ずずっと前に引っぱれば、先ほどまで彼に散々喘（あえ）がされていたのと同じ体勢のできあがりだ。

垂れさがった寝衣の裾で辛（かろ）うじて肝心の部分は隠れているが、秘すべき場所をさらけだすような格好に顔から火が出そうに熱くなる。

「……ふふ、何というか、この格好、子供を産むときに似ているよね」

うっとりとパトリックが呟く。

「君が私の子を産むときは、こうやって私が自ら、取りあげてあげたいなぁ……」

ずいぶんと気の早い台詞を口にしながら、長い指で私の寝衣の裾を摘まみ、鳥籠のカバーを外すようにひょいとめくりあげた。

「――っ」

ふわりと秘所を撫でる空気は浴槽から立ちのぼる湯気で熱されているはずなのに、ほてりきった身体には冷たく感じる。

注がれる視線の強さに身をすくめれば、きゅうとすぼまったそこから新たな蜜がこぼれるのがわかった。

彼もそれに気付いたのだろう。クスリと笑う気配がしたと思うと白磁の美貌が脚の間に近付く。

薄い唇から赤く濡れた舌が覗くのが見えて、それがもたらす快感を思いうかべ、思わず、ゴクリと喉を鳴らしてしまう。

「ああ、期待してくれているんだね。嬉しいよ、ナティ」

甘い囁きと共に金色の瞳が糸のように細まって、長い指が期待に震える場所へと伸ばされた。

「……っ、ん」

指先で軽く割れ目を撫でてあげられて、響く水音に頬の熱が増す。

「ふふ、よかった。休憩の間に乾いてしまったらどうしようかと思ったけれど……大丈夫そうだね」

やさしい声が耳に痛い。

濡れ具合を確かめるように、くちりくちゅりと繰りかえしなぞられるうちに、息が上がっていく。

束の間の休息で落ちついたはずの身体の熱が、またたく間に燃えあがろうとしていた。

ふと彼の指が離れ、ん、と小さく息をついたところで、左の親指の腹で花芯の包皮をめくりあげられる。

ぐりゅんと剝きだしにされた快楽の芽に、彼の吐息がかかる。

これからもたらされる悦びへの期待と恐怖に、ひ、と小さく息を吞み、身を震わせたところで、熱く濡れた舌がふれた。

たっぷりの唾液をまとわせ、舌先でくすぐるようにチロチロとなぞって離れたと思えば、今度は舌の腹を押しあてて、ゆったり長く舐めあげてくる。

ゾクゾクと背すじを走る快感に、ああ、と吐息をもらせば、ちゅっとやさしく吸いつかれた。

そのままちゅくちゅくと弱い力加減で舐めしゃぶられ、下腹部に甘い恍惚（こうこつ）が広がっていく。

うっとりと力が抜けたところで、ころあいを見計らったように、つぷりと蜜口に指を差しこまれ、思わず「ひゃっ」と情けない声をもらすと、パトリックが喉の奥で笑う気配がした。

――ひどい。あなたのせいなのに。

上げようとした抗議の声は、奥深く潜りこんだ指が動きはじめたことで喘ぎに変わる。

私の弱いところ、彼の指と舌が届く範囲は、もうすべて見つけだされてしまっている。

指が一本から二本に増え、やがては三本に増えて、腹側の弱い部分を押しこねるように出し入れされるたび、ぐちゃぐちゃと耳を塞ぎたくなるような粘ついた音と白く濁った蜜がこぼれる。

この一時間であふれたもので、きっと椅子の座面には液だまりができていることだろう。

――やっぱり、先ほどは立ちあがらなくてよかったわ……。

そんなことを思う間にも身内に渦巻く熱は高まりつづけ、柔（やわ）い体内を規則正しくかきまわされる刺激と花芯を嬲（なぶ）る舌がもたらす甘い痺（しび）れに翻弄され、幾度も頭が白く染まり、閉じた目蓋の裏で光が弾けては消えた。

乱暴でも激しくもない愛撫（あいぶ）だが、それがもたらす快楽は濃くて重たい。

まるで、彼の愛のようだと思う。

新雪がとける前に次から次へと雪が降り積もるように、ずっと消えない。ずっと気持ちいい。

「あぁー……、ひゃ、んんぅ、はぁ、あっ、あぁぁ……！」

途中から私は口を閉じることすら忘れて喘いでいた。

うっすらと目蓋をあけて、チラリと脚の間へと目を向ければ、パトリックが愛おしげに私を見つめていた。呆(ほう)けた声を上げながら、顔を真っ赤にして唾液すら垂れながす、こんな無様な私を。

彼は、どんな私でも愛おしく思ってくれるのだ。

そう感じた瞬間、キュンと胸が高鳴って、私は思わず彼の頭に手を伸ばしていた。

おや、と金色の瞳がまたたいて、とめどなく続いていた快楽がやわらぐ。

そっとふれた黒髪を撫で、指を潜りこませれば、しっとりと汗に濡れていた。

視線を落とせば、寝衣越しでもわかるほど、はちきれんばかりにふくれた雄の象徴が見える。

本当に私が欲しくて堪らないのだと彼の身体が教えてくれているのが嬉しくて、切なくて……。

「パトリック、ねえ、そろそろ……」

視線を合わせて、瞳で誘うように囁く。

最後まで口にしなくとも伝わったようで、パトリックはキュッと目を細めると喉を鳴らして身を起こし、肘掛け椅子の背をつかんで、ギシリと覆いかぶさってきた。

翳る視界の中、私を見つめる満月色の瞳がキラキラと鮮やかに見える。

脚の付け根に熱を感じて、ん、と息を吞む。それは指とも舌とも違って、ぬるりと硬く、それでいて「肉」としか言いようがない不思議な感触だった。

「……ナティ、愛しているよ」

奇妙なほど凪いだ囁きが耳に届くと同時に、彼の雄が私の中へと潜りこんでくる。

散々ほぐされたおかげだろう。最初の一瞬だけチリリとした痛みを覚えたが、それだけで、後は満たされていく喜びと悦びだけがあった。

——ああ、私、パトリックが好きなんだわ。

ジリジリと身体を暴かれながら、今さらな実感を覚える。

「重い」だの「怖い」だの、「心変わりしてくださってもよかったのに」などと文句を言いつつも、本当はずっと嬉しくて、心の奥底で私は求めていたのだ。

私だけに注がれる揺るがぬ想いを。彼と共に歩く、愛し愛される幸せな未来を。

これから先ずっと、愛情も、幸福も、悦びさえも、すべてこの人とわかちあっていきたい。

どうかパトリックも、同じ気持ちであってくれますように。そんな想いをこめて、じわりと潤む視界で彼を見つめながら、愛を告げ、微笑もうとして——え、と目をみはる。

——まばたき、していない。

パトリックは、まばたきひとつせず私を見つめていた。

初めてつながる瞬間を一瞬たりとも見逃さず、しっかりと目に灼きつけようとするように。

気付いた瞬間、ひ、と喉から悲鳴がこぼれ、強ばった身体が彼を締めつける。

んっ、と悩ましげに眉をひそめながらも、それでもパトリックは目を閉じなかった。

——いやいやいや、やっぱり怖い！

心の中で叫んだところで、どすんと奥を突かれて、ああ、と声がこぼれる。

すべてが収まったところでパトリックが満足そうに目を細め、ゆっくりとまばたきをひとつする。

そうして、一呼吸の間を置いてから、ゆるやかな律動がはじまった。

ゆっくりと抜き差しをしつつ、彼は指で見つけた私の弱点を切先で確かめ、さらにその先、指の届かなかった場所へと探りを入れてくる。

ジッと私の顔を見つめたまま、手を重ねて指を絡めて、私の表情や指にこもる力の変化で弱点を見つけだそうとする。

私はもういいのに。もう充分なのに。私だけが気持ちいいのでは――もう、嫌なのに。

「パトリック、私は、もういいからっ、ね、あなたの好きにして……っ」

「ああ、ナティったら、可愛いことを言ってくれるんだね。ありがとう。でも、私は充分に好きにしているよ。好きに、君を悦ばせている」

うっとりとした囁きと共に甘い口付けが降ってくる。

――だから、それはもういいって言ってるのにぃ……!

嘆きは彼の舌にからめとられて言葉にならない。

「っ、違うの……っ」

「何が？　私にどうしてほしいんだい、ナティ？」

やさしく問う間も私を嬲る――つもりはないのはわかっている。ただ、彼は私を悦ばせたいだけなのだ――ゆるい抜き差しはとまらない。

どう言えば、この甘く一方的な責め苦が終わるのか。彼と本当の意味で悦びをわかちあえるのか。頭を悩ませた末、私は恥じらいを捨てて素直にねだった。

「私も、あなたに気持ちよくなってほしいの……お願い」と。

そう言えば、さすがに通じたようで、パトリックはふわりと目元をゆるめた。

「まいったな。そんな健気なおねだりをされたら、我慢できなくなるじゃないか。もっとじっくり時間をかけて君を悦ばせたかったのに……」

困ったように眉を寄せ、それでも嬉しくて堪らないというように微笑む彼に、愛しさと――恐怖が胸にこみあげる。

――もっとじっくりって、あと何時間するつもりだったの……!?

もう結構です。どうぞ、ご自分の快楽をお求めください。

心の中で訴えつつ、彼の首に腕を絡めて微笑みかける。その笑みが少しばかり強ばってしまったのは、まあ、ご愛嬌だろう。

互いの瞳に互いを映し、ゆっくりと唇が重なり、舌が絡んで離れて、また絡む。

口付けが深まるにつれ、ゆるやかだった律動は少しずつ激しさを増していった。

肘掛け椅子が、ギッギッと軋んだ音を立てて揺れる。

高まる快感に身悶え、背をそらした拍子に口付けがほどける。

下腹部に響く衝撃と快感に喘ぐ私を見下ろすパトリックは、また、まばたきを忘れている。

怖い。でも、その怖さも含めて愛しいと今は思える。

精一杯まばたきを堪えて私も見つめかえす。

最後の瞬間、彼は、ふ、と息をつき、ギュッと目をつむり、ひらいて。

ぽっかりと瞳孔がひらいた金色の目で私を見つめながら、パトリックは果てた。

「〰〰っ」

グッと押しつけられた腹の奥で彼の雄が跳ね、飛沫が吐きだされる。

ドクリドクリと注ぎこまれる熱に、ほう、と息をこぼせば、それを食らうように口付けられた。

するりと背に回った腕に強く抱きしめられる。

唇、胸、腹、下肢、隙間なく重なり、つながりながら、そこから伝わってくる彼の想いに、私は満足感と幸福感、それから、やっぱり少しの恐怖を感じて、ふるりと身を震わせたのだった。

＊＊＊

パトリックの妻となって、ひと月が経った。

あれからずっと、私は離宮の居室から一歩も外に出ることなく過ごしている。

今日もパトリックと朝食を共にして見送ってからは、ひとりぼっちの時間をもてあましていた。

廊下につながる扉がひらくのは、一日七回。

朝の身支度と晩餐前の着替えのとき、それから三度の食事とお茶、入浴の時間の七回だ。

離宮に来てからの私の一日の流れは、ある意味規則正しく、ある意味では怠惰だ。

朝起きて身支度をし、パトリックと朝食を取って彼を見送った後、ベッドや長椅子で横たわり、昨夜の行為で消耗した体力の回復に努める。

ひと眠りし、どうにか動けるようになったところで昼食を取り、窓から中庭をながめたり、「君は恋物語が好きだったよね」とパトリックが持ってきてくれた紙上の恋愛模様をなぞって胸をときめかせたり、お茶を片手に刺繍をしながら夕刻までを過ごす。

それから、侍女にドレスを着せられ髪を結われて、きれいに化粧をほどこされ、パトリックとの晩餐に備える。

そして晩餐の後は入浴の準備をしにメイドが入ってきて、出ていったなら後はふたりきり。笑顔のパトリックに裸に剝かれ、たっぷりと愛されるうちに意識を失い、気がつけば朝になっている。

そのような日々の繰りかえしだった。

正直、彼に愛されること以外、何もしていない。

実に贅沢（ぜいたく）で、爛れた暮らしと言えるだろう。

――はたから見れば、監禁状態とも言えるんでしょうけれど……。

私に不満はない。

部屋も食事も温かく、遅くまでランプを灯していても「油がもったいない」などと咎（とが）められず、読んでいる本や届いたドレスを横から取りあげられることもない。

嫌みをぶつけられることも、好奇や憐れみの視線にさらされることも。

この部屋にいる限り、何かを奪われたり、傷つけられることはないのだ。

「……それに、どうせ、一時的なものですもの」

初夜の後、パトリックは言っていた。

「色々と仕上げがあるから、もう少し不便をかけるけれどまっていてくれ」と。

ならば、今、私がするべきは素直にこの暮らしを満喫することだろう。

「不満はないわ。でも……ひとりごとが増えるのが難点ね……」

言っているそばからひとりごちた後、私は、ふう、と溜め息をついて、目頭を軽く揉みほぐすと膝に置いた刺繍枠に視線を落とした。

丸い木枠に張られているのは絹のハンカチだ。

パトリックに渡そうと思って、三日ほど前から刺している。

刺繍は好きだが、決して上手くはない。

生家にいたころは刺繍が得意なメイドに教わりながら刺していた。

けれど、ここではそうもいかない。

「……その点は不便といえば不便だわ……」

ここで私が言葉を交わすのは、侍女とパトリックだけだ。

メイドとは話さないので、メイドたちは食事や湯の用意をしながら、いつも物言いたげな表情をしている。

特に初夜で私を睨みつけていった赤毛のメイドは、私に対して良い感情を抱いていない――いや、ハッキリと反感を抱いているようだ。

酒の事故に乗じて第二王子妃に収まった図々しい女だとでも思っているのだろう。

怒りや嫌悪、侮蔑まじりの視線を向けられるのは良い気分ではないが、あえて愛想よく接して仲を深めようとは思わない。

パトリックが言ったのだ。

「侍女とは好きに話してかまわないよ。でも、メイドとはダメだ」と。

どうしてダメなのかは尋ねなかった。彼が私の利にならないことを強いるはずがない。

それに、あの赤毛のメイドの態度にも、パトリックは気付いているに違いない。

私に悪意を持つメイドを遠ざけずにいるからには、きっと何か意味があるはずだ。

下手なことをして、彼の計画に水を差すような真似だけはしたくない。

「……だから、精々彼の邪魔にならないよう、こうして大人しくしているほかないのよね」

そうひとりごち、しょぼつく目をひらいて刺繍枠を手に取る。

真っ白なハンカチの片隅で、金色の毛並みに青い目の子猫が少し不格好な伸びをしている。

昨夜、刺しかけのそれを目にしたパトリックは一瞬首を傾げてから、すぐにパッと花咲くように微笑むと嬉しげな声を上げた。

「ああ、子猫だね！」と。

私は思わず目をみはり、「わかるの!?」と尋ねてしまった。

パトリックは「もちろん！」と頷いてから「可愛らしいね。昔飼っていた子に似ているなぁ……仕上がりが楽しみだよ、ナティ」と私の髪を撫でてくれた。

「……私の刺繍を褒めてくれるなんて」

そっと刺繍枠をなぞり、私は頬をほころばせる。

「やさしい人」

そんな夫のために、今、私ができること。

毎日を幸せに過ごすこと、帰ってきた彼を笑顔で出迎えること、ちょっとした贈り物を作ること。

多くはないが、していきたい。

よし、と決意を新たに、私は刺繍針を握りなおした。


その翌日。

朝食の後、辺境領の視察に行くと言って出かけたパトリックを見送ってから、私はひとり怠惰なひとときをもてあましていた——のだが、お茶の時間に突然パトリックが帰ってきた。

なぜか、窓から。

しかも、どこかで転びでもしたような土に汚れた姿で。

「いったいどうし——」

慌てて駆けよった私の唇に、パトリックは指を押しあてた。「シッ、静かに」と窘めるように。

言いかけた台詞を呑みこみ、「怪我(けが)はないの？」と声に出さずに尋ねれば、彼はニコリと頷いてから、ひそめた声で囁いてきた。

「大丈夫、怪我はないよ。……ナティ、私はいない。外出中だ。紅茶もいらない。いいね？」

「え、……ええ。わかったわ」

声をひそめて返すと、パトリックは先ほどまで私がお茶を飲んでいたテーブルに向かった。

衣服についた土などを落としていないか振りかえって確認しながら、慎重な足取りで歩いていく。

そうしてテーブルクロスをめくり、その下へと潜りこむのを見て、私はパチリと目をみはった。

——ああ、だから、今日はクロスを替えていったのね。

朝、身支度を整えに来た侍女が、いつものテーブルクロスを剝がし、床まで届く長さのクロスにかけかえていったのを不思議に思っていたのだ。

——どうしよう……とりあえず、お茶を続けた方がいいのかしら。

彼を追いかけテーブルに着き、元のように腰を下ろして紅茶を口に運ぶ。

こくり、と飲んで、カップをソーサーに戻して刺繡枠と針を手に取る。

しばらくチクチクと刺してみて、溜め息と共に手をとめた。

——ダメ……気になるわ。

テーブルの下に彼がいる。ジッと身体を丸めて、私のつま先を見つめている。

もちろん、いやらしい意図などはないだろう。

けれど、その構図を思いうかべると何となく気恥ずかしくなってくる。

もぞりとつま先をすりあわせたところで、ひたりと冷たい指が足の甲にふれ、私は「ひゃっ」と声を上げてしまった。

慌てて手のひらで口を塞ぐが、彼の手はとまらない。

つつ、と足の甲から足首、向こう脛をさすり、ふくらはぎへ――するすると撫でまわす指の戯れに、妙な吐息がこぼれそうになるのを必死に堪える。

――いないって言ったくせに……！

やめて、と言葉で告げる代わりにパタパタと足を動かすと、忍び笑いが聞こえて悪戯がやんだ。

ホッと息をつき、気持ちを落ちつかせようと紅茶に手を伸ばす。

一口飲んでカップを戻したところで、ふと気になった。

帰宅時のあの様子では、パトリックは優雅なお茶の時間など過ごせなかったはずだ。

――喉が渇いていないかしら。ああ、でも、しばらくテーブルの下にいるのなら、紅茶ではない方がいいわよね……。

差し湯のポットの蓋をあけて、ほどよく冷めているのを確認し、カップに注ぐ。

キョロキョロとあたりを見渡してから、静かにテーブルクロスをめくる。

「……紅茶はダメでも、お湯ならいい？」

そっとカップを差しだすと、犬のようにうずくまっていたパトリックは拒むことなく受けとった。

「……いないって言ったのになぁ」

「いない人は、あんな悪戯なんてしません……！」

「ふふ、ごめんよ」

叱られたパトリックの目は笑っている。まったく、ひどい夫だ。

「ありがとう、いただくね。……ごちそうさま」

ひと息に飲み干して返されたカップを受けとり、身を起こしたところでノックの音が響いた。

「ナタリー様、お客様をご案内いたしました」

聞こえたのは、あの赤毛のメイドの声だった。

客が来るとは聞いていない。

主に断りなく客を案内するなんて、どういうことかと眉をひそめて立ちあがって――。

「どうぞ、こちらです」

ひらいた扉から入ってきた人物を目にして疑問は解けた。ああ、この人なら仕方ない、と。

「……アイザック様」

「やあ、ナタリー。せっかく義理の妹ができたというのに、なかなか会わせてもらえないのでな、私から来てしまったよ」

ひと月ぶりに顔を合わせる義理の兄――アイザック様が朗らかに手を上げ、白い歯を見せる。

「では、殿下。失礼いたします」

「ああ、案内ご苦労」

目を伏せたままメイドが後ずさり、扉が閉まって、アイザック様の手で錠が下ろされた。

ガチャリと響いた音に、ゾクリと背すじに冷たいものが走る。

「邪魔をするぞ」

にこやかな笑みを浮かべたままアイザック様は、予想外の展開に固まる私の前までやってくると、向かいの椅子を引き、私の正面に腰を下ろした。

「すまないが、茶を一杯くれないか」

ニコリとせがまれ、私は自分が挨拶もしていなかったことに気付いて慌てて頭を下げた。

「あっ、もうしわけありません！　何の心の準備もしていなかったもので驚いてしまいまして！」

「そうだろうな。はは、すまない」

「今、お茶をお淹れいたします……！」

ぎこちない笑みを返しながら、ティーポットを持ちあげ、思いなおしてそっとテーブルに戻す。

「あの……湯が冷めてしまっておりますので、今、メイドに新しい湯と茶葉を持ってこさせますわ」

「そうか。ならば茶はいい。話をしよう。座りなさい」

貼りつけたような笑みで命じられ、私は「はい」とかすれた声で返して、元の席に腰を下ろした。

ドキドキと鼓動がうるさい。

——どうしよう。どういう反応をするのが正しいの？

まだ、愛されていない憐れな女を演じるべきなのだろうか。

迷いながらもアイザック様の言葉をまつ。

「……久しぶりだな。元気そうで何よりだ」

「お気遣いいただき、ありがとうございます」

社交辞令を交わしたところで、アイザック様がテーブルに置かれた刺繍枠に気付き、手に取った。

「これは……パトリックへの贈り物か？　何を刺しているのだ？」

不思議そうに首を傾げながら問われ、私は渋々と答えた。

「……子猫です」

「子猫⁉　これが⁉　踏まれたタンポポではなく、猫なのか⁉　……もしや、この崩れた青い点は目なのか？」

「……はい」

「……ひどいな。ここまで下手な刺繍は初めて見たぞ」

深々と息をついて、アイザック様は刺繍枠をテーブルに投げた。

「あいつに贈るのはやめておけ。ただでさえ冷めた仲がますます冷えこむことになるぞ。私なら、このようなゴミはいらない。誰かに見られでもしたら、恥だからな」

吐きすてられた言葉に、私は膝の上で拳を握りしめた。

ジワリと目の奥が熱くなる。わかっていた。私の刺繍の腕では、とうてい猫には見えないと。

こんな下手くそな刺繍をもらって喜ぶ人間なんていない。

パトリック以外、誰も。

刺繍枠を引きよせ、キュッと胸に抱きしめて、私は震える声で言いかえした。

「……ですが、アイザック様。パトリック様は婚礼の席で、『こうなったからには仕方がない。君を愛する努力をする』と言ってくださいました。私も、どうにか夫婦らしい夫婦になれたらいいと思っております。ですから……少しでも、何かをしてさしあげたいのです」

そう告げると、アイザック様は「へえ」と驚いたように眉を上げ、スッと目を細めた。

「そうか。……あいつは幸せ者だな」

言葉とは裏腹にその声は、ひどく冷たい響きを帯びていて、ドキリと胸が騒ぐ。

私は慌てて話題をそらすように「そういえば」と明るく問いかけた。

「あの、ブリアンナは元気でしょうか？」

「ああ、元気だ。元気すぎるほどにな」

フッと鼻で笑って答えると、アイザック様は唇の端をつり上げた。

「なあ、ナタリー。なぜ、弟の恋人を奪うような真似をしたのかと私を軽蔑しているだろう？」

「え？　そのようなことは……」

突然の質問に戸惑う私にかまわず、アイザック様は言葉を続ける。

「ナタリー、私はね、母上にとても可愛がられていたのだよ」

「……王妃様に、ですか？」

前の質問と何の関係があるのだろう。眉をひそめると、アイザック様の笑みが深まった。

「そうだ。とても、可愛がられていた。厳しい王太子教育にも、母上の愛情があったからこそ耐えられた。母上は私の心の支え、幸せの源だったのだ。だが――」

不意に白磁の美貌が歪む。

「母上は、パトリックを産んで死んだ。あいつが母上を奪ったのだ。だから……」

「だから？」

「私には、あいつに同じことをする権利があると思っている」

いったい何を言っているのかわからなかった。

ジッとこちらを見つめるアイザック様の瞳はパトリックとよく似た形と色をしているのに、得体の知れない生き物と対峙しているようだ。

薄気味の悪さを覚え、ふるりと身を震わせるとアイザック様は再び唇の端をつり上げて、笑顔に戻った。

「……なぁ、ナタリー。私は最近、疑問に思っていることがあるのだよ」

「何でしょうか」

「本当に、パトリックはブリアンナを愛していたのだろうか？」

予想外の言葉にドキリと鼓動が跳ねる。

「夫婦となり、共に日々を過ごして、彼女を知るほどにそう思うのだ。あれは顔だけは美しいが、浅はかで傲慢で享楽的で、どうしようもない女だ。弟は、この女のどこに惚れたのだろうかと」

「……あの性格が、気まぐれな猫のようで可愛らしく思えたのではないでしょうか。ほら、その、パトリック様は猫がお好きですし」

どうにか笑みを浮かべて答えると、アイザック様は「猫」と呟き、パチリとまばたきをしてから、ニッと目を細めた。

「そうだな。あいつは猫が好きだった。あんなものまで持ち歩いて……変わっているだろう？」

「え？　ええ、確かに驚きました。猫や犬の遺髪を持ち歩くという話は聞いたことがありますが、歯は初めてでしたので……」

「そうか。……あいつは君に、見せたのだな」

不意にアイザック様の声色が変わる。

口調自体は変わらない。けれど、傷口に巻いた包帯から膿（うみ）が染みでてくるように、ジワリと滲む悪意を感じとって、背すじに冷たいものが走った。

「っ、アイザック様」

「そうか。やはり、君が本物だったのか」

「え？」

「すっかり騙（だま）されてしまったよ……はは」

ガタリとアイザック様が立ちあがる。私は刺繍枠を抱きしめて震えながら、それを見上げていた。

「……もう少し、よく見ていればわかったのにな。君はブリアンナより美しくはないが、気立てがいい。妻としてそばに置くなら、君の方が具合がいいと思うのも当然だ」

「あのっ」

「あいつはいつもそうだ。間違えない。いつも一番良いものを持っていく。二番目のくせに。一番の私を差しおいて、本当は私が手にするはずのものを私から奪っていく。だから……取りかえすのは当然の権利だと思わないか？」

瞳に澱（よど）んだ熱を湛えて、アイザック様が微笑む。

ゾッと身を震わせたところで、トン、とテーブルの下から伸びた手に膝を叩かれて、私はハッと我に返り、立ちあがった。

精一杯、瞳に力をこめて目の前の脅威を睨みつける。

「ひ、人を呼びますよ！」

そう叫ぶと、アイザック様は愉しげな笑い声を立てた。

「はは、誰も来ないさ。親切なメイドが人払いをしてくれているからな！」

「っ、殿下、私はもうパトリック様の妻です！」

「それがどうした」

テーブルを回って近付いてくる男に告げるが、彼の歩みがとまることはない。

ガクガクと震える私の膝をパトリックの手が励ますように撫で、くい、と横に押して、テーブルを回れ、と指示を出す。

それに従ってアイザック様から遠ざかるようにテーブルに沿って後ずさると、私を見つめる彼の瞳に獲物を追う獣めいた光がギラリと灯る。

「来ないでっ」

敬意も忘れて叫ぶと、アイザック様は、くく、と喉を鳴らして甚振るように目を細める。

「そう怖がるな、ナタリー。あの身のほど知らずなバカ猫のように噛みついたりなどしなければ、命まで奪いはしない。ただ、可愛がってやるだけだ」

ゾッと背すじに冷たいものが走る。

あの猫とはもしや、パトリックが昔飼っていた猫――「あの子」のことだろうか。

――三カ月しか一緒にいられなかったたって、まさか……。

アイザック様――いや、アイザックが手にかけたというのだろうか。いや、まさかなどではなく、そうに違いない。パトリックを幸せにするものだから、奪って、殺したのだ。

腹の底からこみあげる恐怖と怒りに、悲鳴じみた声が喉からほとばしる。

「やめて！　近寄らないで！」

「大人しく従え、死にたくはないだろう？」

「っ、パトリック様は私に何かあれば、あなたに決闘を申しこむとおっしゃっていました！」

もはや隠す必要はないだろうと叫ぶが、アイザックの歩みはとまらない。

ジリジリと距離を詰められ、先ほどまで私が座っていた場所にアイザックが差しかかる。

「ふん。確かに夫にはその権利がある。だが、私は王太子だ。父上が許さないさ」

そう言って、アイザックが私に手を伸ばした瞬間。

「――いえ、父上の許可はいただいています」

静かな声と共に、ガンッとテーブルの内側から蹴りだされた椅子がアイザックの身体を直撃した。

「ぐあっ⁉」

不意打ちを食らったアイザックが床に倒れこむと同時に、テーブルの下から現れたパトリックが私を背に隠すように立ち、腰に佩いた剣をスラリと抜きはなつ。

「っ、おまえっ、いつからそんなところに⁉　いや、そもそも、なぜここにいる⁉　辺境領の視察はどうしたのだ⁉」

鼻先に突きつけられた切先を睨みながら、床に座りこんだアイザックが矢継ぎ早に尋ねる。

「……馬車が事故に遭いまして。途中で引きかえしてきたところです」

「事故？」

「ええ。あなたが馬車に細工をしたせいで起こった事故です」

私は息を呑み、キッとアイザックを睨みつける。

とうとう命まで奪いにきたのかと。だが――。

「……そのようなこと、していないぞ」

戸惑う声に、え、とパトリックへと視線を戻す。

「いえ。あなたの仕組んだ事故です」

「だからっ」

「あなたが仕組んだ事故で私は危うく命を落としかけ、今までの度重なるあなたの嫌がらせを思いだしました。そして、妻の身を案じ慌てて離宮に戻ったところ、妻に無体を働こうとするあなたを見つけたのです」

「は？　何を言って――」

「兄上、私が何の証拠もなしに、そのようなことを言いだすと思いますか？」

静かに問われ、アイザックはハッと目をみひらく。

「おまえ、まさか……」

「あなたが署名をした手紙も、馬車に細工するよう依頼した男も、手引きをしたメイドも、証拠はすべてそろっています」

「メイド以外は偽物だろうが！」

「本物ですよ。偽物だと証明できなければ本物です。その上で父上と議会が認めれば、それはもう、まごうことなき本物となります。言ったでしょう？　父上から、あなたを廃する許可はいただいています。『やれるものならやってみろ、とめはしない』と。あなたは終わりです」

　淡々と告げるパトリックの声には怒りも憐れみも、勝利の喜びもない。

　書かれた文面を読みあげるように落ちついている。

　そんなパトリックを見上げるアイザックの瞳は憎悪と戸惑い、それから破滅を前にしての激しい恐怖に揺れていた。

「いつだ……いつ、父上は、許可を出した」

「ずっと前。あなたが私の子猫を壁に投げつけたときです。あれは元々父上の愛猫の産んだ子です。それを殺して父上が怒らないはずがないでしょうに。私への嫉妬のあまり、そんなことすらわからなくなっていたのですね」

　諫（いさ）める言葉に、ギリリとアイザックが奥歯を噛みしめる。

「それで……おまえはずっと、この日のために、兄にすべてを奪われる弟を演じてきたのか？」

「演じる？　事実でしょう？　実際にあなたは奪ってきたではありませんか。私が逆らわないのをいいことに、次から次へと。皆が知っています」

「皆だと？　皆が、おまえの味方だとでもいうのか⁉」

　激したように問われ、パトリックはゆるりとかぶりを振る。

「皆が味方というわけではありません。ただ、以前から私に同情を寄せてくれる者はいましたが、婚礼の件で一気にその数が増えたのは確かです」

「婚礼で？　なぜだ？」

尋ねられ、パトリックは思わずといったように小さな溜め息をこぼした。

「あなたの耳には入らなかったでしょうが、あなたの婚礼に招かれた賓客の間で、私とナタリーの婚礼が話題にならなかったとお思いですか？　『一国の王太子ともあろうものが、くだらぬ私情で弟の婚礼を台無しにするなど実に器が小さいことだ！』と評判だったそうです。あれで、あなたを完全に見限った者も少なくありません」

「そんな……私は、そんなつもりでは……」

「そうですね。あなたはただ、私の幸せを台無しにしたかった。それだけです。そして、それだけのために国の信頼を損ねかねない愚行を犯した。そのような浅慮な男は王太子にはしておけない。それが、父上をはじめとする皆の結論です」

「そんな……父上まで……私を……」

ガクリとアイザックがうなだれる。

「……なぜだ。立派な婚礼だったではないか……猫だって、あの猫だけじゃなかった。いくらでも代わりはいるのに……」

くしゃりと髪をかきまわし、力なく呟く様子に私は眉をひそめる。

ここまで言われても、まだ自分が犯してきた罪の重さが、本質がわからないのだろうか。

呆れと怒りを覚えるが、それでも、瞳に涙を浮かべて肩を震わせる姿は叱られた子供のようで、ほんの少しだけ憐れみも感じてしまう。

複雑な思いで見下ろしていると、パトリックにそっと肩を撫でられた。

「……ナティ、そんな顔をしないでくれ」

穏やかな囁きが耳をくすぐる。

「大丈夫、殺したりはしないよ。心配しないで。……扉の鍵をあけてきてくれるかい?」

「え、ええ」

扉に駆けより、錠を外すと、まちかまえていたように扉がひらいて五人の男たちが入ってきた。

純白の制服と鍛えられた体格からして近衛兵だろう。近くで見るのは初めてだ。

扉の横に控えながら、私はアイザックが兵士に取りかこまれるのをながめていた。

「……連れていってくれ。丁重にな」

パトリックの命に兵たちは無言で礼を返すと、座りこむアイザックの身体に手をかけた。

「さわるな! 無礼者!」

アイザックは彼らの手を振りはらおうとして難なく押さえこまれ、引きおこされる。

「さわるな! 私は王太子だ! おまえたちが気安くふれていいような存在ではないんだ! 私を守るのがおまえたちの役目だろう!? 捕らえるなら、私を騙したそいつの方だぞ、ぼんくらども!」

耳元で怒鳴られた兵が眉をひそめ、チラリとパトリックに視線を向ける。

おそらく、彼が隊長なのだろう。

「ん? ……ああ、そうだ。舌でも噛まれたら大変だね。対処を頼む」

「御意」

「おい、聞いているのか――」

なお何事か喚こうとしたアイザックの口に布切れが押しこまれる。

その上からねじった布があてがわれ、口元から頭の後ろへと回され、キュッと結ばれれば、彼の口からもれるのは、くぐもった呻きだけになった。

「うん。これで安心だ。……あのメイドは？」

「既に捕らえ、牢に入れてあります」

「そう、さすが仕事が早いね。ありがとう。これからも頼りにしているよ」

「もったいないお言葉にございます」

パトリックの穏やかな称賛を受け、兵が深々と腰を折る。

その様子をながめながら、私はホッと息をついた。

――ああ、終わったのだわ……。

三年と八カ月に亘る芝居の幕は下り、私たちは――いや、パトリックは解放されたのだ。

彼の愛を、人生を奪い、損ねようとする兄は、いなくなるのだから。

幽閉か国外追放か、どうなるのかはわからないが、パトリックの邪魔ができなくなることだけは確かだろう。

――長かったわね。

しみじみと思いながらパトリックを見つめていると、視線に気付いたのだろう。

振りむいたパトリックと目が合ったところで、兵の声が響いた。

「では、パトリック殿下。私たちはこれにて失礼いたします」

「ありがとう」

兵が踵を返し、アイザックを引きたて、部屋を出ていこうとして——。

「ああ、そうだ」

パトリックが声を上げ、男たちの足がとまる。

「兄上、あなたは勘違いをしています」

その言葉に、キッと振りむいたアイザックがパトリックを睨みつける。

この上、何を言うつもりだというように。

「私は、一番良いものを選んでいるわけではありません。選んだものを一番大切にするから、一番良いものを持っているように見えるだけです。あなたが望むものを得られないのは、あなたが何も大切にしようとしないからで、私のせいではありません」

淡々と告げて、ふ、と言葉を切り、パトリックは金色の瞳を私に向けた。

そうして、ふたりきりの時間にだけ見せる、あの蕩けるような笑みを浮かべて言ったのだ。

「まあ、ナティは、元から一番、最高の女性ですけれどね！」と。

最後の最後で惚気(のろけ)か——目を剝いたアイザックが声にならない声で喚き、兵士たちからは生温(なまぬる)い視線を向けられて。

私は羞恥に身をすくめ、喜びを閉じこめるようにキュッと目蓋を閉じたのだった。

＊＊＊

その後、メイドは職を失い、アイザックは廃嫡の上、幽閉と決まって、ブリアンナも罪人の妻として修道院に送られることとなった。

私の生家である伯爵家は、私とパトリックの間に生まれた子が継ぐことになっている。

「子供が多ければ、継げる爵位も多い方がいいからね！」とパトリックは言っていたが、ずいぶん気の早い話だ。

ブリアンナとも両親とも、ずっと顔を合わせていない。

会いたいという手紙は届くが、パトリックが「会わせたくないなぁ」と悲しそうな顔をするので断っている。

会ってしまえば、絆されてしまうかもしれない。

だから、彼が嫌がってくれてよかった――と思ってしまう私は、ひどい女だと思う。

王太子となったパトリックは、日々忙しく、けれど、見違えるほど生き生きと過ごしている。

新たな王太子として国内外の評判は悪くない――というのは本人の談で、侍女や近衛兵から話を聞く限り、かなり良いらしい。

アイザックは能力的には平凡な男だった。

それに加え、使用人や兵を見下していたこと、婚礼の醜聞もあいまって「あれよりはずっといい」

と好意的に受け入れる者が多いのだそうだ。

交友範囲も広がり、彼の美貌に見惚れ、熱い視線を送るご婦人や令嬢も日増しに増えている。

そうして日に日に評判が高まる彼の隣で微笑みながら、ふと不安が胸をよぎることもある。

私たちの関係は、あの三年と八カ月の間、誰にも言えなかった。

誰にも認められることなく、ふたりきりで想いを育ててきた。

そんな秘めた恋だからこそ燃えあがった――ということもあると思うのだ。

けれど、長くパトリックを縛っていた呪縛は消え、彼はこれから何でも、誰でも、好きに愛せるようになった。

だから、もしかするといつか、彼の愛が私以外に向けられる日が来るかもしれない。

そんな風に考えてしまうのだ。

けれど、それでもかまわない、とも思う。

いつか、心変わりされたとしても、今、この瞬間は私のことだけを愛してくれているのだから。

きっとあと数年、もしかすると十数年くらいは大丈夫。

いつか私への愛が失われる日が来たとしても、それまでにもらった分だけで一生分になるだろう。

だから大丈夫――などと切ない想いに捕らわれていたのも束の間。

私を病的なまでに愛するパトリックが私の気持ちに気付かず、不安にさせたままにしておくはずがなかったのだ。

あの事件から、ひと月あまり過ぎた日の午後。

王宮の奥まった一室――王太子妃の部屋の窓辺で、私はパトリックと三時のお茶を楽しんでいた。

「……あら？」

廊下を駆けてくるヒールの音に、私は手にしたティーカップをソーサーに戻す。

パトリックから、「今日の午後、君の刺繍係が来るよ」とは聞いていたが、時間が違う。

――早すぎるわ！

正面の「空席」に目をやり、慌ててテーブルクロスをめくろうとしたところで扉がひらいた。

「ナタリー妃殿下！」

「――マデレン⁉」

息を切らせて飛びこんできたのは、あの噂好きのマデレンだった。

「刺繍係に私をご指名いただいたそうで！　至極光栄ですわ！　ありがとうございます！　私、心を入れかえて、精一杯、努めさせていただきますっ！」

マデレンが興奮と喜びに頬を染めあげ、力強く宣言する。

私は心の中でパトリックをなじった。どうして、マデレンなの――と。

確かに、マデレンの刺繍の腕は抜群に良い。

恋人への贈り物を代わりに作ってほしいと依頼する令嬢や教えを乞う令嬢も少なくない。

かつてブリアンナがパトリックとアイザックに贈ったハンカチもマデレンの手によるものだし、
私自身も一度は彼女に教えを乞うたことがある。

刺繍の腕は間違いない。

けれど、どうしてわざわざマデレンを――口の軽さで有名な彼女を選んだのだろう。

パトリックの意図がわからず戸惑いながらも、私はニコリと笑みを作った。

「そ、そう、ありがとう。よろしくね。でも、約束は四時ではなかったかしら？」

「え？　いえ、三時とうかがっておりますが――」

「おやおや、どうやら行き違いがあったようだ」

突然響いた男の声に、マデレンの動きがとまる。

「……パトリック殿下？」

ややあって、キョロリとあたりを見渡した彼女の視線がテーブルへと向けられる。

「すまないが、マデレン、四時に出直してもらえるか？」

穏やかな声が、テーブルの下から聞こえることに気付いたのだろう。

え、とマデレンが目をみひらき、パッと私の顔を見る。

「っ、ち、違うのよ！」

慌てたように取り繕う私と、テーブルの下に潜りこんでいるパトリック。

彼女の頭の中でどのような光景が広がったのか、想像に難くない。

「こ、これは、失礼いたしました！　私、出直してまいります！　お邪魔はいたしませんわ！」

マデレンはパッと頬を押さえて叫ぶと、いつかのように私に背を向け、駆けだした。

「まってマデレン！　違うの！　そうじゃないの！」

「大丈夫、私、何も見ておりませんから！」

「違うのよ！　今夜の宴のために新しい靴をおろしたの！　つま先が痛むと言ったら、パトリック様が心配して見てくださると言うから！」

必死に言いつのる途中で、ちゅ、とテーブルの下からリップ音が響き、カッと頬が熱くなる。

「っ、本当に違うのっ！」

「ええ、わかっておりますとも！」

「マデレン、まって！」

「妃殿下！　頑張ってください！」

何を頑張れと言うのだ。

良い笑顔で走り去っていくマデレンを、私は泣きそうな思いで見送った。

「……もう！」

ふたりきりに戻った部屋で、私はテーブルクロスをめくり、パトリックをなじった。

「明日には——いいえ、もう今日の夜には噂になってしまうわよ？　昼の最中にテーブルの下で睦みあっていたと！　これからどんな顔をして皆の前に出ればいいの……⁉」

涙を滲ませ問えば、パトリックは金色の瞳を細めてニコリと笑い、当然のように答えた。

「それはもちろん、『夫に愛されすぎて困っている新妻』の顔で出ればいいと思うよ？」

「もう！」

膝をつき、ポカリと彼の胸を叩けば、その手を取られて手の甲に口付けられる。

「……ごめんよ、ナティ。君が恥ずかしがり屋なのはわかっているよ。でも……私たち、仕方なく結婚したことになっているだろう？　日に日に君の魅力に惹かれていっていると、言いふらしてはいるんだけれど……最近、変な秋波を送ってくる女が増えて困っているんだ。だから、私が愛しているのは君だけだって、しっかりと知らしめておきたくって……勝手なことをして、ごめん」

困ったように眉を下げるパトリックに、スッと怒りがとける。

――ああ、だから、マデレンなのね。

彼女なら、私たちのことを盛大に言いふらすに違いないから。

パトリックはマデレンを使うのが本当に上手い。

今日のことや、あの聖夜の一件だけでなく、実は、ブリアンナとアイザックが結ばれた夜にも、パトリックはふたりの仲を人々に知らしめるために、マデレンを利用している。

信じがたいことに、パトリックは妹とアイザックが抱きあう様子を途中までながめていたらしい。

そうして引きかえせないところまで行為が進んでから、マデレンをおびき寄せ、目撃者に仕立てあげたのだ。

――本当に、怖い人。

パトリックは目的を果たすためならば、ときに常識さえ平気で踏みこえてしまう。

けれど、それも私との幸せな未来のためだと思えば責める気にはなれない。

「……そういう事情ならば、まあ、仕方ありませんわね」

ポツリと返して、それでもやはり恥ずかしくて彼の肩に顔を伏せれば、そっと髪を撫でられる。

髪を梳く指の感触に、うっとりと目を細めたのも束の間。悪戯な指がうなじを過ぎて背を伝い、さらにその下へと下りていくのに気付き、私はハッと顔を起こして叫んだ。

「ダメ、ダメですからね！」

「ん？　何が？」

「何がって……んっ」

ドレス越しに尻を揉まれて、思わず吐息がこぼれる。

忍び笑いが耳をくすぐり、腰に腕が回って、グイと引きよせられた。

ぱさりとテーブルクロスが下りて、テーブルの下、ふたり閉じこめられる。

私を見つめる金の瞳に妖しい熱が灯っていることに気付いて、小さく身を震わせると唇に食らいつかれた。

「んんっ、～～～っ」

呼吸すら奪うほどの口付けの最中、ドサリと床に押したおされる。

そうして、しなやかだが逞しい身体が覆いかぶさってきたと思うと、ドレスの裾をまくられて、太ももをなぞった長い指が付け根に辿りつき、その間に潜りこんでくる。

くちゅりと響いた水音に彼が笑う気配がして、ポッと頬の熱が増す。

ダメ、と腕をつかむが、パトリックは手をとめてはくれず、なだめるように頬に口付けられる。

「っ、あ、……ダメ、なのにっ、んっ、ふ、あっ、あぁ」

彼の愛撫に慣れきった身体は、またたく間に潤み、ほぐれて、指ではないものを求めてひくつきはじめてしまう。

はしたなく息を乱し、腰を揺らしながらも、私は必死に彼を押しとどめようとした。

「っ、まって、パトリック、マデレンが戻ってきたら……っ」

「うん、そうだね。だから、残念だけれど、一回だけにしておこう。物足りなくても許してくれるかい？　残りは夜のお楽しみってことで……ね、ナティ？」

夜になったら、何十回でも悦ばせてあげるから——満月色の目を糸のように細めて囁くと、パトリックは指を引きぬき、トラウザーズの前をくつろげて、一思いに私を貫いた。

「ぁあああっ」

そうして、昼の最中にテーブルの下、テーブルクロスに囲まれたふたりきりの世界で揺さぶられ、喘がされながら、私は心の中で叫んだ。

——ああ、もう、やっぱり愛が重すぎるわ！

心変わり、してくれないかしら。いつか私が抱きつぶされてしまう前に。

そんな叶いそうにもない——心にもないことを願いながら、私は覆いかぶさってくる夫の愛しい重みを受けとめたのだった。

後日談　心変わりなんて、しない。

季節が秋へと変わり、心地好い陽気が続くある夜のこと。

「……ねぇ、ナティ。急だけれど、明日は一日休めることになったんだ」

いつものように可愛い妻と愛しあった――ナティからすれば、一方的に愛されつくしたと言った方がいいかもしれないが――後。

ぐったりと寝台に沈む愛しい人に甲斐甲斐しく水を飲ませながら、私は弾んだ声でそう告げた。

「まあ……では、久しぶりにゆっくりできるわね」

ヨロヨロと身を起こしたナティが、ふわりと笑いかけてくる。

「……本当に、立太子後はずっと働き通しだったものね」

やさしく細められたやわらかな青色の目には労りの色が滲んでいて、じんわりと胸が温かくなる。

「ありがとう、ナティ。自分でも頑張ったと思うんだ。褒めてくれるかい？」

「ふふ、はい！　とってもとっても、よく頑張りました！」

甘えるように頭を差しだしてねだれば、ナティは頬をゆるめて私の髪を撫でてくれた。

その手に頬をすりよせ、手のひらに口付けてから本題を切りだす。

「それでね、ナティ。頑張ったご褒美、もらってもいいかな?」

よく考えずとも、彼女が私に褒美を取らせる必要など微塵もないのだが、心やさしい妻は疑問を抱く様子もなく、ニコリと笑って頷いてくれた。

「ええ、もちろん。何がいいかしら?」

「私とデートをしてくれないか」

「え?」

「いいだろう? ご褒美に、君と一日デートがしたいんだ」

重ねてねだると、ナティはパチパチと目をまたたかせた後、そっと睫毛を伏せて尋ねてきた。

「……そんなことでいいの?」

「もちろん! 君と初めてのデートだよ? ふふ、この上ないご褒美じゃないか!」

「そ、そう? あなたがそう言うのなら……ええ、しましょうか、デート」

控えめに同意しながらも、本当は嬉しくて仕方ないのだろう。

ナティの口元は、堪えきれない笑みでゆるんでいる。

「……可愛いなぁ」

思わず心の声がもれでてしまうと、ナティはハッとしたように居住まいを正し、堅苦しい表情を作って問いかけてきた。

「……でも、デートをするのはかまわないけれど、ふたりきりというわけにはいかないでしょう?」

王太子夫妻が護衛を連れずに出歩くわけにはいかない。

「確かにそうだね……だから、こういうのはどうかな？」

至極当然な指摘に私は微笑を浮かべて頷くと、解決策を示すことにしたのだった。


そして、翌日の昼下がり。

私は一艘の小舟の上で、ナティとふたりきりで向かいあいながら、秋の小川を下っていた。

舞いちる落ち葉が彩る水面をかきわけて進めば、ちゃぷちゃぷと船べりを打つ波音に小鳥の声が入りまじり、涼やかな秋風が頬を撫でていく。

樹々が金色に色付く岸辺に目を向けると、馬に乗った護衛たちの姿が見えた。

「ねえ、ナティ。これならば身も守れて、ふたりきりにもなれる。名案だろう？」

ゆったりとオールを漕ぎながら微笑みかければ、ナティが嬉しそうに頷く。

「ええ、そうね」

「岸にまでは話し声も聞こえないだろうし、好きなだけ君に愛を囁けるね」

「……ええ、そうね」

「愛しているよ、ナティ。君は私の天使で光で可愛い可愛い子猫ちゃんで……ふふ、そして、今日は半年先取りのヒナゲシの妖精だね！」

思いつくままに次々と褒めたたえると、ナティは気恥ずかしそうに睫毛を伏せ、鮮やかな赤色のドレスに視線を落とした。

「……ありがとう。でも……この色、やっぱり私には華やかすぎないかしら」

膝のあたりの布を摘まんで、自信なげに呟く可愛い人を、私はすねたふりで励ます。

「おや、ナティ。私の見立てを信じてくれないのかい？　悲しいなぁ」

「えっ!?　そ、そんなことはないわ！」

ふるふるとかぶりを振ると、ナティはそっとスカートを撫でつけ、うん、と小さく頷いた。

「……そうよね。あなたが似合うと言ってくれたんですもの……似合っているはずよね」

「そうだよ。君にとてもよく似合っている」

ブリアンナよりも、ずっと。

ナティが離宮に持ってきた荷物の中に紛れていた、色褪せた青色の帽子の箱。

輪郭がぼやけた白猫が描かれた蓋をあけた中にあったのは私からのカードで、元々入っていたというヒナゲシ色の帽子は見当たらなかった。

「ブリアンナの方が似合うから……あげたのよ」と寂しげに自分をごまかすナティを見つめながら、私は「いつかナティにヒナゲシの色の帽子とドレスを贈ろう」と決めた。

そして兄を排除し、堂々と彼女への愛を見せびらかせるようになってすぐに、仕立て屋を呼んで彼女のためにヒナゲシ色のドレスを仕立てさせたのだ。

届けられた帽子とドレスを目にして、ナティはやわらかな青色の瞳を感激に潤ませていた。

――それなのに、全然着てくれないんだものなぁ……。

トルソーに飾られたドレスと帽子、華奢（きゃしゃ）な踵の靴をうっとりとながめ、そっとふれはするものの、「着るのがもったいない」「見ているだけでいいの」と控えめに微笑むばかりで……。

きっと「華やかすぎて自分には似合わない」「王太子妃として人前に立つには相応しくない色だ」とでも考えてしまったのだろう。

そんな遠慮屋な彼女のために、この服を着る機会を作ってあげたいとずっと思っていたのだ。

「うん、よく似合うよ。君の肌に映える、実にいい色だ」

「……ありがとう」

控えめに答えながらも、隠しきれない喜びに口元をほころばせるナティはとても愛らしい。

「……本当に、よく似合うよ」

うっとりと目を細めながらそう告げて、心の中でそっとつけたす。

本当に、どんな色でも、君には何でもよく似合うよ――と。

赤でも黒でも、服を着ていてもいなくても、ありのままの君で何よりも美しく愛おしい――と。

「ふふ、こんなに可愛いヒナゲシの妖精とデートができるなんて、私は世界一の果報者だね！」

「もう、おおげさなんだから……」

ニコニコと告げると、ナティはプイと視線をそらしつつも、「でも、私も……あなたとデートができて嬉しいわ」と小さな声で返してくれた。

薔薇色に色付く耳たぶや頬をながめながら、愛しさがこみあげる。

――ああ、本当に……誘ってよかったなぁ。

ナティが当たり前の恋人同士のような行為に憧れていることは知っていた。

けれど、きちんと手順を踏んで兄を片付けるまでは人目を避けるほかなかった。

ナタリーはいまひとつ兄の異常性——私が言うのも何だが——を実感していない様子だったが、それでも健気に従ってくれていた。

兄を排除した後も多忙な私を慮って、わがままひとつ言わずにひたすら私を支え、労ってくれた。

だから、そんな彼女のやさしさに報いるためにもと予定をこじあけ、誘うことにしたのだ。

「私へのご褒美」を口実に、ナティの着たかった色をまとって、皆に見せつけながら、恋人らしく甘い甘いデートをしようと。

——私としてはデートに行けなくても、どこにいようと何をしていようと、ナティと一緒ならばいつだって幸せだけれどね！

彼女と一緒ならば何を食べても美味しいし、声を聞いて顔を見るだけで甘く心が揺さぶられる。

彼女が隣で生きていてくれるだけで、世界のすべてが鮮やかに見え、毎日が満たされているのだ。

それでも、ナティが喜んでくれるのならば、何だってしてあげたい。

この笑顔が見られるのなら、明日の政務が倍になったとしても悔いはない。むしろ安いものだ。

「……ナティ」

こみあげる愛しさをこめて名前を呼ぶと、その声に滲む熱に気付いたのか、ナティの瞳が揺れる。

ダメ、と拒むようにひらいた唇から制止の言葉が出る前に、すかさず唇を奪いにいった。

「——っ、パトリック！」

「ふふ、人前でごめんよ、ナティ」

なっ、とナティが息を呑み、パッと岸辺に顔を向けて、みるみるうちにその横顔が朱に染まる。

きっと、護衛たちから気まずげに視線をそらされたのだろう。

「……もう！」

潤んだ瞳で睨みつけてくるのに思わず頬がゆるみそうになるが、私は笑みを嚙みころして神妙な表情を作り、「ごめんね」と眉を下げた。

「つい、君の微笑みに吸いよせられてしまったんだ」

「そんなの、理由になっていないわ……っ」

「どうして？　君が愛おしすぎるから、で充分な理由になると思うんだけれどな？」

「……もう！　そんなことばっかり！」

「だって、ナティ。嬉しいんだよ」

オールを漕ぐのをやめ、そっと彼女の手を取り、指に指を絡めるように握りしめて想いを告げる。

「ずっとしてみたかったんだ。君とふたり、誰の目も気にせず、陽ざしの下で愛を語らいたかった。私たちは誰に恥じる必要も隠す必要もない、愛しあう恋人同士なんだと皆に自慢したかったんだよ」

「……パトリック」

パチリとみひらいた彼女の瞳がゆるゆると細まり、じわりと潤む。

「わ、私も……」

そう言ってナティは口ごもる。きっと、同じ気持ちだと言いたいのだろう。

けれど、口に出すのは恥ずかしいから、言えないでいるのだ。

――ふふ、可愛いなぁ。

せめて想いを伝えようとしてくれたのか、絡んだナティの指に力がこもる。

そっと視線を合わせて彼女が微笑んだ途端、本当に我慢ができなくなってグッと距離を詰めると、ハッとしたように手を振りほどかれ、「ダメ！」と窘められた。

「外ではいけません……っ」

頬を染めたまま世にも愛らしい声で叱りつけられて、私は悪戯っぽく言いかえす。

「わかったよ。もう、唇にはしないから」

「……唇には？」

「うん、唇には」

そう告げるなり、頬に唇を押しあてると「きゃっ」と愛らしい悲鳴が耳をくすぐった。

「もう、そこもダメ！」

キュッと目をつむって抗議をされたので、「じゃあ、こっち」と今度は目蓋に口付ける。

「そこも！」

「ダメなのかい？　なら、どこならいい？　教えてほしいな、ねえ、ナティ？」

笑いを滲ませながら尋ねれば、ナティは視線を泳がせてから、そっと左手を差しだしてきた。

「……こちらなら」

「ふふ、どうもありがとう」

そっと手を取り、手の甲に——と見せかけて華奢な指先に口付ける。

初めての夜と同じように、一本ずつ、じっくりと。

最初に中指、人差し指、親指、逆側に飛んで小指。そして最後に薬指。

指先に口付け、すっと指の背をなぞり、付け根を飾る金色の輝きにふれる。

「……君の指にこれを飾れる日が来て、本当によかったよ」

ふふ、と笑って口にすれば、握りしめた彼女の手がピクリと揺れて、そっと手を握りかえされた。

「私も……あなたの妻になれて、あなたと夫婦になれて、本当によかったわ」

「そう、幸せかい？」

「ええ、とても」

はにかむように微笑む彼女があまりに愛しすぎて――。

「……私もだよ。幸せだ。君とさえいられれば、もう何もいらない」

つい笑みを忘れ、まっすぐに彼女を見つめて本音を口にした途端。

ナティの手がまたピクリと揺れた。今度はきっと、たぶん恐怖で。

――ああ、しまったな。また怖がらせてしまった。

彼女に愛を伝えるときは、なるべく重くならないように気をつけているつもりだ。

それでも時々失敗してしまうらしく、そういうとき、決まってナティはこんな風に怯えたような顔をする。そのたびに反省してはいるのだが……。

――でも、仕方ないと思うんだ。だって、いつの間にかもっと好きになっているんだから……。

一度選んで、好きになってしまったらもう戻れない。

転がりだした雪玉のように、とどまることなく肥大化していくだけ。

私の愛は、そういうものだ。

一途というよりも妄執と呼ぶ方がしっくりくる、過剰で歪な愛だと自分でもわかっている。

だから、ずっと「一生かけて愛する人と巡りあいたい」と願ってはいたが、「兄に邪魔されなくなったとしても、この愛を受けとめてくれる人は見つからないかもしれない」とも思っていた。

――でも……ナティが、どちらも叶えてくれた。

「あの子」の話をしたとき、ナティは私の愛を否定することなく、「羨ましい」と言ってくれた。

あの瞬間に感じた歓喜や安堵は、言葉では言いあらわせない。

もちろん、ただ「愛してもいい」と許してくれたから好きでいるわけではない。

彼女の愛しいところを挙げてみろと言われれば、無限に挙げられる。

はにかみ屋で控えめで、でも時々とても大胆なお誘いをくれるところも。

あれほど傷つけられた妹や両親からの下心がみえみえの「会いたい」という手紙を読んで、律儀に悩み、胸を痛めてしまう、やさしすぎるところも。

私のことを怖がりながらも結局は受け入れてくれる度量の広さも、すべてが愛おしい。

けれど、たとえ今ある美徳のすべてを彼女が失ったとしても、私の愛が冷めることはないだろう。

「……愛しているよ、ナティ」

心変わりなんて、しない。永遠に――後ろ半分の言葉は口には出さず、心の中で囁く。

それから、ニコリと微笑むと、私は愛しい人の手を握りなおし、あらためて誓いを立てるように恭しく薬指の輝きに口付けた。

アンソロジーノベル
愛しの彼に搦め捕られてハッピーエンド不可避です！

著者　紺原つむぎ／雲走もそそ／入海月子／犬咲

2023年12月5日　初版発行

発行人　藤居幸嗣

発行所　株式会社Ｊパブリッシング
〒102-0073　東京都千代田区九段北3-2-5 5F
TEL 03-3288-7907　FAX 03-3288-7880

製版所　株式会社サンシン企画

印刷所　中央精版印刷株式会社

ISBN：978-4-86669-624-9
Printed in JAPAN